KB182665

위로하는 예술가

반 고흐의 편지와 그림

인문학 클래식 9

위로하는 예술가

반 고흐의 편지와 그림

빈센트 반 고흐

김한식 옮김

민음사

반 고흐, 「자화상」(1887년, 41×32.5cm)

차례

1부 아를

2부 생레미드프로방스

3부 오베르쉬르우아즈

1부 아를

(1888년 2월 ~ 1889년 5월)

아주 멋진 풍경

(1888년 2월 21일)

사랑하는 테오에게

이곳으로 오는 동안 처음 보는 지방만큼이나 네 생각을 많이 했다.

아마 너도 나중에 이곳에 자주 오게 되겠지. 기운을 되찾고 마음의 평온과 안정을 누릴 만한 곳이 생기지 않는 한, 파리에서는 그림 그리기가 거의 불가능한 것 같다. 그런 쉴 곳이 없다면 누구나 멍해질 수밖에 없지.

이제 이곳 이야기부터 시작하자면, 곳곳에 눈이 적어도 60센티미터 이상 쌓여 있는데, 아직도 계속해서 내리는구나.

이곳 아를이 브레다나 몽스[1]보다 더 큰 도시 같진 않다.

---

1 브레다는 네덜란드 남서부 벨기에 국경 지역의 도시로, 고흐는 브레다 근처의 작은 마을에서 태어났다. 몽스는 벨기에의 도시이다.

타라스콩[2]에 도착하기 전에 아주 멋진 풍경에 눈길이 끌렸단다. 거대한 노란 암벽들이 기이하게 뒤엉켜 웅장한 형태를 이루고 있었지. 그 암벽들이 만드는 작은 골짜기들에는 잎사귀가 황록색과 회녹색인 키 작은 둥근 나무들이 줄지어 늘어서 있는데, 아마도 레몬 나무일 것 같구나.

그런데 여기 아를은 지형이 평탄한 것 같다.

포도나무를 심은 붉은 황토밭이 인상적이고, 그 뒤로는 연보랏빛 산들이 보이지. 눈 쌓인 풍경, 흰 눈처럼 빛나는 하늘을 배경으로 솟아 있는 하얀 산봉우리들은 마치 일본 사람들이 그린 겨울 풍경화 같았다.

내 주소를 보내주마.

카렐 식당, 카발르리 거리 30번지, 아를.

어제저녁엔 너무 지쳐서 동네를 한 바퀴 돌아보기만 했다. 곧 편지하마. 어제 내가 머무는 집과 같은 거리의 골동품점에 들렀는데, 주인이 몽티셀리[3]의 그림을 안다더구나. 잘 지내고, 동료들에게 안부 전해주렴.

너의 형 빈센트

---

2   아를 북쪽의 도시.
3   아돌프 조제프 토마 몽티셀리(1824~1886년), 마르세유 출신의 프랑스 화가.

피가 돌기 시작하는 느낌
(1888년 2월 24일)

사랑하는 테오에게

너의 다정한 편지, 그리고 같이 보내준 50프랑 고맙게 잘 받았다.

지금까지는 이곳의 생활비가 기대했던 것만큼 적게 드는 것 같진 않구나. 그래도 습작을 세 점 완성했는데, 요즘 같은 때 파리에 있었다면 아마 그마저도 못했겠지.

네덜란드에서 온 소식이 기뻤다. 리드[4]가 내가 자기보다 먼저 남프랑스에 온 걸 못마땅해했다는 게(물론 옳지 않지만) 그리 놀랍진 않구나. 하지만 그렇다 해도 그와의 친분이 전혀 득이 되지 않을 거라고 생각해선 안 될 것 같다. 그 이유는 첫째, 그는 우리에게 매우 아름다운 그림을 선물로 주었고(말은

---

4   알렉산더 리드(1854~1928년), 스코틀랜드 출신의 화가 겸 미술상.

반 고흐, 「창문에서 바라본 푸줏간」(1888년, 39.7×33.1cm)

반 고흐, 「눈이 쌓인 풍경」(1888년, 38.3×46.2cm)

아돌프 조제프 토마 몽티셸리, 「꽃다발」(1875년경)

안 했지만, 사실 우리가 사려고 했던 그림이지), 둘째, 그 사람 덕분에 몽티셀리의 그림값이 올라갔으니 결국 우리가 소장하고 있는 다섯 점도 값이 올라갔지. 그리고 셋째, 첫 몇 달 동안 같이 즐겁게 잘 지내기도 했으니 말이다.

그런데 우리가 몽티셀리 건보다 더 중요한 일에 참여시키려 했는데, 리드는 상황을 제대로 이해하지 못하고 있는 것 같았지.

우리가 인상주의 화가들과 관련해서 주도권을 계속 쥐면서 그가 우리의 선의를 의심하지 않게 하자면, 마르세유의 몽티셀리 건은 우리가 개입하지 말고 하고 싶은 대로 하게 두는 게 나을 것 같다. 우리가 타계한 화가들에 대해선 금전적 측면에서 간접적으로만 관심이 있다고 강조하면서 말이다.

너도 동의한다면, 내가 그러더라고, 마르세유에 와서 몽티셀리 그림을 살 의향이 있으면 우리는 신경 쓰지 않아도 된다고 전해도 될 것 같다. 하지만 이곳에서 우리가 먼저 시작했으니 그의 의향을 물어볼 권리는 있겠지.

인상주의 화가들을 영국에 소개하는 일은 네가 적임자인 것 같다. 네가 직접 나서진 않더라도 중개인을 통해서 할 수 있겠지. 만일 리드가 선수를 친다면 우리의 신뢰를 저버렸다고 봐도 될 거다. 더구나 우리가 마르세유의 몽티셀리 그림은 그가 원하는 대로 할 수 있게 해줄 테니 말이다.

(⋯⋯)

베르나르[5]를 보게 되면, 아직은 내가 퐁타벤[6]에서보다 생활비를 더 쓰고 있다고, 하지만 가구 딸린 중산층 집의 방을 구하면 더 절약할 수 있을 것 같다고, 지금 그 방법을 찾는 중이라고 전해주기 바란다. 다 확인하고 나면 평균 생활비가 얼마나 들지 편지하겠다고도 전하고.

다시 온몸에 피가 돌기 시작하는 느낌이 들 때가 있단다. 얼마 전까지 파리에 머물 땐 전혀 맛보지 못한 느낌이지. 그땐 정말로 더는 못 견딜 것 같았다.

물감과 캔버스를 식료품 가게나 서점에서 사야 하는데 쓸 만한 게 많지 않구나. 마르세유는 사정이 어떤지 한번 가볼 생각이다. 멋진 파란색 물감을 구하고 싶었는데, 실망스럽게도 찾지 못했다. 마르세유에 가면 직접 원재료를 살 수 있겠지. 지엠[7]이 쓰는 그런 파란색을 만들어 써보고 싶구나. 그 파란색은 쉽게 변하지 않지. 두고 보자꾸나.

너의 형 빈센트

---

5 에밀 베르나르(1868~1941년). 프랑스의 화가이자 조각가, 작가로 후기 인상주의에 속하며 고흐와 고갱, 그리고 나중에는 세잔과도 교분을 나누었다.

6 브르타뉴의 마을로, 고갱을 비롯하여 인상주의 화가들이 와서 지내며 그림을 그렸다.

7 펠릭스 지엠(1821~1911년), 바르비종파 화가로 베네치아와 지중해를 그린 풍경화로 유명했다.

반 고흐, 「알렉산더 리드」(1887년, 42×33cm)

반 고흐, 「아를의 노부인」(1888년, 58×42cm)

반 고흐, 「남자의 초상」(1888년, 65.3×54.4cm)

아를의 노부인, 눈 쌓인 풍경, 정육점이 보이는 거리 풍경을 습작으로 그려보았다. 농담이 아니고, 정말로 이곳 여인들은 모두 아름답구나. 하지만 아를 미술관은 끔찍하고 장난 같아서 타라스콩에나 어울릴 수준이지. 고대 유물 박물관도 있는데, 그곳에 있는 것들은 다 진품이라더구나.

추위에도 꽃을 피운 아몬드 나무

(1888년 3월 2일)

사랑하는 테오에게

네 편지와 테르스테이흐[8] 씨에게 보낼 편지 초안, 함께 부쳐준 50프랑 지폐도 잘 받았다.

편지 초안은 아주 잘 썼더구나. 정서하면서 너무 많이 다듬느라 내용에 힘이 빠지지 않으면 좋겠다. 네가 테르스테이흐 씨에게 쓴 편지가 내가 쓴 편지의 부족한 점을 보완해 주는 것 같구나. 사실 우체국에서 편지를 부치고 나서 좀 후회하기도 했다. 너도 알아차렸겠지만, 테르스테이흐 씨가 앞장서서 인상주의 화가들을 영국에 소개하는 게 좋겠다는 생각이 편지를 쓰는 동안 들어서, 추신을 달아 간략하게 그 뜻을 내비쳤다. 그런데 네 편지에선 그런 생각을 더 상세하게 설명했더구나.

---

8   헤르마뉘스 테르스테이흐(1845~1927년), 네덜란드의 소묘가.

에밀 베르나르, 「고갱의 초상화가 있는 자화상」(1888년)

에밀 베르나르, 「빨간 우산을 들고 있는 브르타뉴 소녀」(1888년)

에밀 베르나르, 「반 고흐의 초상화」(1892년)

그가 알아들을까? 뭐, 자기 일이니까 알아서 하겠지.

고갱의 편지를 받았는데 보름 동안 아팠다고 하더구나. 빈털터리인데 빚까지 진 모양이더라. 자기 그림을 네가 좀 팔았는지 알고 싶지만 널 귀찮게 할까 봐 편지도 못 쓰겠다고 하더구나. 급하게 돈을 조금이라도 구했으면 하는지, 그림값을 더 낮출 의향도 있다고 했다.

그 일과 관련해서 지금 내가 할 수 있는 일은 러셀[9]에게 편지를 써주는 것뿐이지. 오늘 바로 편지를 쓸 생각이다.

사실 우리가 이미 테르스테이흐 씨에게 고갱의 그림을 한 점 팔기 위해 애써 보았고. 할 수 없지. 보나 마나 곤란해할 테니까. 혹시 네가 그 사람과 연락할 일이 있을지 모르니, 내가 일단 전하고 싶은 말을 간단히 적어 보낼 테니 전해주렴. 답장이 오거든 네가 먼저 열어서 읽어보도록 하고. 그러면 그의 생각을 미리 알 수 있고, 내가 너에게 편지 내용을 다시 설명하는 수고도 덜 수 있을 테니 말이다. 이번만 그렇게 하자꾸나.

고갱의 바다 그림을 네가 사줄 수는 없을까? 그렇게만 된다면 그도 잠시나마 숨통이 트일 텐데 말이다.

코닝[10]을 네 집에 머물게 해준 건 참 잘한 일이다. 너도 아

---

9   존 피터 러셀(1858~1930년). 호주 출신의 화가. 파리 몽마르트르에 작업실을 가
      지고 있었고, 고흐와 친분을 유지했다.

10   아놀드 코닝(1860~1945년), 네덜란드의 화가.

파트에서 혼자 지내지 않아도 될 테니 다행이고. 파리에서 살다 보면 삯마차 말처럼 늘 지치는데, 하물며 마구간에서 혼자 지내야 한다면 너무 처량하지.

앵데팡당전[11]에 관해서는 네가 좋다고 생각하는 쪽으로 결정해라. 몽마르트르 언덕을 그린 두 점의 대형 풍경화를 내는 건 어떨까? 난 아무래도 상관없지만, 그래도 올해 작업한 그림에 마음이 좀 더 기우는구나.

이곳은 꽁꽁 얼어붙었고 들판엔 여전히 눈이 쌓여 있단다. 마을을 배경으로 흰 눈 쌓인 들판을 습작으로 한 점 그렸고, 이 추위에도 벌써 꽃을 피운 아몬드나무 가지를 그린 습작도 두 점 있다.

코닝에게도 몇 마디 적어 보내야 하니 오늘은 이만 쓰마.

네가 테르스테이흐 씨에게 편지를 보내줘서 너무 기쁘고, 이를 계기로 네가 네덜란드와 다시 관계를 맺을 수 있으면 좋겠구나. 너에게, 그리고 네가 만나게 될 동료들에게 마음으로 악수를 청한다.

너의 형 빈센트

---

11 정식 명칭은 '르 살롱 데 쟁데팡당(Le Salon des indépendants)'이다. 살롱전 (Salon)과 주류 아카데미즘에 맞서 예술의 독립성을 추구하는 작가들이 1884년 파리에서 '독립 예술가 협회(Société des artistes indépendants)'를 결성하고, 심사위원과 포상 제도가 없는 전시회를 열기 시작했다.

반 고흐, 「아몬드나무 가지」(1888년, 24.5×19.5cm)

반 고흐, 「데이지 꽃바구니」(1888년, 33×41.9cm)

폴 고갱, 「사과, 배가 있는 정물」(1889년)

폴 고갱, 「에밀 베르나르의 초상화가 있는 자화상」(1888년)

예술가들이 행복한 시대

(1888년 3월 9일)

사랑하는 테오에게

오늘 아침에야 날씨가 변했다. 드디어 날이 풀렸단다. 이
번에 미스트랄[12]이 어떤 건지 제대로 겪은 셈이지. 이 부근을
여러 차례 돌아다녔지만 바람이 너무 심하게 불어서 아무것도
할 수가 없었어. 눈이 시리게 푸른 하늘과 밝게 빛나는 태양 아
래 그토록 많이 쌓였던 눈은 거의 다 녹아버렸지만, 바람은 어
찌나 차고 메마른지 온몸에 소름이 돋을 정도였다. 하지만 아
름다운 풍경도 많이 보았지. 호랑가시나무, 소나무, 잿빛 올리
브나무가 늘어선 언덕에 폐허가 된 수도원이 있던데, 조만간
그림으로 도전해 볼 생각이야.

습작 하나를 이제 막 마쳤는데, 뤼시앵 피사로에게 준 것

---

12 프랑스 론강 계곡에서 남쪽 프로방스 지역으로 불어오는 강한 북풍.

과 비슷한 그림이다. 이번엔 오렌지를 그렸지만.

이제까지 전부 여덟 점의 습작을 그렸다. 하지만 작품으로 꼽지는 못하겠구나. 아직은 따뜻한 곳에서 편하게 그릴 수가 없었단다.

우리 가운데 대다수에게(분명 우리도 포함되겠지.) 여전히 미래는 힘겨울 테지! 물론 최후에는 승리하리라 믿지만, 그런 날이 온다고 예술가들이 그 혜택을 누리면서 평온하게 살아갈 수 있을까?

토요일 저녁엔 아마추어 화가 둘이 집으로 찾아왔더구나. 한 사람은 식료품 가게를 하면서 화구들도 팔고, 다른 사람은 치안판사라고 하는데 선량하고 지혜로워 보였다.

『알프스의 타르타랭』[13]을 읽었는데 무척 재미있었다.

불쌍한 고갱은 운도 없지. 지금까지 보름을 침대에서 보내야 했지만 회복하는 데는 그보다 더 오래 있어야 할지도 모르겠구나.

빌어먹을, 도대체 언제쯤이면 예술가들의 몸이 건강한 그런 세대가 올까? 가끔은 나 자신에게도 정말 화가 치미는구나. 그저 남들만큼 아프다는 것으론 위로가 되지 않지. 여든 살까지는 족히 살 수 있을 만큼 강인한 체질과 누구에게도 뒤지지

---

13 알퐁스 도데(1840~1897년)의 연작소설로 『타라스콩의 타르타랭』, 『타라스콩의 타르타랭의 놀라운 모험』 등이 있다.

폴 고갱, 「해변에서」(1889년)

반 고흐, 「프랑스 소설들」(1887년, 54.4×73.6cm)

폴 고갱, 「아를 근처 풍경」(1888년)

않을 기력이 이상적인데 말이다.

　　그래도, 예술가들이 지금보다 행복한 시대가 머지않았다
고 느끼는 것만으로도 위로가 되는구나.

너의 형 빈센트

화가의 생계를 보장하는 길

(1888년 3월 10일)

사랑하는 테오에게

편지, 그리고 동봉한 100프랑 지폐 고맙다. 정말로 테르스테이흐 씨가 머지않아 파리에 오면 참 좋겠구나. 네 말대로 다들 궁지에 처해서 곤란한 상황이니 그렇게 되길 바랄 수밖에 없겠구나.

랑송[14]의 그림을 파는 건과 그의 애인 얘기도 흥미로웠다. 개성 강한 그림들을 많이 그렸지. 그의 데생을 보면 마우베[15] 형님이 생각나더구나. 그의 습작 전시회와 빌레트[16]의 전시회를 가보지 못한 게 무척 아쉽다.

빌헬름 황제[17]가 서거했다던데, 앞으로 어떻게 될지 네 생

---

14   오귀스트 앙드레 랑송(1836~1887년), 프랑스의 화가.
15   안톤 마우베(1838~1888년), 네덜란드의 사실주의 화가로 고흐의 사촌형이었다.
16   아돌프 레옹 빌레트(1857~1926년), 프랑스의 화가, 삽화가, 석판화가.

반 고흐, 「자화상 스케치」(1886년)

각이 궁금하구나. 프랑스에서 벌어지는 사건들이 더 급박해질까? 아니면 파리는 여전히 평온할까? 알 수 없지. 그림 시장에는 어떤 영향을 미칠까? 미국에선 그림 수입 관세가 폐지될 것 같다는 글을 읽었는데, 사실일까?

미술상과 미술 애호가들 몇 명이 인상주의 화가들의 그림을 사기로 합의하는 게 화가들이 그림 판매 대금을 공평하게 나누기로 합의하는 것보다 더 쉬운 일이겠지.

그렇다 해도 화가들에게는 뜻을 합치는 게 최선일 것 같다. 각자 자기 그림을 협회에 맡기고 판매 대금을 나누는 거지. 협회는 적어도 회원들의 생계와 작업 환경을 보장하고. 드가, 클로드 모네, 르누아르, 시슬리, 피사로가 주도적으로 나서서 이렇게 말하면 얼마나 좋을까. "자, 이제 우리 다섯 사람이 각자 그림 열 점씩을 내놓고(아니면 테르스테이흐 씨나 너 같은 전문가를 그림 대신 자본을 투자하게 하면서 회원으로 영입한 뒤 그들이 감정한 가격으로 1만 프랑에 해당하는 그림을 내놓거나), 이후에도 매년 일정 가격의 그림을 내놓을 테니…… 기요맹,[18] 쇠라, 고갱 등 여러분들도 우리와 뜻을 같이하시길 부탁드립니다.(여러분들의 그림도 같은 전문가의 감정평가를 거쳐

---

17 프로이센의 국왕 빌헬름 1세는 비스마르크를 수상으로 삼아 프로이센-프랑스 전쟁에서 승리한 뒤 베르사유궁전에서 독일제국의 황제가 되었다.
18 아르망 기요맹(1841~1927년), 프랑스의 초기 인상주의 화가, 석판화가.

가격이 결정될 겁니다.)"

그렇게 되면 '큰길'[19]의 위대한 인상주의 화가들은 자기들이 내놓은 그림이 협회의 재산이 되니까 영예를 지킬 수 있을 테고, 다른 화가들로부터 이익을 독차지한다는 비난을 듣지 않아도 되겠지. 일차적으로야 물론 개인적인 노력과 타고난 재능으로 얻은 명성이지만, 이차적으로는 지금까지 계속 궁핍하게 살면서 작업하고 있는 수많은 화가들의 그림 덕분에 그명성이 더 높아지고 견고해지고 계속 유지되고 있는 건 사실 아니냐.

어쨌든 협회가 테르스테이흐 씨와 널(어쩌면 포르티에[20] 씨도 함께할 수 있지 않을까?) 전문가로 위촉하면 좋을 텐데 말이다.

풍경화 습작을 두 점 더 그렸다. 작업이 꾸준히 진행되어서, 한 달 후엔 첫 번째 소포를 보낼 수 있으면 좋겠구나. 한 달 후라고 말한 건 너에게 가장 좋은 작품만 보내고 싶기 때문이다. 그림을 말릴 시간이 필요하기도 하고, 또 운송비 때문에라도 적어도 열두 점은 한꺼번에 묶어서 보내는 게 나을 것 같다.

---

19 고흐는 당시 몽마르트르 부근의 클리시 대로, 로슈슈아르 대로 등에서 활약하던 젊은 화가들을 '작은 길(Petits Boulevards) 화가들'이라고 불렀고, 반대로 파리 중심부의 대형 화랑들에서 그림이 거래되던 화가들을 '큰길(Grands Boulevards) 화가들'이라고 불렀다.

20 알퐁스 포르티에(1841~1902년), 파리의 화상.

쇠라의 그림을 샀다니 축하한다. 내가 보낼 그림들하고 쇠라의 그림을 맞바꿀 수 있는 길도 찾아보면 좋겠구나.

(……)

앵데팡당전에 책들을 그린 정물화를 출품하겠다니 아주 좋은 생각이다. 그 습작엔 "파리의 소설들"이라고 제목을 붙여야 할 것 같다.

너의 형 빈센트

오귀스트 앙드레 랑송, 「도시의 모습」(1869년경)

반 고흐, 「추수꾼이 있는 밀밭」(1888년, 73.6×93cm)

여인들의 옷 색깔

(1888년 3월 18일)

나의 소중한 벗 베르나르에게

자네에게 편지를 쓰기로 약속했지. 우선 이곳은 공기가 청명하고, 무엇보다 쾌활한 색채가 주는 효과 덕분에 일본 못지않게 아름답다는 말부터 해야겠네. 아름다운 에메랄드색과 화려한 파란색이 어우러져 물결치는 강물은 마치 일본 판화에서 보는 것 같은 풍경이라네. 눈부신 황금빛 태양이 질 때면 창백한 주황색이 되고, 대지는 파랗게 물들지. 하지만 찬란한 여름에 펼쳐지는 풍경은 아직 보지 못했네. 여인들의 옷차림은 아름답고, 특히 일요일엔 거리에서 수수하면서도 매우 참신한 색상들이 잘 조화를 이룬 옷을 차려입은 여인들을 볼 수 있지. 여름이 되면 아마도 색상이 한층 더 명랑해질 테고.

유감스럽게도 이곳의 생활비가 기대했던 것만큼 저렴하진 않네. 그래서 아직은 퐁타벤에 있을 때만큼의 비용으로 꾸려나갈 방법을 찾지 못했다네. 그래도 처음엔 하루에 5프랑을 썼는데 지금은 4프랑만 쓰고 있지. 이 지방 사투리도 배우고 부야베스와 아이올리[21]를 먹을 줄 알게 되면 중산층 가정이 운영하는 저렴한 하숙집도 분명 구할 수 있을 걸세. 게다가 우리 여럿이 같이 살 집을 구한다면 더 유리한 조건으로 얻을 수 있으리라 생각하네. 태양과 색채를 사랑하는 예술가들이라면 여기 남프랑스로 이주하는 것이 실질적인 도움이 될 거야. 자기 나라에선 예술적 발전을 이루지 못하고 있는 일본인들이 프랑스에 와선 제 기량을 발휘하고 있다는 사실은 의심의 여지가 없지.

이 편지 첫머리에 그린 건 습작을 위한 스케치인데, 이걸 어떻게 그릴지 고심하고 있는 중이네. 뱃사람들이 자기 애인들과 함께 마을로 올라가고 있고, 노란 태양을 배경으로 도개교가 묘한 그림자를 드리우고 있는 장면이지. 이 도개교를 배경으로 빨래하는 여인네들을 그린 습작도 있다네.

자네는 요즘 뭘 하며 지내고 어디로 갈 건지 소식을 전해 주면 기쁘겠네.

빈센트

---

21 부야베스는 지중해식 생선 스튜, 아이올리는 대구와 각종 야채, 그리고 마늘을 넣고 끓이는 프로방스 요리.

반 고흐, 「빨래하는 여인들이 있는 아를의 도개교」(1888년, 54×65cm)

반 고흐, 도개교 스케치(1888년, 24.2×31.8cm)

반 고흐, 「도개교」(1888년, 59.6×73.6cm)

화가의 복수

(1888년 4월 3일)

사랑하는 테오에게

요즘은 열정적으로 그림을 그리고 있다. 나무에 꽃들이 활짝 피어서 미친 듯이 쾌활한 프로방스의 과수원을 그림에 담아내고 싶어졌거든. 차분한 머리로 네게 편지를 쓰는 일이 너무 힘들어서 어제도 몇 장 썼다가 금방 찢어버렸다. 지금도 매일 우리가 네덜란드에서 무언가를 해야 하는 게 아닐까 하는 생각이 머리를 떠나지 않는구나. 우리가 지키려고 하는 명분에 걸맞게 상퀼로트[22]의 열정과 프랑스적인 쾌활함을 가지고 일을 시작해야겠지.

그래서 어떻게 공략할지 생각해 봤는데, 실행에 옮기려면

---

22 '퀼로트(무릎 밑까지 오는 귀족들의 바지)를 입지 않은'이라는 뜻으로, 프랑스 대혁명의 주역이었던 평민들이 발목까지 내려오는 긴 바지를 입었던 데서 유래한 표현이다.

우리 둘이서 만든 그림들 가운데 가장 뛰어난 몇 점, 그러니까 몇천 프랑의 값어치가 있는 그림들을 희생하게 될 것 같다. 결국 돈이 들고, 우리 삶의 한 자락도 대가로 치러야 하는 거지.

그래도, 그렇게 하면, 안 그런 척 사실은 우리를 거의 죽은 사람 취급하던 이들에겐 '명쾌한' 대답이 될 거다. 그리고 작년에 네가 다녀갔을 때 널 차갑게 대하던 사람들에 대한 복수도 될 거고. 그거면 됐지.

그러니까 예트 마우베 형수님에게 「마우베를 추억하며」를 주도록 해보자.

브라이트너[23]에겐 내 습작 하나를 헌정하고(피사로와 교환한 것과 리드가 가진 것과 똑같은 습작이 한 점 있다. 오렌지를 그렸는데 전경은 흰색이고 배경은 파란색이지.) 그리고 우리 누이에게도 몇 점 보내주도록 하자.

또 우리에겐 헤이그에 대한 추억이 많으니, 앵데팡당전에 출품했던 몽마르트르 풍경화 두 점을 헤이그현대미술관에 기증해도 좋을 것 같다.

이제 제일 어려운 일이 남는구나. 테르스테이흐 씨로부터 "인상주의 화가들이 그린 것 중 가장 뛰어나다고 생각되는 그림들을 보내라."는 편지를 받았을 때 네가 내 그림도 하나 같

23 조지 엔드릭 브라이트너(1857~1923년), 암스테르담 인상주의를 대표하는 네덜란드의 화가이다.

반 고흐, 「채석장이 보이는 몽마르트르 언덕」(1886년, 56.3×62.6cm)

반 고흐, 「마우베를 추억하며」(1888년, 73×60cm)

이 보냈지. 그러니 내가 '작은 길'의 인상주의 화가이고 계속 그 자리에 있을 거라고 그를 '납득'시키는 일이 쉽지 않을 것 같다. (어쨌든 그의 컬렉션에 내 그림도 한 점 포함되는 셈이지.) 그런 생각을 하다 보니, 평소라면 발견할 수 없었을 아주 재미있는 소재를 하나 찾아냈단다. 도개교 위를 지나는 작은 노란 마차와 빨래하는 여자들을 그린 습작인데, 흙은 밝은 주황색, 풀들은 진한 초록색, 하늘과 강은 파란색으로 칠했다.

이 그림은 로얄블루 색과 금색으로 된 액자에 넣어야 할 거다. 안쪽 테두리는 파란색, 바깥쪽 몰딩은 금색으로 하자. 필요하면 파란색 플러시 천을 써도 되지만, 칠을 하는 게 낫겠지.

내가 지금 그리는 그림들이 지난봄 아니에르[24] 들판에서 작업한 그림들보다 더 낫다고 자신 있게 말할 수 있을 것 같다.

너의 형 빈센트

24   파리 북부 교외 지역.

원색을 사용하는 이유

(1888년 4월 11일)

사랑하는 테오에게

지금 막 받아서 아직 자세히 확인할 시간은 없었지만, 내가 부탁한 물감을 전부 다 보내줘서 정말 고맙고 만족스럽다. 게다가 오늘은 아주 좋은 날이었다. 오전에 과수원에 가서 꽃이 핀 자두나무를 그리고 있는데, 갑자기 바람이 심하게 불더구나. 이곳에서만 볼 수 있는 광경이고, 그쳤다가 다시 불곤 한단다. 사이에 해가 비칠 때면 작고 하얀 꽃들이 반짝이는데, 그 모습이 얼마나 아름답던지! 친하게 지내는 덴마크 사람도 같이 갔다. 바람이 불 때마다 지진이라도 난 듯 흔들렸지만 그래도 계속 그림을 그렸지. 전체적으로 흰색의 느낌에, 파란색과 연보라색이 더해진 노란색을 많이 썼다. 하늘은 하얀색과 파란색으로 그렸고. 그런데 이렇게 야외에 나와 그림을 그리는 것에 대해 사람들이 뭐라고 할까? 아무튼 기다려 보자.

반 고흐, 「탕기 영감의 초상화」(1887년, 65×51cm)

반 고흐, 「하얀 과수원」(1888년, 60×81cm)

저녁을 먹고 나서 테르스테이흐 씨에게 보내는 것과 똑같이 널 위해 「랑글루아 다리」 그림을 한 점 더 그렸다. 하나 더 그려서 마우베 형수님에게도 보내고 싶구나. 나한테 들어가는 돈이 워낙 많으니까, 우린 눈 깜빡할 사이에 사라지는 돈을 어떻게든 다시 모으려 애써야 한다는 걸 잊어선 안 되겠지.

탕기 영감에게 물감을 주문하지 않은 게 아쉽구나. 그래 봤자 덕 보는 건 없지만 말이다. (오히려 그 반대이지.) 참 재미있는 양반이고 그래서 자주 생각이 나. 만나게 되면 내가 안부를 묻더라고 하고, 혹시 가게에 진열할 그림이 필요하면 여기서 제일 좋은 그림들을 구할 수 있을 거라고 전해다오. 아, 날이 갈수록 사람이야말로 모든 일의 뿌리라는 생각이 든다. 진짜 삶을 살지 못하고 있다는 우울한 느낌은 늘 있지만, 그래서 오히려 물감과 석고가 아니라 직접 사람의 살과 부딪혀 가며 일하는 것이 더 가치가 있겠지. 그런 의미에선 그림을 그리거나 사업을 하는 것보단 자식을 낳는 게 더 나을지도 모르겠다. 하지만 나와 다름없이 진짜 삶을 누리지 못하는 친구들이 더 있다는 생각을 하면 살아 있다는 느낌이 들기도 한다.

하지만 사람들의 마음속엔 다 이해타산이 자리 잡고 있으니까 네덜란드에 있는 사람들과 친분을 쌓아야 할 것 같다. 정확히는, 이미 알고 지내는 사람들과의 관계를 돈독히 다져야겠지. 게다가 이제는 인상주의가 패배할지 모른다고 두려워할 필요가 없지 않으냐. 승리가 이미 눈앞에 보장되어 있으니 우리는 그저 올바른 방식으로 모든 일을 조용히 진행하기만 하면 될 거다.

지난번에 네가 말한 마라[25] 그림은 정말 보고 싶구나. 분명 매우 흥미로울 거야. 그냥 떠오르는 생각인데, 마라는 도덕적 측면에서 비수 같은 사랑을 품은 여인 크산티페에 버금가는(하지만 더 강렬한) 인물이 아닐까 싶다. 그래서 감동적이긴 하지만, 기 드 모파상의 「텔리에의 집」[26]만큼 유쾌하진 않지.

로트레크는 카페의 작은 테이블에 턱을 괴고 앉아 있는 여인의 그림을 완성했는지 모르겠구나.

만일 내가 자연 풍경을 보고 그린 습작을 다른 캔버스에 옮겨 그리는 법을 익힐 수만 있다면, 우리가 그림을 더 많이 팔 수 있을 텐데. 이곳에서 해낼 수 있으면 좋겠구나. 그래서 네덜란드에 보낼 그림 두 점으로 시도해 보는 거다. 너에게도 그 그림들을 보내마. 그러니 무모한 시도라고 할 수는 없겠지.

타세 씨에게 진홍색을 추가해야 한다고 말한 건 잘한 일이다. 그가 보냈더구나. 내가 막 확인했다. 인상주의 화가들이

---

25 프랑스 혁명에서 공포정치를 이끌다가 암살당한 정치인 장 폴 마라(1743~1793)를 말한다.

26 단편소설 「텔리에의 집」은 조카의 성년식에 창녀들을 데리고 참석하는 부인의 이야기다. 영화 「쾌락」(1952년)의 세 가지 이야기 중의 하나가 되었다.

반 고흐, 「자화상」(1887년, 40.9×32.8cm)

유행시킨 색들은 모두 쉽게 변하지. 그러니까, 시간이 지나면 자연스럽게 부드러워질 걸 염두에 두고 과감하게 원색을 사용해야 한다. 내가 주문한 세 가지 물감(주황색, 노란색, 레몬색), 그리고 프러시안블루, 에메랄드그린, 광택 나는 진홍색, 베로니즈그린, 선홍색 등은 마리스,[27] 마우베, 이스라엘스[28] 같은 네덜란드 화가들의 팔레트에서는 거의 볼 수 없지. 그 대신 들라크루아의 팔레트에서 볼 수 있는 색들이다. 그는 모두가 지극히 합당한 이유로 비난했던 두 가지 색, 레몬색과 프러시안블루를 열렬히 좋아했지. 어쨌든 내가 보기에 들라크루아는 그 색들로 멋진 그림들을 남긴 것 같다.

너와 코닝에게 마음으로 악수를 청한다. 다시 한번 물감 보내줘서 고맙다.

너의 형 빈센트

27　마테이스 마리스(1839~1917). 헤이그파의 화가로, 후기에는 라파엘 전파 (préraphaélisme)의 영향을 받았다.

28　요제프 이스라엘스(1824~1911). 헤이그파의 화가.

좌절하지 말고!

(1888년 4월 19일)

나의 소중한 벗 베르나르에게

보내준 소네트들 고맙네. "거대한 나무들의 잠든 지붕 아래"라는 첫 구절의 형식과 소리가 아주 맘에 들더군. 하지만 그 안에 담긴 의미나 느낌으로 보자면 마지막 구절이 더 좋았네. "희망이 내 가슴속에 그 근심 걱정을 쏟아붓기 때문이라네." 그런데 자네가 느끼게 하려는 바가 그리 분명하게 표현되지는 않은 것 같더군. 아마도 우리가 가지고 있고 어떻게든 증명할 수 있을 확신, 허무함, 공허함, 좋거나 아름다운 바람직한 것들의 배신 같은 것들일 테지. 사실 우리는 알고 있으면서도 영원히 우리 외부의 삶이나 우리 바깥에 있는 것들이 우리의 육감에 미치는 매혹에 홀리지. 그래서 마치 아무것도 아는 게 없는 것 같고, 무엇보다 객관적인 것과 주관적인 것을 구분하지 못하게 된다네. 그나마 다행스러운 건 우리가 여전히 바보처럼 희망을 안고 살아간다는 거지. "겨울엔 돈도 없고 꽃도 피지 않으니"라는 구절과 '경멸'은 좋았지만, '예배당 구석'과 '알브레히트 뒤러의 데생'은 그렇게 분명하지 않아 보이네. 알브레히트 뒤러의 데생이 그래서 어떻다는 건지 잘 와닿지 않거든. 그래도 "푸른 들판을 지나왔네, 기나긴 여정에 창백해진 얼굴로" 같은 구절은 무척 아름다워. 크라나흐나 반 에이크의 그림에서처럼 우뚝 솟은 푸른 바위들 사이로 굽이치는 길들의 풍경을 아름답게 묘사하니까.

"굽이치는 십자가 위에서 몸을 뒤틀며"라는 구절은 신비로운 그리스도의 한없이 야윈 몸을 잘 묘사하고 있는데, 순교자의 고뇌에 찬 눈길은 삯마차를 끄는 말의 비통한 눈 같다는 표현을 덧붙였으면 어땠을까 싶네. 그랬으면 파리 사람의 분위기, 파리에서 삯마차를 타고 다니는 연금 생활자들이나 시인, 예술가들에게서 볼 수 있는 눈빛이 더 잘 느껴지지 않았을까? 요컨대, 소네트가 자네의 그림만은 못하다고 말해야겠네. 그래봤자 상관없겠지만. 자넨 계속 소네트를 쓸 테니, 자꾸 쓰다 보면 나아질 걸세.

말로 하는 건 아무 의미도 없다고 생각하는 사람들이 특히 우리 동료들 가운데 많지. 하지만 오히려 그 반대가 아니겠나? 무언가를 말로 잘 표현한다는 것은 그림으로 그리는 것만큼이나 흥미롭고 어려운 일이니까. 선과 색채의 예술이 있다

반 고흐, 「꽃이 만발한 과수원」(1888년, 72×58cm)

에밀 베르나르, 「나무들 사이로 보이는 집(퐁타벤)」(1888년)

면, 그에 못지않게 말의 예술이 있고 또 앞으로도 있겠지.

과수원 그림을 하나 더 그렸네. 구도는 단순하지. 하얀 나무 한 그루, 초록색의 작은 나무 한 그루, 한쪽에 정사각형의 푸른 풀밭, 자홍색의 땅, 주황색의 지붕, 푸르고 넓은 하늘이 있네. 그러니까 지금 그리고 있는 과수원 그림이 아홉 점이지. 흰색, 빨간색에 가까운 분홍색, 흰색과 푸른색, 분홍색과 회색, 초록색과 분홍색.

어젠 푸른 하늘을 배경으로 벚나무 한 그루를 그리느라 진을 뺐다네. 이제 막 돋아나기 시작한 꽃잎은 주황색과 금색으로, 꽃은 흰색으로 그렸는데, 불행히도 오늘은 비가 와서 작업을 계속하지 못하고 있네.

일요일에도 하는(다른 요일은 물론이고) 유곽에 가봤는데, 마치 시골 학교 같은, 파란 석회를 칠한 커다란 방이더군. 붉은색 복장의 군인들과 검은 옷을 입은 신사들이 족히 쉰여 명은 되어 보였지. 다들 안색이(이곳 사람들은 원래 모두 그런 건지) 환한 노란색과 주황색이더군. 여자들은 노란 조명 아래 모두 원색에 가깝고 현란한 하늘색이나 주홍색 의상을 걸치고 있었고. 어쨌든 파리의 비슷한 종류의 업소만큼 음침한 느낌은 아니었지. 이곳에선 우울한 분위기란 찾아볼 수가 없다네.

난 요즘 아주 차분하고 조용하게 지내고 있네. 내가 기뻐하며 끌고 다니는 위장병을 치료해야 하거든. 하지만 다음엔 한바탕 소란을 피워야 할 걸세. 불멸의 타라스콩의 타르타랭[29]이 누리는 영예를 나도 나누어 가지고 싶으니 말이야.

자네가 알제리에 가 있을 의향이 있다니 의외일세. 아주 멋진 생각이고 전혀 불행하진 않을 걸세. 진심으로 축하하네. 어쨌든 우린 마르세유에서 볼 수 있을 거고. 이곳의 푸른 하늘을 보고 태양을 느끼는 게 얼마나 기쁜지 자네도 알게 될 거야.

난 요즘 테라스를 화실로 쓰고 있다네.

마르세유에 가서 바다 풍경을 그릴 생각도 하고 있네. 여기선 북해의 잿빛 바다를 보면서 우울해질 일이 없지. 혹시 고갱을 보거든 안부를 전해주게. 안 그래도 내가 그에게 편지를 쓰겠지만.

나의 벗 베르나르, 좌절하지 말고 무엇보다 우울해하지 말게. 자네는 능력도 있고 알제리에 다녀오면 훌륭한 예술가가 될 걸세. 정말이야. 이곳 남프랑스에도 오게나. 조언을 하자면, 미리 1년 전부터 몸에 좋은 소박한 음식을 먹으며 건강을 잘 챙겨 두게. 맞아, 지금부터 그렇게 하게. 위장이 엉망진창이고 피가 탁해진 상태라면 차라리 여기 오지 않는 게 나을 정도지. 내가 바로 그랬다네. 지금은 조금씩 나아지고 있지만 좀 더 일찍부터 조심할걸 하는 후회가 들더군. 하지만 올겨울처

---

29 소설 속 허풍쟁이 모험가. 각주 13번 참고.

럼 혹독한 겨울엔 아무것도 할 수가 없다네. 초인적인 추위인 셈이지. 그러니 미리 몸을 잘 만들어 두게. 여기선 음식이 시원찮아서 건강을 회복하기가 어려우니까. 하지만 몸만 건강하면 파리에서 지내는 것보단 훨씬 더 수월할 걸세.

곧 편지해 주게. 주소는 여전히 같네. 카렐 식당 아를.

마음으로 악수를 청하네.

빈센트

인상주의 화가들의 그림값

(1888년 5월 1일)

사랑하는 테오에게

편지와 동봉한 50프랑 고맙게 잘 받았다. 물론 내가 미래를 온통 암담하게만 보는 건 아니지만, 곳곳에 난관이 도사리고 있으니 내 능력으론 감당하기 힘든 게 아닌가라는 생각이 들 때도 있다. 특히 몸이 안 좋을 때는 더 그렇지. 지난주엔 치통이 너무 심해서 본의 아니게 시간만 허비했다. 그래도 펜으로 그린 작은 데생들을 한 묶음, 아마 열두 점일 텐데, 조금 전에 너에게 부쳤다. 그걸 보면 내가 유화를 안 그린다고 아무 일도 안 하는 건 아님을 알 수 있을 거다. 그중에 노란 종이에 급하게 그린 스케치는 마을 입구 잔디 깔린 광장을 그린 건데, 제일 안쪽에 석조 건물이 있다.

그리고 그 건물 오른편 측랑 쪽에 오늘부터 내가 세 들어 살기로 했다. 방이 네 개라고는 하는데, 사실 제대로 된 방은 두 개뿐이고 거기에 작은 방 두 개가 딸려 있더구나. 외벽은 노란색으로 칠하고 내부는 흰 석회를 발랐는데, 햇볕이 잘 든다. 월세 15프랑으로 빌렸다. 방 하나는, 그래 2층의 방에 가구를 들여놓고 침실로 쓰고 싶구나. 아무튼 이곳을 내가 남프랑스 시골에 머무는 동안에 화실 겸 창고로 쓸 생각이다. 이제 내 주머니를 털어가며 마음을 상하게 하는 여관 주인의 억지에서 벗어날 수 있겠지. 베르나르의 편지를 받았는데, 집 하나를 통째로 빌렸다더구나. 그것도 거의 헐값으로. 운도 좋지! 이 스케치보다 훨씬 낫게 이 집을 데생으로 다시 그려서 보내주마. 그리고 이제부턴 베르나르와 다른 화가들에게도 그림을 보내달라고 할 생각이다. 기회가 닿으면 여기서 전시회를 열어 보자. 마르세유에서도 분명 기회가 생길 테고. 이번엔 정말이지 운이 좋았던 것 같다. 외벽은 노란색에 실내는 하얀색인데 햇볕까지 잘 드니, 이제 드디어 밝은 실내에서 내 그림들을 볼 수 있게 된 거지. 마룻바닥은 빨간 벽돌색이고 밖으로 나가면 정원이 딸린 작은 공원이 있다. 공원을 그린 데생 두 점도 보내주마.

장담컨대 앞으로 난 데생을 점점 더 좋아하게 될 거다. 기요맹의 그림 두 점과 베르나르의 그림 두세 점을 구입했다는 러셀의 편지를 받았다. 기쁘게도, 그가 나와도 습작을 교환하자고 했지. 이 빌어먹을 건강 문제만 아니라면 아무것도 두렵지 않을 텐데. 그래도 파리에 있을 때보단 나은 편이다. 내 위장이 형편없이 약해진 건 아마 파리에 있을 때 싸구려 포도주를 너무 많이 마신 탓일 거다. 이곳의 포도주도 형편없긴 마찬가지여서 거의 입에도 대지 않고 있다. 다시 말해, 제대로 못 먹고 술도 안 마셨더니, 몸은 많이 허약해졌지만 기력은 떨어지지 않고 오히려 회복되고 있지. 다시 한번 말하자면, 이제 나에게 필요한 건 바로 인내심일 거다.

　　(……)

구두 두 켤레를 사느라 26프랑, 셔츠 세 벌 사느라 27프랑을 썼다. 결국 100프랑 지폐가 있어도 별로 넉넉하지 않다는 뜻이지. 하지만 마르세유에서 일을 추진하려면 옷차림에 신경을 써야 할 것 같아서 좋은 것들로 살 수밖에 없었다. 내 작업도 마찬가지라서, 엉성하게 그릴 바엔 차라리 한 점 덜 그리는 게 나을 테고.

　　(……)

진한 수프만 먹어도 금방 몸이 좋아질 것 같은데, 정말 끔찍하지, 지금 있는 곳에선 아무리 부탁해도 그렇게 간단한 음식조차 절대 해주지 않는구나. 이 동네 작은 식당들도 다 마찬가지다. 감자 삶는 게 뭐가 그리 어려운 일이라고, 안 된다니!

쌀이나 마카로니도 다 떨어졌다고 하고, 기름 때문에 못 먹게 됐다고 하기도 하고, 아니면 화덕에 자리가 모자라서 내일 해주겠다고 둘러대면서 오늘은 안 된다고 거절하지. 말도

장프랑수아 라파엘리, 「에드몽 드 공쿠르의 초상」(1888년)

반 고흐, 「공공정원 입구」(1888년, 72.4×90.8cm)

쥘 브르통, 「이삭 줍기를 끝내고」(1888년)

안 되는 일이지만, 그 때문에 지금 내 건강이 이렇게 엉망이 되어버린 거야.

그런데도 결정을 내리기 너무 힘들었던 건, 헤이그에서도 뉘넌에서도 화실를 차리려고 해보았지만 잘 안 된 경험이 있기 때문이지. 하지만 상황이 그때와 많이 달라졌고 내 입지도 더 확실해졌으니, 밀고 나가보자. 이 빌어먹을 그림을 그리느라 우리가 이미 많은 돈을 쏟아부었으니, 잊지 말고 반드시 그림으로 되찾도록 하자꾸나. 인상주의 화가들의 그림값이 계속 오를 테니(난 그렇게 확신한다.) 그림을 많이 그리면서도 비싼 값을 유지해야겠지.

결국 더욱 차분하게 작품의 질에 신경을 쓰고 시간을 허비해서는 안 되는 이유가 더 생긴 셈이지. 그렇게 몇 년을 지내다 보면 그간 쏟아부었던 원금이 현찰이든 그림의 값어치로든 우리 수중에 돌아오리라 생각한다.

너만 좋다면, 빌리든 사든 침실에 가구를 들여놓을까 한다. 오늘이나 내일 아침에 둘러볼 생각이다. 처음부터 그렇게 느꼈지만, 이곳의 자연은 색채로 표현하기에 더할 나위 없는 조건이란다. 그래서 내가 이곳을 떠날 가능성은 아마도 거의 없을 것 같다.

라파엘리[30]가 에드몽 드 공쿠르[31]의 초상화를 그렸다더구나. 멋지겠지. 《릴뤼스트라시옹(L'Illustration)》[32]에 소개된 살롱 전시회 내용을 봤어. 쥘 브르통[33] 그림도 근사하지.

너에게 보내려고 5월 1일쯤에 그린 그림 한 점이 곧 갈 거다.

새 화실은 두 사람이 나누어 써도 될 것 같은데, 고갱이 남프랑스로 내려올 의향이 있을지도 모르겠다. 어쩌면 맥나이트[34]와 함께 지낼 수도 있을 거고. 그렇게 되면 집에서 요리도 할 수 있겠지.

어쨌든 화실이 밖에서 너무 잘 보이는 공간이라, 제아무리 무던한 여자라도 이곳에 오려고 하지는 않을 것 같다. 마음에 드는 여자를 열심히 따라다녀 봤자 같이 살게 될 것 같지는 않구나. 그래도 내가 보기에 파리만큼 풍속이 비인간적이고 부자연스러운 곳은 없지 싶다. 어쨌든 내 기질상 결혼생활과 작품 활동을 동시에 해나가는 건 불가능할 테니, 이런 환경에서 그림을 그릴 수 있다는 걸로 만족해야겠지. 물론 이런 게 행복이나 진짜 삶은 아니지만, 할 수 없지. 그림을 그리며 살아

---

30 장프랑수아 라파엘리(1850~1924년), 프랑스의 사실주의 화가.

31 에드몽 드 공쿠르(1822~1896년), 프랑스의 작가, 비평가로, 동생 쥘 드 공쿠르와 함께 글을 썼다.

32 1843년부터 1944년까지 프랑스에서 발행된 주간지.

33 쥘 브르통(1827~1906년), 프랑스의 화가, 시인.

34 다지 맥나이트(1860~1950년), 미국의 화가로, 인상주의적인 풍경화를 많이 그렸다. 고흐가 아를에 머물던 무렵 맥나이트는 가까운 퐁비에유에 머물렀다.

가는 게 진짜 삶이 아니라는 건 나도 잘 알지만, 그래도 나에게
너무나 살아 있다는 느낌을 주니 말이다. 그러니 여기에 만족
하지 않는다면 배은망덕한 거지.

    (……)

너의 형 빈센트

회화적인 얼굴들

(1888년 5월 4일)

사랑하는 테오에게

어제 침대를 비롯해서 가구를 임대할 수 있는지 문의하러 가구상들을 찾아갔는데, 불행히도 가구는 임대가 안 되고, 심지어 사는 것도 월부로는 안 된다는구나. 무척 곤혹스러운 상황이다. 그래서 말인데, 생각해 보니 살롱전이 끝나면 코닝이 돌아갈 테니(내가 알기론 그럴 생각일 거다.) 그가 떠난 뒤에 지금 그가 쓰고 있는 침대를 나에게 보내주면 좋겠다.

(……)

요즘 이곳엔 나흘 중 사흘은 바람이 불고 미스트랄이 아주 거세단다. 늘 해는 있지만, 밖에서 작업하기는 어렵지.

여기선 초상화를 그려보면 좋을 것 같다. 이곳 사람들은 그림에 관해선 문외한이지만, 일반적으로 얼굴이나 생활 방식은 북쪽 사람들보다 훨씬 더 예술적이거든. 여기서 고야나 벨

라스케스 그림에 그려진 것 같은 아름다운 사람들도 보았단
다. 그들은 검은색 정장에 분홍색 장식을 달 줄도 알고, 흰색과
노란색과 분홍색, 혹은 초록색과 분홍색, 아니면 파란색과 노
란색이 들어간 옷도 만들어 입는데, 예술적 관점에서 전혀 손
색이 없어 보인다. 쇠라가 여기 온다면, 사람들의 복장은 현대
적인데도 얼굴은 매우 회화적이라고 생각할 테지.

조만간 이곳 사람들이 초상화의 매력에 푹 빠져들 것 같
다. 하지만 본격적으로 뛰어들기 전에 예민한 내 성격부터 차
분하게 가라앉혀야겠지. 제대로 자리를 잡고 나면, 사람들이
내 화실을 찾아오게 할 생각이다. 대략 이야기하자면, 지금 계
산으로는 건강을 회복하고 이곳 기후에 다 적응하는 데 1년 정
도 걸릴 테고, 자리를 잡으려면 최소한 1000프랑은 필요하지
싶다. 첫해(올해)에 매달 생활비 100프랑, 집세로 100프랑을
지불해야 하니, 보다시피 그림 그리는 데 필요한 경비는 한 푼
도 남지 않겠지. 하지만 올해 연말쯤에는 화실도 자리를 잡고
내 건강도 좋아질 테지. 그때까지 무엇보다 매일 데생을 하고,
유화는 매달 두세 점씩 그릴 생각이다.

이번 화실에선 시트와 옷, 그리고 신발도 완전히 새것으
로 바꾸고 싶다. 연말이면 난 완전히 다른 사람이 되어 있겠지.
내 집도 있고, 건강에 필요한 안정도 되찾고 말이다. 이곳에서
요절하고 싶지는 않구나.

몽티셀리는 나보다 건강했던 것 같다. 나도 기운만 있으면 그처럼 살았을 텐데 아쉽구나.

하지만 몽티셀리도 마비 증상을 겪었으니까, 그만큼 잘 많이 마시지도 못하는 내가 버텨내긴 힘들겠지.

파리를 떠나올 땐 나도 마비 상태가 거의 시작되고 있었지. 그러고는 그 대가를 얼마나 혹독하게 치러야 했는지! 술을 끊고 담배도 확 줄였다. 그리고, 아무 생각 없이 멍하니 있지 않고 무언가를 다시 골똘하게 생각하기 시작했지. 하지만, 맙소사, 어찌나 우울하고 의기소침해지던지! 그나마 이 멋진 자연 속에서 그림을 그리면서 정신적으로 버티긴 했지만 그렇게 애쓰느라 정말 힘들었다.

지난번 편지에 내가 쓴 말은 바로 그런 뜻이다. 만일 네가 구필[35] 화랑을 떠난다면 마음은 편해질 테지만, 정작 병이 들었을 땐 느끼지 못하고 있던 것과 달리 회복 과정이 몹시도 고통스러울 거라고 말이야.

불쌍한 내 아우야, 우리의 이런 신경증은 지나치게 예술가적인 생활 방식에서 오기도 하지만, 숙명적으로 물려받은 것이기도 한 것 같다. 문명사회에서는 세대에 세대를 거듭할수록 사람들이 약해지기 마련이니까.

---

35 미술상 아돌프 구필은 1850년 파리에 처음 회사를 설립한 뒤 이후 영국 등 여러 나라로 진출했다. 테오는 헤이그와 파리의 구필 화랑에서 일했다.

반 고흐, 「룰랭 부인과 아기 마르셀」(1888년, 63.5×50.8cm)

반 고흐, 「라 무스메(일본인처럼 그린 아를의 소녀)」(1888년, 73.3×60.3cm)

우리 여동생 빌³⁶만 봐도, 술도 안 마시고 방탕한 생활도 안 하는데 사진을 보면 넋이 나간 눈빛을 하고 있지. 그러니까 우리가 정말 우리 기질의 실체를 직시해 보자면, 우린 이미 오래전부터 신경쇠약에 시달려 온 사람들과 다르지 않다고 말해야 할 거다.

(……)

너의 형 빈센트

---

36 고흐의 두 여동생 중 빌레미나 반 고흐를 말한다. 고흐와 편지를 주고받았고, 간호사로 일했다. 네덜란드의 초기 여성 운동에 참여했다.

날 바보 취급하게 둘 순 없어
(1888년 5월 12일)

사랑하는 테오에게

『타르타랭』에서 아랍계 유대인이 '치안판사' 발음을 못해서 이상하게 부른 그 사람 집에 다녀온 얘기를 하려고 몇 자 더 적는다. 어쨌든 난 12프랑을 돌려받았고, 집주인이 오히려 내 트렁크를 내주지 않았다고 혼이 났거든. 내가 숙박비를 내려고 하지 않은 게 아니니까 트렁크를 압류할 권리는 없었던 거지. 만일 집주인이 옳았으면 내가 틀렸다는 말이 될 테니, 그랬으면 그자가 내가 숙박비를 낼 능력이 없고 그럴 생각도 없었다고, 그래서 내 트렁크를 내줄 수 없었다고 온 동네 떠들고 다녔을 거다.

그래놓고 돌아오는 길에 하는 말이, 같이 걷게 되었거든, 그래 자기가 화가 나서 그랬다고, 날 모욕할 의도는 없었다는 거야. 하지만 난 그 사람이 원한 게 바로 날 모욕하는 거였다고

반 고흐, 「밀밭 농가」(1888년, 45.3×50.9cm)

반 고흐, 「전경에 붓꽃이 있는 아를 풍경」(1888년, 54×65cm)

생각한다. 너절한 자기 집을 내가 지긋지긋해한다는 걸 알고는, 더 이상 날 머물게 할 구실이 없으니까 그런 이야기를 지어낸 거지. 그래, 내가 정말로 숙박비를 깎고 싶었으면, 예를 들어 손해배상 같은 명목으로 더 많은 걸 요구할 수 있었겠지. 이곳에서 아무나 날 바보 취급하게 내버려둔다면 난 금방 쩔쩔매게 될 거다.

　1프랑으로 식사를 할 수 있는 더 좋은 식당을 찾았다. 요즘 건강도 더 좋아지고 있고, 습작도 새로 두 점 그렸다. 너한테 이미 데생도 보냈는데, 밀밭 사이 넓은 길가에 있는 농가, 진노랑 미나리아재비가 가득한 초원, 보라색 꽃에 초록색 잎이 달린 붓꽃들이 피어 있는 도랑, 저 멀리 보이는 마을과 잿빛 버드나무 몇 그루, 띠처럼 걸려 있는 파란 하늘이 있다.

　농부들이 초원의 풀을 다 베어버리지만 않으면, 이 습작을 다시 그려보고 싶구나. 풍경이 너무 아름다워 구도를 잡기가 힘들었지. 노란색과 보라색 꽃들이 만발한 들판으로 둘러싸인 작은 마을, 우리가 꿈꾸는 일본이라는 곳이 바로 이런 풍경일지도 모르겠다.

　완행열차로 가는 화물 운송 가격을 알아보았더니 파리역까지 7프랑이라는구나. 남아 있는 돈이 거의 없어 착불로 보냈는데, 혹시 더 달라고 하면 그냥 주지 말고 따져보길 바란다. 화물 상자엔 UV & W1042로 표시되어 있다.

어제오늘 또 미스트랄이 부는구나. 테르스테이흐 씨가 파리에 오기 전에 내가 보낸 화물이 도착해야 할 텐데.

너의 형 빈센트

또 다른 젊음
(1888년 5월 20일)

사랑하는 테오에게

그뤼비 박사를 찾아갔다는 네 편지를 받고 마음이 많이 아팠지만, 그래도 한편으론 마음이 좀 놓인다.

(……)

네가 1년만이라도 이런 전원에서 자연과 더불어 살 수 있다면 그뤼비 박사의 치료가 훨씬 더 효과적일 텐데……. 그뤼비 박사가 너에게 정말 어쩔 수 없는 경우 말고는 최대한으로 여자들을 멀리하라고 처방했겠지. 사실 난 그런 쪽으론 아무 문제 없이 아주 잘 지내고 있다. 여기서는 해야 할 작업이 있고 자연이 있으니까. 그게 없었다면 아마 우울해졌을 거다. 너도 일에 재미를 좀 붙이기만 한다면, 그리고 인상주의 화가들 일이 잘 풀리기만 한다면, 그것만 해도 많은 것을 얻은 셈이지. 고독, 근심, 불화, 우정과 공감에 대한 욕구가 충족되지 못한 상태, 이런 것들이 제일 나쁘니까. 방탕한 생활보다 슬픔이나 환멸 같은 도덕적 감정들이 우리를, 마음은 어지럽지만 행복하다고 생각하는 우리 화가들을 더 무너뜨린단다.

(……)

이번 주엔 정물화를 두 점 그렸다. 한 점은 파란색 법랑을 입힌 철제 커피 주전자, 그 왼쪽에 감청색과 황금색의 커피잔, 연한 청색과 흰색의 바둑판무늬 우유 종지, 오른편엔 담황색 점토 접시 위에 파란색과 주황색 무늬가 들어간 흰 찻잔, 빨간색과 초록색, 그리고 갈색 꽃들이 그려진 바르보틴 도기[37] 혹은 청색의 마욜리카 도기[38] 단지, 그리고 오렌지 두 개와 레몬 세 개가 놓여 있는 그림이다. 식탁엔 청색 나사(羅紗)가 깔려 있고, 바탕은 황록색이다. 그러니까 파란색 계열이 여섯 개, 노란색과 주황색 계열이 네다섯 개 정도 되는 거지.

다른 한 점은 야생화를 꽂아놓은 마졸리카 도자기 꽃병이다.

편지와 동봉한 50프랑 고맙다. 그림들을 넣은 상자가 며칠 안에 너한테 가면 좋겠구나. 다음번엔 틀에서 빼서 그림만

---

37 점토와 물을 혼합해서 걸쭉하게 만든 이장(泥漿, 슬립)을 석고틀에 넣어 굳히는 방식으로 만든 도기.

38 르네상스 시대 이탈리아 혹은 스페인 남부 아랍 문화권에서 발달한 도기로, 주석 유약을 사용한다.

말아서 속달로 보낼 생각이다. 이곳에서 친하게 지내는 덴마크 화가는 그림을 시작한 지 얼마 안 돼서 그런지 실력이 좋아 보이진 않지만 똑똑하고 마음도 따뜻해서, 내 생각에 네가 금방 사귈 수 있을 것 같다. 시간 되는 일요일에 잠시 들러서 인사를 하면 좋겠지.

내 건강은 아주 많이 좋아졌고, 혈액순환도 문제가 없고 소화도 잘된다. 이제 음식을 아주 잘 먹을 수 있고, 그랬더니 곧바로 효과가 나타나는구나.

(……)

자신을 온전히 예술에 내던지려는 욕망이, 그렇게 다시 시작하고 싶은 욕망이 생기지 않을 때가 있다. 우리는 스스로가 삯마차를 끄는 말이라는 것을, 언제나 같은 마차에 묶인 채로 지내야 한다는 것을 알고 있지. 그런데 그러고 싶지 않고, 햇살이 내리쬐고 강물이 흐르는 들판에서 다른 말들과 자유롭게 뛰놀며 후손을 만들고 싶은 거다. 네 심장병도 결국 어느 정도는 그런 이유일 것 같다. 정말 그렇다 해도 놀랍지 않지. 주어진 상황을 거역할 수도 없고 그렇다고 체념할 수도 없으니까 병이 들고 낫지도 않는 게 아닐까. 치료할 방법을 제대로 알 수도 없는 채로 말이다. 누군진 모르겠지만 이런 상태를 죽음과 불멸에 얻어맞았다라고 표현했지. 우리가 끄는 삯마차는 아마도 우리가 알 수 없는 이들에게 유용하게 쓰이게 될 거다.

그러니까 새로운 예술, 미래의 예술가들을 믿어보자꾸나. 우리의 예감은 틀리지 않을 테니까. 사람 좋은 영감님 코로가 죽기 며칠 전에 이런 말을 했다는구나. "지난밤 꿈속에서 하늘이 온통 분홍빛으로 물든 풍경을 보았네." 그 하늘은 바로 인상주의 화가들의 풍경화 위쪽에 그려진 분홍색, 노란색, 초록색 하늘에서 오지 않았을까? 내 말은, 어떤 일이 미래에 일어날 거라고 느끼면, 실제로 그 일이 일어난다는 거다.

우리는 죽음이 당장 코앞에 있다고 생각하진 않지만, 죽음이 우리보다 더 크고 우리 삶보다 더 길다고 느끼지. 그리고 죽음을 직접 느끼지는 못해도, 우리가 하찮은 존재라는, 예술가라는 고리에 들어가기 위해 혹독한 대가를 치르고 있다는 현실은 더 절실하게 느낀다. 건강, 젊음, 자유는 전혀 누리지도 못하면서 말이다. 봄날을 즐기러 나가는 사람들이 탄 삯마차를 끄는 가련한 말과 다를 바 없달까. 그러니까 이제 내가 바라는 건, 너와 내가 건강을 되찾는 거다. 꼭 그래야지.

퓌비 드 샤반[39]의 「희망」은 바로 그런 현실을 보여주지 않나 싶다. 미래의 예술은 매우 아름답고 젊어야 한다. 그래서 지금은 우리가 젊음을 갖다 바치지만, 나중엔 편안하게 승리를 누리게 될 거다. 이런 얘기를 쓴다는 게 너무 어리석어 보일지

39 피에르 퓌비 드샤반(1824~1898년), 19세기 프랑스 상징주의 회화의 선구자로서 1890년 프랑스 미술협회 창설 멤버들 가운데 하나이다.

반 고흐, 「주전자, 접시, 과일이 있는 정물」(1888년, 65×81cm)

반 고흐, 「야생화를 담은 마욜리카 화병」(1888년, 55×46cm)

피에르 퓌비 드샤반, 「희망」(1872년)

모르겠지만, 난 그렇게 느꼈다. 너도 나처럼 젊음이 이렇게 연기처럼 사라져 버리는 게 고통스럽겠지. 하지만 우리가 이루어낸 것 속에서 젊음의 싹이 다시 틀 테니, 결국 우리는 아무것도 잃지 않은 셈 아닐까. 작업을 할 수 있는 힘은 또 다른 젊음이지. 그러니 좀 더 진지하게 건강 회복에 힘쓰길 바란다. 우리에겐 건강이 꼭 필요하니까. 너와 코닝에게 마음으로 악수를 청한다.

너의 형 빈센트

고갱을 도우려면

(1888년 5월 28일 또는 29일)

사랑하는 테오에게

고갱 일을 생각해 보았다. 그가 여기로 오겠다고 하면 여비를 대야 하고, 침대와 매트리스도 두 개씩 있어야겠지.

하지만 그러고 나면, 고갱은 뱃사람이었으니[40] 아마도 우리가 집에서 음식을 만들어 먹을 수도 있을 것 같다. 그러면 지금까지 나 혼자 쓰던 생활비로도 둘이 살아갈 수 있겠지.

사실 난 화가들이 혼자 사는 것은 어리석은 짓이라고 늘 생각해 왔다. 홀로 떨어져 있으면 늘 잃는 게 많지. 네가 고갱의 문제를 해결해 주고 싶어 하니 내 생각을 말하는 거다.

하지만 네가 브르타뉴로 고갱의 생활비를 보내면서 프로방스로 내 생활비까지 보내서는 안 될 것 같다. 차라리 고갱과

---

40 고갱은 십 대 때 범선을 타기 시작해서 2등 항해사 자격을 얻었고 해군으로 복무한 적이 있다.

내가 둘이서 같이 한 달 생활비를, 예를 들어 250프랑으로 정해서 쓴다고 하면, 그러면서 내 그림과 별도로 고갱도 매달 한 점씩 너에게 그림을 보내면, 너한테도 좋지 않을까 싶다.

정해진 예산을 초과하지만 않는다면 아마도 이득이 될 거다. 사실 이렇게 다른 화가들과 같이 지내면서 작업해 보고 싶은 생각도 있었다. 그래서 고갱에게 보낼 편지의 초안을 같이 넣었다. 네가 읽어보고 좋다고 하면, 문장을 몇 군데 다듬어서 보내야지. 일단은 이렇게 써봤다. 이번 일을 그저 우리 사업의 일부로 간주하자. 그게 모두에게 최선이지. 그렇게 처리하자꾸나. 다만 네가 직접 이익을 얻는 사업은 아니니까, 사실상 내 문제라고 해야겠지. 그러고서 내가 고갱을 내 집에 함께 살 친구로 맞이하는 걸로 하자.

너도 나처럼 고갱을 돕고 싶어 한다고 생각했다. 사실 난 그가 사정이 딱하다는 걸 알고 마음이 아팠다. 물론 오늘내일 나아질 일은 아니지. 그렇다고 지금 상황에서 이보다 나은 제안을 할 수는 없지 않을까? 다른 누구도 이만 한 제안을 내놓진 못할 거다.

나 혼자 돈을 많이 쓴다는 게 마음이 무겁다. 해결책이라면 돈 많은 여자를 만나거나, 그게 아니면 같이 살면서 그림을 그릴 친구를 찾는 수밖에 없겠지. 그런데 여자는 없으니 친구를 찾을 수밖에. 고갱이 동의한다면 질질 끌 필요는 없을 것 같다.

또 어쩌면, 난 이 일이 협회를 결성하는 계기가 될 수도 있으리라고 생각한다. 베르나르도 남프랑스로 와서 우리와 합류할 수 있고. 난 늘 네가 프랑스에서 인상주의 화가 협회를 이끌 적임자라고 보고 있다. 그리고 그들을 규합하는 데 내가 도움이 될 수만 있다면, 기꺼이 그들 모두를 나보다 더 뛰어난 화가로 대우할 생각이다. 내가 그들보다 돈을 더 많이 쓴다는 사실때문에 내 마음이 얼마나 불편한지 넌 모를 거다. 나로선 너한테도 그들한테도 더 이득이 되는 방법을 찾을 수밖에 없고, 그래서 생각한 게 바로 이거다. 그러니 잘 생각해 보려무나. 좋은 친구가 있어서 함께 지낼 수 있다면 각자 살 때보다 생활비는 줄어들지 않을까?

언젠가는 우리가 좀 덜 고생스러울 날이 오겠지만 지금은 그런 기대는 하지 않는다. 우선 네가 고갱부터 도와준다면 난 아주 기쁠 것 같다. 나도 요리나 살림을 그렇게 못하진 않지만, 다른 친구들은 군대도 다녀오고 다른 경험들도 있으니 나보단 잘하겠지.

마음으로 너와 악수를 해본다. 코닝에게도 인사 전해주길 바란다. 그가 건강하게 돌아간다니 너도 흡족하겠지. 네가 데리고 있어 주지 않았으면 달랐을 거다. 구필 화랑이 네가 제안한 곳을 쓰기로 했다니 그것도 기쁘구나.

너의 형 빈센트

다른 화가들도 돕는 전략
(고흐가 고갱에게 보내는 편지 초안)

나의 동료 고갱에게

생각은 자주 했지만, 공허한 말만 늘어놓고 싶지 않았기에 이제야 편지를 씁니다.

러셀과의 거래는 아직 성사되지 않았지만, 그래도 기요맹과 베르나르 등 인상주의 화가들의 작품을 구입했으니 그 친구 스타일로 볼 때 기다리다 보면 기회가 올 겁니다. 지금으로선 이미 두 번 거절한 터라 더 말하긴 어렵군요. 그래도 그가 다음 기회에 보자는 약속은 했지요.

이렇게 편지를 쓰게 된 건, 내가 여기 아를에서 방 네 개짜리 집을 얻었고, 나처럼 남프랑스에 둥지를 틀고 작업에 몰두하면서 보름에 한 번 정도 돈 주고 여자를 사는 것 외에는 수도사처럼 칩거하며 살고 싶은, 그러니까 그 나머지는 작업에만 충실하고 시간을 허비하지 않을 화가가 한 명 더 있으면 좋겠다는 생각을 했기 때문입니다. 나 혼자 멀리 떨어져 지내는 게 좀 힘이 듭니다.

사실 솔직하게 이 얘기를 해야겠다고 여러 번 생각했었습니다.

나와 내 동생이 당신의 그림을 높이 평가하고 있고, 당신이 좀 더 평온한 환경에서 지낼 수 있기를 간절히 바라고 있다는 건 이미 잘 알고 있겠지요. 그런데 내 동생이 브르타뉴와 프로방스 양쪽에 돈을 보내려니 힘든 모양입니다. 그래서 하는 말인데, 여기 와서 나와 함께 지내면 어떨까요? 우리 둘이 합치면 지내기에 충분할 겁니다. 그 점은 내가 장담하지요.

나로선 일단 남프랑스를 공략하기로 한 이상 물러설 이유는 전혀 찾지 못했습니다. 처음 왔을 땐 몸이 아팠지만 이젠 다 나았고, 오히려 거의 1년 내내 밖에 나가 작업할 수 있는 이곳의 매력에 점점 더 끌리는 중이거든요.

물론 이곳 생활비가 좀 비싸긴 하지만 그만큼 그림을 팔 수 있는 기회는 더 많을 겁니다. 어쨌든 내 동생이 우리 두 사람 몫으로 매달 250프랑을 보내줄 테니, 괜찮으면 여기 와서 함께 지내봅시다. 다만 식사는 가능한 한 집에서 해결하고, 살림은 하루에 몇 시간 정도 와서 일할 가정부를 구하면, 여관에서 지내는 것보다는 생활비를 줄일 수 있겠지요.

내 동생에겐 매달 그림 한 점씩 보내주고, 나머진 마음대

폴 고갱, 「춤추는 브르타뉴 소녀들(퐁타벤)」(1888년)

폴 고갱, 「실 잣는 브르타뉴 여인」(1889년)

로 해도 됩니다. 그래서 이야긴데, 우리 두 사람이 곧바로 마르세유에서 전시회를 연다면 우리뿐 아니라 다른 인상주의 화가들에게도 길을 열어줄 수 있으리라 생각합니다.

물론 이곳에 오려면 여비도 필요하고 침대도 하나 사야겠지만, 그 문제는 그림으로 해결할 수 있을 겁니다.

이 문제에 대해 내 동생과 연락해서 의논해 보되, 미리 말하는데, 내 동생이 책임지고 무엇을 해준다는 뜻은 아닙니다. 확실한 건, 우리 형제가 어떻게 하면 보다 더 실질적인 도움을 줄 수 있을까 고민한 끝에 찾아낸 유일한 방법은, 당신이 원한다면 이곳에 와서 나와 함께 지내는 것입니다. 이것저것 많이 생각하고 내린 결정입니다. 당신의 건강을 위해서도 무엇보다 심리적인 안정이 필요할 겁니다. 만약 내 생각이 틀렸고, 이곳의 더위가 너무 심하거나 하면, 그땐 다른 방도를 찾아야 할 테지만요. 지금까지는 이곳의 기후가 나에게 아주 잘 맞습니다. 할 이야기는 많지만, 오늘은 일단 사업 이야기만 하도록 하죠. 조속한 시일 내에 나와 내 동생에게 답장 부탁합니다.

바다 빛깔이 꼭 고등어 같다

(1888년 6월 3일 또는 4일)

사랑하는 테오에게

드디어 지중해 바닷가 생트마리에 와서 편지를 쓴다. 바다 빛깔이 꼭 고등어 같구나. 계속 변한다는 뜻이지. 초록색인지 보라색인지 가늠하기 힘들고, 파란색 같기도 하다가 햇빛에 반사되면 분홍색이나 회색을 띠기도 한다.

여기 오니까 뜬금없이 선원이셨던 삼촌이 떠오르는 걸 보니 가족이란 게 참 재미있는 거라는 생각이 든다. 분명 이곳 바다 부근을 여러 번 보셨겠지.

가져온 캔버스 세 개를 그림으로 채웠다. 바다 풍경 두 점과 마을 풍경 한 점이지. 데생도 몇 점 그렸는데 내일 아를에 돌아가면 우편으로 보내주마.

이미 6프랑을 달라는 데도 많은데 식사 포함 하루 4프랑에 숙소를 구했다.

반 고흐, 「생트마리 바다 풍경」(1888년, 50.5×64.3cm)

반 고흐, 「생트마리 마을의 하얀 집들」(1888년, 33.5×41.5cm)

반 고흐, 「생트마리 해변의 고깃배들」(1888년, 65×81.5cm)

사정이 허락한다면 이곳에 다시 와서 습작을 몇 점 더 그릴 생각이다.

이곳 해변은 주로 모래사장이고, 절벽이나 바위는 없다. 네덜란드와 비슷하지. 하지만 모래 언덕은 적고, 바다는 더 푸르단다.

여기선 센 강변보다 더 맛있는 생선튀김 요리를 먹을 수 있다. 다만 매일 생선이 있는 건 아닌데 어부들이 마르세유에서 팔려고 가져가기 때문이지. 하지만 생선이 있는 날은, 정말로 맛있단다. 생선이 없는 날은, 제롬[41]의 그림에 나오는 펠라[42]의 푸줏간처럼 입맛을 돋우는 고기를 파는 곳이 없어서 먹을 게 별로 없는 게 문제지.

내가 머무는 마을과 시내를 합쳐도 백 가구나 될까 싶다. 낡은 교회와 옛 성채, 그리고 그다음으로 중요한 건물인 병영이 있다. 집들도 있는데 트렌테[43]에서 볼 수 있는 히스가 무성한 광야나 이탄 지대의 집들과 비슷하다. 견본으로 데생을 몇 점 그려서 보내줄 테니 보거라.

여기서 그린 습작 세 점은 충분히 마르지 않아서 두고 갈

---

41 장레옹 제롬(1824~1904년), 프랑스의 화가이자 조각가. 동방의 신화적이고 역사적이고 종교적인 장면들을 주로 그렸다.

42 이집트와 아랍권 북부 아프리카의 농부.

43 네덜란드 북동부의 주. 고흐의 사촌형 안톤 마우베가 머물렀고, 고흐도 이곳에서 「광야에서 일하는 두 여인」, 「이탄 운반선에서 일하는 두 사람」을 그렸다.

수밖에 없구나. 다섯 시간 동안이나 흔들리는 마차 안에 둘 수는 없으니까. 어차피 다시 한번 올 생각이고.

다음 주엔 타라스콩에 가서 두세 점 정도 습작을 그릴까 한다.

아직 나에게 편지를 보내지 않았다면 아를에 가서 네 편지를 기다리마.

이곳의 아주 잘생긴 군사경찰 한 명이 나를 찾아와서 이것저것 묻기도 했다. 신부님도 찾아왔었고. 여기 사람들은 다들 착한 것 같다. 신부님도 아주 선량해 보였고.

다음 달이면 여기도 해수욕 철이 시작된다는구나. 대략 스무 명에서 쉰 명 정도 올 거라고 한다. 나는 데생 몇 점 더 그려야 해서 내일 오후까지 여기 머물려 한다.

하루는 밤에 텅 빈 해변을 홀로 산책했는데, 그리 즐거운 분위기는 아니었지만 그렇다고 슬프지도 않았지. 그냥 아름다웠다. 짙푸른 하늘 위엔 그보다 더 짙은 코발트 빛이나 은하수의 희뿌연 푸른색에 가까운 쪽빛 구름들이 떠다녔지. 검푸른 하늘 깊은 곳엔 초록색, 노란색, 하얀색, 분홍색 별들이 다이아몬드처럼 밝게 빛나고 있었고. 마치 파리 보석 가게에서 볼 수 있는 오팔, 에메랄드, 라피스, 루비, 사파이어 같았다. 바다는 아주 짙은 군청색에, 덤불 때문인지 해변은 보랏빛과 옅은 다갈색이 섞인 것처럼 보였고. 5미터 정도 높이의 모래 언덕 위엔 프러시안블루 색을 띤 덤불들이 있었다. 종이 반쪽 정도 크기의 데생들 말고도 벽에 걸 수 있는 큰 데생도 하나 그렸는데, 마지막에 그린 그림과 짝을 이룰 수 있을 거다.

곧 연락하자. 마음으로 악수를 청한다.

너의 형 빈센트

노란색과 보라색의 대비

(1888년 6월 19일경)

나의 소중한 벗 베르나르에게

편지를 너무 급하게 써서 미안하네. 내 글씨를 제대로 알아볼 수 있을지 걱정이지만, 빨리 답장을 쓰고 싶은 마음에 그랬으니 이해해 주게.

고갱과 자네와 내가 한곳에 모이지 않은 게 얼마나 어리석은 일인지 알고 있나? 하지만 고갱이 떠나려 했을 땐 내가 떠날 수 있을지 미처 확신이 없었지. 자네가 오는 건 그 끔찍한 여비 문제가 있었고, 게다가 내가 이곳 생활비가 비싸다는 안 좋은 소식을 전할 수밖에 없었고, 결국 오지 못했지. 우리 셋이 한꺼번에 떠나왔으면 나쁘지 않았을 텐데. 셋이 한집에 지낼 수 있었을 테고. 이제 사정이 좀 나아지니 이곳에서 지내는 장점들도 눈에 보이기 시작한다네. 북쪽에 있을 때보다는 건강도 더 좋아졌고, 한낮 뙤약볕 아래 그늘이 하나도 없는 밀밭에서 그림을 그리면서도 매미처럼 즐기고 있다네. 서른다섯 살이 아니라 회색이나 무채색에 열광했던 스물다섯 살에 이곳에 왔더라면 얼마나 좋았을까! 그 당시엔 자나 깨나 밀레를 동경했고, 그다음엔 네덜란드에서 마우베나 이스라엘스 같은 화가들을 만나게 되었지.

「씨 뿌리는 사람」 스케치를 편지에 넣었네. 쟁기로 간 넓은 밭은 거의 보라색이고, 익은 밀밭은 양홍빛이 살짝 들어간 황갈색이지.

하늘은 크롬 1호에 흰색을 조금 섞은 태양만큼 밝게 크롬 1호로 노랗게 칠했네. 하늘의 나머지 부분은 크롬 1호와 2호를 섞어 칠해서 아주 짙은 노란색이고. 씨 뿌리는 사람의 작업복 윗옷은 파란색, 바지는 흰색이라네. 크기는 정사각형 25호 캔버스고. 밭은 보라색과 노란색을 섞어서 중성적인 색조로 하고, 노란 물감으로 붓질을 많이 했지. 하지만 나는 색의 진실에는 별로 관심이 없고, 오히려 낡은 시골 달력에서나 볼 수 있는 소박한 풍경을 그리고 싶다네. 우박, 눈, 비, 화창한 날 등을 아주 원시적인 방식으로 그린 앙크탱[44]의 「추수」처럼 말이야.

내가 시골에서 나고 자라서 그런지 솔직히 시골에 대한 거부감은 전혀 없다네. 씨 뿌리는 사람과 밀 짚단을 보면 옛날

---

44   루이 에밀 앙크탱(1861~1932년), 프랑스의 화가.

추억이 불현듯 떠오르고, 그런 무한(無限)을 향한 동경으로 아직도 예전처럼 황홀해지곤 하지.

그런데 늘 마음속에 품고 있던, 별이 빛나는 하늘은 언제쯤에나 그릴 수 있을까? 아, 아쉽기만 하네! 위스망스[45]의 소설 『부부생활』에 나오는 멋진 친구 시프리앙의 말마따나, 가장 아름다운 그림은 침대 위에 누워서 파이프 담배를 피우면서 꿈꾸듯 머릿속으로 그려보는, 하지만 실제로 그리지는 않을 그림일지도 모르지. 하지만 말로 표현할 수 없을 정도로 아름답고 찬란한 자연의 완벽함 앞에서 내가 아무리 무능하게 느껴진다 해도 시도해 볼 생각이네.

그런데 자네가 유곽에서 그렸다는 습작이 어떤 건지 보고 싶군. 난 여기 와서 아직 인물화를 그리지 못해 끊임없이 자책하고 있다네.

이번 그림도 풍경화라네. 해가 지는 풍경 같은가? 달이 뜨는 풍경으로 보이나? 어쨌든 여름 저녁이라네. 마을은 보라색, 별은 노란색, 하늘은 청록색이지. 밀밭은 오래된 금색, 구리색, 황록색, 황적색, 황금색, 황동색, 초록색, 붉은색 등 모든 색조가 다 담겨 있어. 크기는 정사각형 30호 캔버스고.

미스트랄이 한창일 때 이 그림을 그렸지. 이젤을 쇠말뚝

---

45   조리 카를 위스망스(1848~1907년), 프랑스의 소설가, 미술비평가. 『부부생활』은 초기 자연주의적 경향의 작품이다. 이후 『거꾸로』 같은 탐미주의적 작품들을 썼다.

반 고흐, 「씨 뿌리는 사람」(1888년, 40×32cm)

반 고흐, 「씨 뿌리는 사람」(1888년, 33×40cm)

반 고흐, 「씨 뿌리는 사람」(1888년, 64.2×80.3cm)

으로 땅바닥에 고정하고 그렸는데, 자네도 이 방법을 써보게. 우선 이젤 다리를 바닥에 묻고 50센티미터 길이의 쇠말뚝을 그 옆에 박은 다음 전부 다 끈으로 묶어 두면 아무리 바람이 거세도 작업을 할 수 있지.

흰색과 검은색에 대해 내가 하고 싶은 말이 있네. 「씨 뿌리는 사람」을 보면, 그림의 위쪽 절반은 노란색, 아래쪽 절반은 보라색, 이렇게 두 부분으로 나뉘는데, 그럴 때 노란색과 보라색의 대비가 지나쳐 눈에 거슬릴 수도 있으니까, 바지를 하얀색으로 칠하면 눈을 쉬게 하고 시선을 딴 데로 돌리게 할 수 있지. 자네에게 이걸 말해 주고 싶었네.

(……)

유화를 그리는 이유 중 하나는 돈이 되기 때문이지. 자네는 그게 너무 세속적인 이유라고, 또 과연 그게 정말인지 의심스럽다고 말할 수도 있을 테지. 하지만 사실이라네. 유화를 그리지 않는 이유도 캔버스와 물감을 사는 데 적잖은 돈이 들기 때문이네. 반대로 데생은 그리 돈이 들지 않으니까.

고갱도 퐁타벤에서 외롭게 지내는 게 지겨운지 자네처럼 투덜거린다네. 자네가 한번 찾아가면 어떨까? 하지만 그가 계속 퐁타벤에 머물지는 모르겠고. 파리로 갈 생각도 있는 것 같네. 자네가 퐁타벤에 올 줄 알았다고 하더군.

아, 정말 우리 셋이 이곳에서 함께 지낼 수 있다면! 자네는 너무 멀다고 하겠지. 그렇긴 하지, 하지만 그래도 여기선 1년 내내, 그러니까 겨울에도 바깥에서 그림을 그릴 수 있다네. 추위를 걱정할 필요가 없다는 게 바로 내가 이곳을 좋아하는 이유이지. 추우면 혈액순환이 잘 안 되고, 제대로 생각하기도 힘들고, 아무 일도 할 수 없게 되니까 말일세.

화가들의 수호성인인 성 루카의 상징은 자네도 알다시피 소가 아닌가. 예술이라는 밭을 경작하려면 소처럼 인내심이 있어야 하는 거지. 물론 황소들은 더러운 그림판에서 일할 필요가 없으니 정말 행복할 테지만……. 여하튼 내가 하고 싶은 말은, 우울한 시기가 지나고 나면 자네는 전보다 더 강해지리라는 걸세. 건강도 회복되고 그러면 주변의 자연도 너무 아름답게 보여서 그림을 그리고 싶다는 욕망만 생길 거야. 자네의 시(詩)도 그림과 같은 방향으로 바뀔 거고. 예전에 쓰던 재기 발랄한 시들 대신 이집트적인 평온함과 위대한 단순성을 갖춘 시를 쓰는 거지.

시간은 어찌나 짧은지
사랑하며 보내는 시간은
한순간보다 짧고
꿈보다 조금 길지
시간이 앗아 가는

우리의 황홀함이여

보들레르는 아니고, 누군진 모르겠지만 도데의 「나바브」
에 나오는 노랫말에서 가져온 거라네. 꼭 어느 귀부인이 어깨
를 으쓱이면서 하는 말 같지?

최근에 피에르 로티[46]의 『국화 부인』을 읽었는데 일본에
관한 흥미로운 언급이 있더군. 지금 내 동생이 클로드 모네 전
시회를 열고 있는데 정말 가보고 싶다네. 모파상이 전시회에 들
렀는데, 앞으로 몽마르트르 대로[47]에 자주 오겠다고 했다는군.

그림을 그리러 가야 하니, 이제 그만 쓰겠네. 아마도 조만
간 또 편지를 보낼 수 있을 거야. 우표를 충분히 붙이지 못한
건 진심으로 미안하네. 하지만 그게 우체국에서 붙인 거라네.
확실히 몰라서 우체국에 가서 직접 해도 잘못 붙인 게 이번이
처음이 아니지.

이곳 사람들이 얼마나 일을 대충대충 태평스럽게 하는지
자네는 상상도 못할 걸세. 아프리카에 가게 되면 자네도 곧 직

---

46 피에르 로티(1850~1923년), 프랑스 해군 장교이자 소설가로, 여러 나라를 항해하
    면서 이국 취향의 작품들을 썼다. 『국화 부인』(1887년)은 일본 나가사키를 배경으
    로 프랑스 해군과 일본 여인의 사랑을 그린 소설이다.
47 파리 2구, 9구(18구의 몽마르트르와 다른 곳)에 걸친 오래된 대로이자 파리의 번화
    가였다. 피사로와 모네 등 인상주의 화가들이 자주 그렸다. 테오가 일하던 파리 구
    필 화랑도 몽마르트르 대로에 있었다.

접 확인하게 되겠지. 편지 고맙네. 조만간 덜 바빠지면 또 편지 쓰겠네. 악수를 청하네.

빈센트

예술가의 신경증

(1888년 6월 26일)

나의 소중한 벗 베르나르에게

성서를 읽고 있다니 훌륭하네. 이 말부터 하는 건, 지금까지 자네한테 성서를 읽으라고 권하는 것이 조심스러웠기 때문이지. 자네가 여러 번 인용한 모세나 성 루카를 읽으면서 나도 모르게 이렇게 생각했거든. 이런, 결국 이렇게 되고 말았군. 그래, 바로 이거…… 예술가의 신경증이야.

그리스도를 공부하다 보면 그런 신경증을 피하기 어렵다네. 특히 내 경우는 수없이 피워댄 파이프 담배에 절어 있다 보니 더 복잡해졌지.

성서는 그리스도라네. 구약은 저 높은 곳을 향하고 있고, 성 바울과 복음서 저자들이 신성한 산의 다른 쪽 사면을 차지하고 있지.

그런데 솔직히 그 얼마나 치졸한 이야기인가! 이 세상에 유대 민족밖에 없다니! 그들은 처음부터 자기네 말고는 그 누구도 순수하지 않다고 선언한 셈이지.

위대한 태양 저편에 이집트인, 인도인, 에티오피아인, 바빌로니아인, 니네베인[48]이 살았는데…… 그들에겐 왜 공들여 쓴 연대기가 없을까? 어쨌든 성서를 공부하는 건 훌륭한 일이지. 모든 걸 다 읽을 줄 안다는 건 전혀 읽을 줄 모른다는 것과 같다네.

하지만 이 성서가 주는 위안은 너무도 슬프고 우리의 절망과 분노를 불러일으키지. 그 옹졸함과 광기를 우리에게 퍼뜨려 마음에 상처를 주고 불쾌하게 하면서 말일세. 성서에 담겨 있는 위안이란 단단한 껍질, 시큼한 과육 속에 들어 있는 씨 같은 거고, 그게 바로 그리스도라네. 내가 느끼는 바대로 그리스도의 형상을 그린 화가는 들라크루아와 렘브란트뿐…… 그 다음엔 밀레가 그리스도의 교리를 그렸지…….

다른 화가들, 다른 종교화가들을 보면 회화적 관점이 아니라 종교적 관점에서 그냥 웃음만 나온다네. 르네상스 이전 이탈리아 화가들(예를 들어 보티첼리), 플랑드르와 독일 화가들(반 에이크, 크라나흐)은 이교도들이고, 내가 보기엔 그리스 예술가들이나 벨라스케스, 그리고 다른 많은 자연주의 화가들

48   니네베는 고대 아시리아의 수도이다.

반 고흐, 「성경이 있는 정물」(1885년, 65.7×78.5cm)

반 고흐, 「파이프 담배를 물고 있는 자화상」(1886년, 46×38cm)

과 같은 부류라네. 그 모든 철학자들과 마법사들 가운데 오로지 그리스도만이 확신을 가지고 영원한 삶과 무한한 시간, 죽음의 무(無), 그리고 청정한 마음과 헌신의 필요성과 존재 이유를 주장했지.

그리스도는 "대리석과 점토와 물감을 경멸하고 살아 있는 육신으로 작업을 함으로써" 그 어떤 예술가들보다 더 위대한 예술가로 청정한 삶을 살았지. 다시 말해 신경질적이면서 얼빠진 우리 현대인의 두뇌라는 무딘 도구로는 감히 상상할 수도 없는 이 전대미문의 예술가는, 조각을 만들거나 그림을 그리지도 않았고 그렇다고 책을 쓰지도 않았지만…… 자기가 믿는 바를 분명하게 주장한 거야……. 살아 있는 인간, 불멸의 인간을 만들어낸 거지.

이건 매우 중요한 이야기라네. 무엇보다 그것이 진리이기 때문에.

(……)

나의 벗, 베르나르, 이런 생각들이 우리를 멀리, 예술 그 자체를 넘어 저 높은 곳으로 아주 멀리 이끌어 간다네. 이런 생각들이 삶을 누릴 수 있게 하는 예술, 살아 있는 불멸의 예술을 엿보게 하는 거지.

그건 그림과도 관계가 있는 생각이라네. 그림의 수호성인인 성 루카(의사이며 화가이자 복음서 저자 루카스)의 상징은 (아쉽게도) 소밖에 없지만, 그래도 우리에게 희망을 주지 않는가.

하지만 우리의 삶, 우리 화가들의 실제 삶은 정말 너무 보잘것없지. "예술에 대한 사랑이 진정한 사랑을 잃게 만드는" 이 배은망덕한 지구 위에서, 거의 먹고살기 힘든 직업이 안겨 주는 힘들고 고단한 멍에를 쓰고 근근이 살아가고 있으니까.

그렇지만 우리가, 수많은 다른 행성과 별들에도 선과 형태와 색이 있고, 거기에선 보다 낫고 달라진 삶의 조건 속에서 그림을 그릴 수 있어서 비교적 청정한 마음을 유지할 수 있으리라고 가정하지 못할 이유는 전혀 없지. 달라진 삶이, 애벌레가 나비가 되고 유충이 풍뎅이로 바뀌듯이 신기하지도 놀랍지도 않은 현상이 될 거네.

나비가 된 화가의 삶은 그 수많은 별들 가운데 하나를 자신의 활동 영역으로 삼겠지. 우리가 죽은 뒤에 그 별에 갈 수도 있지 않겠나? 지도 위에 검은 점으로 표시된 마을이나 도시를 우리가 살아 있는 동안 가볼 수 있는 것처럼. 과학(과학적 추론)은 이 점에서 아주 멀리까지 나아갈 수 있는 도구가 아닌가 싶네.

실제로 이전엔 사람들이 지구가 평평하다고 가정했지. 그게 사실이었고, 오늘날도 사실이네. 예를 들어 파리에서 아니에르까지 평평하잖나.

외젠 들라크루아, 「게네사렛 호수 위의 그리스도」(1853년경)

반 고흐, 「앉아 있는 알제리 보병」(1888년, 81×65cm)

반 고흐, 「알제리 보병」(1888년, 65.8×55.7cm)

하지만 지구가 둥글다는 사실을 과학이 입증해 냈고, 지금은 아무도 이의를 제기하지 않지.

그럼에도 불구하고 사람들은 아직도 삶은 평평하다고, 탄생에서 죽음으로 간다고 믿는다네. 하지만 삶 역시 아마 둥글 거고, 지금까지 알려진 우리 뇌의 반구(半球)보다 면적이나 용적이 훨씬 더 클 걸세.

미래 세대들은 이 흥미로운 주제에 대해 더 많은 걸 알아내겠지. 그때가 되면 과학도 (과학의 입장에선 듣기 싫은 말이겠지만) 삶의 나머지 절반에 관해서 그리스도가 남긴 말과 다소 비슷한 결론에 이르게 되지 않을까?

어쨌든 문제는 우리가 현실에서 화가로서의 삶을 살고 있고, 숨이 붙어 있는 한, 숨을 쉬면서 살아야 한다는 것이지.

아, 들라크루아의 멋진 그림 「게네사렛 호수 위의 그리스도」 말일세. 그리스도는 연한 레몬색 후광 속에 잠들어 있고, 극적인 보라색과 짙은 파란색, 핏빛 붉은색 옷을 입고 있는 제자들은 넋이 나가 있고, 끔찍한 에메랄드빛 바다는 그림 맨 위쪽까지 올라가 있지. 정말 탁월한 솜씨가 아닌가. 자네에게 스케치 몇 점 보내주고 싶은데, 사나흘 전부터 모델(알제리 보병)을 세워놓고 작업 중이라서 어쩔 수가 없네. 반면에 편지를 쓰는 일은 나에겐 일종의 휴식이라네.

내가 작업한 그림들이 왜 이렇게 형편없을까. 앉아 있는 알제리 보병 데생, 하얀 벽을 배경으로 한 알제리 보병의 유화 스케치, 마지막으로 초록색 문과 주황색 벽돌로 된 벽을 배경으로 한 같은 사람의 초상화를 그렸는데, 다 그려놓고 보니 작업이 거칠고, 아니, 꼴사납고 엉망인 것 같네. 그래도 정말 어려운 문제를 공략했으니 앞으로는 길이 좀 평탄해지리라 기대해야지.

내가 그린 인물화가 내가 보기에도 미운데 하물며 다른 사람들 눈에는 어떻겠어. 하지만 예를 들어 우리가 뱅자맹콩스탕⁴⁹ 씨를 찾아가서 배운 것과는 다른 방식으로 그릴 경우, 인물화만큼 우리의 입지를 견고하게 만들어 주는 것도 없을걸세.

(……)

자네와 함께 루브르에 간다면 플랑드르파 화가들의 작품을 꼭 보고 싶네. 루브르에 가면 나는 늘 렘브란트를 위시한 네덜란드 화가들 작품에 가장 애정을 느낀다네. 렘브란트는 내가 예전에 공부도 많이 했고. 다음엔 예를 들어 포테르⁵⁰도 자네 마음에 들 걸세. 4호인가 6호 화판에 그린 건데 흰 말이 홀로 들판에 서 있는 그림이라네. 폭풍이 몰아칠 듯한 하늘 아

---

49 장조지프 뱅자맹콩스탕(1845~1902년), 프랑스의 화가이자 판화가로 특히 초상화를 많이 그렸다.

50 파울루스 포테르(1625~1654년), 네덜란드의 화가로 주로 동물들을 많이 그렸다.

렘브란트, 「이젤 앞에 있는 자화상」(1660년)

파울루스 포테르, 「들판의 말들」(1649년)

래 슬픈 표정의 흰 말은 긴장한 채 울부짖고 있고, 습기를 머금고 드넓게 펼쳐진 초록색 들판 위에서 상처받은 모습이지. 오래전 네덜란드 그림들 가운데에는 그 무엇과도 연관성을 찾을 수 없는 놀라운 그림들이 있다네.

빈센트

뼛속까지 태우는 열정의 불길로

(1888년 7월 1일)

사랑하는 테오에게

편지와 50프랑짜리 지폐, 그리고 타세 화방의 물감과 캔버스까지 막 도착해서, 고맙게 받았다. 같이 들어 있는 영수증을 보니 50.85프랑이더구나. 덕분에 타세 화방 가격을 확인하고 에두아르 화방의 가격과 비교할 수 있었다. 에두아르 화방보다 훨씬 더 저렴하고 20퍼센트 할인까지 더하니 타세 화방에 대해선 불평할 거리가 없는 것 같구나. 캔버스 천이 4.5프랑이라니까, 직접 사면 개당 얼마인지도 파악할 수 있고.

네 편지에 대단한 소식이 있더구나. 고갱이 제안을 받아들였다니. 고갱이 거기서 더 고생하지 말고 곧바로 이곳으로 오는 게 최선이지 싶다. 괜히 도중에 파리부터 들러봐야 골치 아픈 일이나 생길 테니까 말이다.

(……)

모든 게 순조롭게 진행되고 고갱이 우리 생각을 받아들인다면, 그다음엔 좀 더 진지하게, 그의 모든 그림들과 내 그림들을 공동 재산으로 다루고, 그렇게 해서 나오는 이익과 손실도 똑같이 나누자고 제안해 봐야지. 그가 내 그림을 좋게 보느냐 아니냐에 따라 일이 성사되지 않을 수도 있고 저절로 진행될 수도 있을 테지만, 우리가 협력을 할지 말지에 달려 있는 일이기도 하지.

이제 러셀에게 편지를 써야겠다. 그와 작품을 교환하는 일을 서둘러야지. 지출을 감당할 수 있도록 어떻게든 팔리는 그림을 그리자면, 무진 애를 써야겠지. 하지만 용기를 내자꾸나. 어려운 일들이 많겠지만, 예술가로서의 삶을 지켜나가기 위해서 뼛속까지 태우는 열정의 불길로 노력해야지.

악수 청한다. 곧 다시 편지 쓰마. 한 이삼 일 카마르그[51]에 가서 데생을 좀 그릴 생각이다.

너의 형 빈센트

---

51 론강과 지중해로 둘러싸인 남프랑스 삼각주로 유럽에서 가장 넓은 습지 지역이며, 앞서 언급한 생트마리 마을도 이곳에 있다.

일본 판화

(1888년 7월 15일)

사랑하는 테오에게

빙 씨의 화랑에 줄 50프랑과 함께 보낸 오늘 아침 편지는 이미 받았을 테지. 빙 화랑 건에 대해 할 얘기가 더 있어서 다시 편지를 쓴다.

사실 우리가 일본 판화에 대해 아는 게 그리 많지 않지. 다행히 우리는 프랑스 안의 일본인들, 즉 인상주의 화가들에 대해선 좀 더 많이 알고 있지. 바로 그게 분명 핵심이고 가장 중요한 거다.

말 그대로 일본 판화는 이미 컬렉션에 다 들어가 버려서 일본에서도 찾아보기 힘들고, 사람들의 관심도 줄었지.

그렇다 해도 단 하루 파리에 들를 수 있다면 난 빙 화랑에 들러 호쿠사이[52]의 작품을 비롯해 전성기의 다른 데생들을 꼭 보고 싶구나. 빙 영감도 평범한 일본 판화들에 감탄하는 날 보고는, 다른 것들도 있으니 나중에 보러 오라는 말까지 했단다.

로티의 『국화 부인』을 읽고 나서 일본의 가정집은 꾸밈이나 장식 없이 매우 단출하다는 것을 알게 되었다. 그러고 나니, 우리가 아는 일본 판화와 다른 시기에 그려진 과하게 장식적인 데생들에 대한 호기심이 생기더구나. 그러니까 밀레의 소박한 그림과 몽티셀리 그림의 차이 같은 거지. 그렇다고 내가 몽티셀리의 그림을 싫어하지는 않는다는 건 너도 잘 알고 있겠지. 다색(多色) 판화도 마찬가지로, 싫어하지 않는다. "그런 건 벗어나야 해요."라는 말을 들었을 때조차도 그랬지. 하지만 내가 보기에 지금 우리의 상황은, 무채색의 밀레 그림 같은 작품들에서 드러나는 소박한 특성을 알아두어야 할 시점이다.

이 문제는 우리가 보관 중인 그림들과 아무 상관이 없는 거니까, 그 그림들은 그냥 둬도 될 것 같다. 내 눈에도 그런 인물화와 풍경화들은 질리지 않으니까 말이다. 우리가 가진 그림들엔 그런 게 아주 많지!

내가 지금 그림 작업에 매달려 몰두하고 있는 상황만 아니라면, 그 판화들을 다 팔고 싶어지기도 한다. 그래봤자 돈을 많이 벌지는 못할 테지. 그런 판화들에 관심을 쏟는 사람이 없는 이유가 바로 그거다. 하지만 몇 년 뒤에는 그 판화들이 귀해

52 가쓰시카 호쿠사이(1760~1849년), 에도 시대의 우키요에(풍속화) 화가.

질 거고, 그러면 좀 더 비싸게 팔릴 거다. 지금 우리가 그 수많은 판화들을 뒤져가며 좋은 것을 고르느라 애쓰는 일이 돈이 안 된다고 가볍게 보아선 안 되는 이유이기도 하지.

오히려 네가 언제 일요일에 날을 잡아서 100프랑어치 정도 새로 골라서 사두면 좋을 것 같다. 그러면 네가 직접 고른 것들이니 (마음에 들지 않는 것만 아니면) 그 판화들을 팔지는 않겠지. 대금은 그림들을 교환할 때 치러 나가면 될 테고. 네 사정에 맞춰 대금을 다 지불할 때쯤이면, 우린 그만큼 다른 판화들을 소장하게 되는 거다. 그렇게 하면 수많은 판화 더미 속에서 가장 마음에 드는 것을 우리가 가지는 게 가능하겠지. 지금 네 집에 보관하고 있는 오래된 판화들 가운데 상당수가 벌써 하나에 1프랑이나 하잖니.

그러니 판화들은 그대로 가지고 있고, 특히 좋은 것들은 팔지 말아라. 가지고 있으면 가격이 저절로 올라갈 거다.

우리가 가진 판화들 가운데 이미 장당 5프랑이나 하는 것들도 있으니 말이다. 정말이지, 내가 원하는 대로 하지 못한 건, 1만여 장에 달하는 일본 판화를 샅샅이 뒤지느라 정신이 나가 있었기 때문이다. 토레[53]가 네덜란드 화가들의 그림을 사들일 때 기분이 그랬겠지. 아쉽게도 지금은 내가 그림 작업을

---

53   테오필 토레(1807~1869년), 프랑스의 기자, 미술비평가. 요하네스 페르메이르 (1632~1675년)를 비롯한 네덜란드 화가들의 재발견을 이끌었다.

중단할 수가 없어서 아무것도 할 수가 없지만, 네가 빙 화랑의
창고를 뒤져보면 어떨까 싶다.

    (……)

너의 형 빈센트

가쓰시카 호쿠사이,
「가나가와 해변의 높은
파도, 후가쿠36경에서」
(1831년경)

가쓰시카 호쿠사이,
「청명한 아침의 시원한
바람(붉은 후지산),
후가쿠36경에서」
(1830-1831년)

반 고흐, 「일본 판화가 있는 자화상」
(1887년, 44×35cm)

반 고흐, 일본 판화의 주제와 기법을 실험한 「붓꽃」(1890년, 92.7×73.9cm)

화가라는 느낌
(1888년 7월 22일)

사랑하는 테오에게

내가 조금만 더 젊었으면 분명 부소 영감님한테 제안했을 것 같다. 월급은 없이 매달 200프랑을 신용대출 해주기만 하고, 그 대신 인상주의 화가들의 그림을 거래해서 얻은 수입 중에 우리에게 빌려준 200프랑을 제한 나머지의 절반을 우리 수익으로 보장해 주는 조건으로 너와 나를 런던에 보내 달라고 말이다. 하지만 지금 우리는 육신이 이미 늙었고, 인상주의 화가들의 그림으로 돈을 벌기 위해 런던에 건너가는 일은 불랑제[54] 장군이나 가리발디 장군, 아니면 돈키호테나 할 법한 일인 것 같다.

---

54 조르주 불랑제(1837~1891년), 프랑스 제3공화국의 군인이자 정치가로 프로이센과의 전쟁에 대한 복수를 주장하는 공격적인 민족주의를 주장하며 보수주의자들과 왕당파의 지지를 받았지만 1889년 선거에서 대패했다.

게다가 우리가 이렇게 제안하면 부소 영감님은 딱 잘라 거절하겠지. 그래도 네가 떠난다면 난 뉴욕보다는 런던이 나을 것 같다.

(……)

난 너보다 더 빨리 늙어가고 그래서 조금이라도 네 부담을 덜어주었으면 하는 것이 내 욕심이다. 너무 엄청난 재앙이 닥치거나 하늘에서 두꺼비가 비처럼 쏟아지는 일만 없다면 그렇게 할 수 있기를 바란다.

조금 전에 유화 습작 서른여 점을 보내려고 틀에서 떼냈다.

우리가 살길을 찾기 위해서 사업을 하는 거라면 런던에 가는 것이 그렇게 나쁜 일일까? 내가 보기엔 다른 곳보단 런던에서 그림을 팔 기회가 더 많을 것 같은데 말이다. 어쨌든 네게 습작을 서른 점 보내긴 하지만, 파리에선 한 점도 팔 수 없을 것 같다. 하지만 프린센하허[55]에 계신 삼촌 말씀처럼 "모든 것은 다 팔리게 마련이다." 물론 내 그림이 브로샤르[56]의 그림처럼 팔릴 만한 것은 아니지만, 자연이 있으니 그런 그림을 찾는 사람들에게 팔릴 수도 있겠지. 내가 뭐라도 그린 캔버스가 아무것도 그리지 않은 빈 캔버스보다는 나을 테고 말이다. 내가 요구하는 게 그리 대단한 것도 아닌데……. 나에겐 그림을 그

---

55 네덜란드 북부 브라반트주 브레다시의 근교 지역.
56 콩스탕 조제프 브로샤르(1816~1899년), 프랑스의 화가. 인물화를 많이 그렸다.

반 고흐, 「자화상」(1888년, 46×39cm)

반 고흐, 「자화상」(1887년, 32.4×24cm)

릴 권리가 있고 그럴 이유가 있지!

그런데 그 덕분에 몸뚱이가 완전히 무너지는 대가를 치렀구나. 그리고 내가 할 수 있고 또 해야 하는 만큼 살기 위해서, 박애주의자로 살아가느라 제정신이 아니었고, 그러느라 넌 1만 5000프랑 정도를 날 위해 써야 했지.

(……)

아직도 고갱이 너한테 소식이 없다니 이상하구나. 아무래도 병이 났거나 완전히 낙심한 것 같다.

우리가 그림 때문에 치러야 했던 대가를 다시 언급한 건, 다만 이제 되돌아가기엔 너무 멀리 왔다는 걸 강조하기 위해서다. 나머지 문제는 아무래도 좋다. 물질적으로 먹고사는 일 말고 더는 내게 필요한 건 없구나.

고갱이 빚도 갚을 수 없고 여행 경비도 마련할 수 없는 처지라면, 또 브르타뉴에서 사는 게 돈이 더 적게 든다고 보장만 한다면, 내가 그리로 못 갈 것도 없겠지. 그게 그를 돕는 일이라면 말이다. 고갱이 "나는 아주 잘 지내고 있고 그림도 잘 그리고 있다."고 말한다면 나라고 못할 이유가 없겠지만, 보다시피 우리 주머니 사정은 그렇지 못하니 가장 돈이 덜 드는 방향으로 해야겠지.

그림은 많이 그리고 비용은 가장 적게 드는 쪽으로 선택해야 한다. 다시 한번 말하지만 그게 북쪽이든 남쪽이든 난 상관없다. 어떤 계획을 세우든 난관은 늘 있기 마련이지.

고갱과의 일은 간단해 보이지만, 정작 이곳에 온 뒤에 그가 만족할지 모르겠구나. 하지만 계획을 세운다고 일이 저절로 이루어지는 건 아닐 테니, 사정이 불확실하다고 미리 걱정하지는 않을 생각이다. 상황이 그렇다는 걸 알고 느낀다면 정신을 차리고 일을 할 수 있겠지. 그렇게 하면 걱정하는 것만큼 일을 엉망진창으로 만들진 않을 거고, 우리에게도 뭔가 남겠지. 고갱 같은 사람도 벽에 부딪힌 걸 볼 때면 미래에 어떤 일이 일어날지 아무것도 예상할 수가 없다는 생각이 든다. 그에게나 우리에게나 출구가 있기만을 바랄 수밖에.

불길한 가능성을 생각하고 되씹기만 한다면 아무것도 할 수 없지. 그냥 나 자신을 잊고 작업에 완전히 몰두했다가 작품을 가지고 다시 나오려 한다. 그 속에서 비바람이 너무 거세게 휘몰아치면 기분 전환 삼아 거나하게 한잔하고.

우리가 해야 할 일을 생각하면 정신 나간 짓일 테지만 말이다.

하지만 전보다 내가 화가라는 느낌은 더 커졌다. 이제 나에게 그림은 사냥에 미친 사람들이 기분 전환을 위해 하는 토끼 사냥이 되고 있다.

집중력은 더 강해지고, 손놀림은 더 확실해졌지. 그렇기에 내 그림이 더 좋아질 거라고 너에게 장담할 수 있는 거다.

나에겐 그림밖에 없으니까.

공쿠르의 소설에 나오는데, 쥘 뒤프레[57]도 미친 사람 같아 보였다는 구절을 너도 읽었는지 궁금하구나. 쥘 뒤프레는 그를 후원해 주는 미술 애호가를 찾았지. 나도 그럴 수 있었다면 너에게 그토록 무거운 짐이 되지는 않을 텐데.

이곳에 와서 위기를 겪은 후에는 더 이상 어떤 계획도 세울 수가 없고 아무것도 할 수가 없구나. 건강은 확실히 더 좋아졌지만 희망 혹은 무언가를 이루려는 욕망은 산산이 부서져 버렸다. 그리고 이젠 다만 필요에 의해, 정신적으로 너무 고통받지 않기 위해, 기분 전환을 위해 그림을 그린다.

(……)

너의 형 빈센트

---

57   쥘 뒤프레(1811~1889년), 바르비종파를 이끈 프랑스 화가.

잘린 고목의 뿌리에서 돋아난 새싹

(1888년 7월 29일)

사랑하는 테오에게

고마운 편지 잘 받았다. 내가 보낸 편지 제일 끝 구절을 기억하는지 모르겠구나. "우리가 나이 들어가는 것, 그것만이 존재하며, 나머지는 상상이고 존재하지 않는다." 사실 이 말은 너보다는 나 스스로에게 하는 말이었다. 나이에 맞게 행동하고, 무턱대고 더 많이 그리기보다는 좀 더 진지하게 생각해 가며 그려야 할 필요성을 절실히 느꼈거든.

네가 때로 공허하다고 느낄 때가 있다고 하니 하는 말인데, 사실 나도 그럴 때가 있다. 뭐랄까, 우리가 사는 이 시대는 진정한 르네상스 시대일 수 있지 않을까? 케케묵은 공식적인 전통이 아직은 건재해 보이지만, 실제로는 무력하고 나태한 전통에 지나지 않고, 새로운 화가들은 가난하게 지내면서 미치광이 취급을 받고, 그래서 실제로도 적어도 사회적 삶에서는 미친 사람이 되는 거지.

네가 알아야 하는바, 너는 플랑드르 르네상스의 화가들과 똑같은 일을 해내고 있는 셈이다. 네가 화가들에게 돈을 대주고 그림을 팔아줌으로써 그들이 다른 그림을 더 그릴 수 있도록 돕고 있으니 말이다.

만일 어떤 화가가 작업에 너무 몰두해서 성격이 파탄에 이르고 가정생활을 비롯해 모든 면에서 피폐해졌다면, 그래서 물감만으로 그리는 것이 아니라 자기를 희생하거나 자포자기한다는 심정, 그리고 에이는 듯한 가슴으로 그림을 그리게 된다면, 너의 노력은 보상받지 못하고, 심지어 너 또한 그 화가처럼 자의 반 타의 반으로 인격이 망가지게 되겠지.

내가 왜 이런 말을 하느냐 하면, 네가 간접적으로 화가의 길에 들어오면, 예를 들어 나 같은 화가들에 비해 더 생산적일 수 있기 때문이다. 그러니까 넌 열심히 그림을 팔아줄수록 더 예술가가 되는 셈이지. 사실 나도 그러고 싶구나……. 내가 더 지치고 더 아프고 더 망가질수록, 나는 우리가 말한 예술의 이 위대한 르네상스 시대에 창조적인 예술가가 될 수 있겠지.

현실은 분명히 그렇다. 하지만 예술은 영원히 존재하고, 예술의 르네상스, 잘린 고목의 뿌리에서 돋아난 이 푸른 새싹은 너무도 정신적인 것이기에, 예술을 하는 대신 그저 푼돈으로 생계나 유지하고 있다고 생각하면 마음 한구석이 우울해지는 건 어쩔 수가 없구나. 그러니 아마 나보다 예술을 더 사랑하는 네가, 예술은 살아 있다는 걸 나에게 느낄 수 있게 해줘야 할 것 같다.

물론 예술의 문제가 아니라 나 자신의 문제라는 건 나도 알고 있다. 고요하고 차분한 마음을 되찾을 수 있는 유일한 방법은 더 잘하는 것뿐이라는 것도.

(……)

너의 형 빈센트

반 고흐, 「짐마차가 있는 집시 캠프」(1888년, 45×51cm)

반 고흐, 「라크로에 있는 집」(1888년, 64.8×54cm)

루브르에 가면

(1888년 7월 30일)

나의 소중한 벗 베르나르에게

자네도 인정하리라 확신하는데, 자네도 나도 벨라스케스와 고야가 인간적으로 어땠고 또 화가로서 어땠는지 전부 다 알 수는 없지. 자네도 나도 그들의 모국인 스페인에 가본 적도 없을뿐더러 여기 남프랑스에 남겨진 아름다운 작품들도 보지 못했으니까 말일세. 그렇다 해도 우리는 그들에 대해 제법 많은 걸 알고 있다네.

렘브란트를 비롯한 북유럽 화가들의 경우도, 그들의 삶과 작품을 제대로 평가하려면 그들이 살았던 나라를, 다소 은밀하고 숨겨진 당대의 역사를, 그리고 그 나라의 오랜 전통을 아는 게 바람직하다는 건 두말할 필요도 없겠지.

다시 한번 말하지만, 보들레르도 자네도 렘브란트에 대해선 충분히 알고 있지 않네. 내가 자네를 격려하기 위해 해줄 수 있는 말은, 네덜란드 화가들의 작품을, 위대한 화가이든 이름 없는 화가이든, 오래 들여다본 뒤에 의견을 정하라는 걸세. 다시 말해, 신기한 보석들만 찾지 말고, 훌륭한 작품들 중에서 진짜 훌륭한 작품들을 추려낼 수 있어야 하네.

다이아몬드 중에도 가짜가 많지. 나만 해도 벌써 20년 가까이 내 나라의 유파를 공부하고 있지만, 그런 이야기가 나올 땐 입을 떼지 않는 편이라네. 일반적으로 사람들이 북유럽 화가들에 대해 토론할 때 보면 대부분 논지를 벗어난 이야기를 하니까 말일세.

그래서 자네한테 해줄 수 있는 말은, 더 잘 들여다보라는 것뿐이야. 충분히 그럴 만한 가치가 있다네. 예를 들어 루브르에 가면 화가의 가족(남자와 여자, 그리고 십여 명의 아이들)을 그린 오스타데[58]의 작품을 볼 수 있는데, 충분히 연구하고 생각할 가치가 있는 걸작일세. 테르보르흐[59]의 「뮌스터 평화협정」도 마찬가지이고. 루브르에 걸린 작품들 가운데 내가 개인적으로 선호하고 놀랍다고 여기는 작품들은, 네덜란드 화가들의 그림을 보러 가는 예술가들조차 거의 잊고 있는 작품들이

---

58 아드리안 판 오스타더(1610~1685년), 네덜란드 황금기의 화가로 북부의 도시 하를럼을 배경으로 한 풍속화들을 많이 그렸다.

59 헤나르트 테르보르흐(1617~1681년), 네덜란드 황금기의 화가로, 초상화와 풍속화를 그렸다.

아드리안 판 오스타더, 「화가의 가족」(1654년)

헤나르트 테르보르흐, 「뮌스터 평화협정」(1648년)

프란스 할스, 「노인 빈민 구호소 위원들」(1664년)

프란스 할스, 「말레 바베」(1633년경)

지. 그다지 놀랍진 않네. 루브르에서 나의 선택은 프랑스인들 대부분은 갖지 못한, 그 분야에 대한 지식에 토대를 두고 있기 때문일세.

이런 주제들에 대해 자네의 의견이 나와 다르다 해도, 결국엔 내가 옳다고 인정할 거라 믿네. 루브르에 걸린 렘브란트의 작품들이 망가지는 걸 보노라면 가슴이 찢어질 듯 아프다네. 멍청하게도 제대로 관리를 하지 못해서 수많은 아름다운 그림들이 훼손되고 있으니 말일세. 렘브란트의 몇몇 그림에서 옹색한 노란 색조가 보이는 건 습기나 다른 원인으로 인해 손상되었기 때문이지. 어느 부분이 그런지 손가락을 뻗어 자네에게 알려줄 수도 있다네.

벨라스케스가 쓰는 회색에 이름을 붙이기 힘들 듯, 렘브란트가 사용하는 색도 무어라 말해야 할지 난감하지. 어쩔 수 없이 '렘브란트 금색'이라고 부르지만 그 역시 애매하다네.

프랑스에 와서 보니 웬만한 프랑스 사람들보다 내가 들라크루아와 졸라를 더 잘 느끼는 것 같네. 이 두 사람을 향한 나의 솔직하고 진정한 존경심은 끝이 없지.

내가 렘브란트를 어느 정도 완벽하게 이해하고 있어서 하는 말인데, 들라크루아는 색채를 가지고 작업했고, 렘브란트는 명암도를 가지고 작업한 셈이지. 하지만 미적 가치로 보자면 대등하다고 할 수 있네.

졸라와 발자크는 한 사회와 인간의 본성 전체를 그리는 화가이고, 자신들을 사랑하는 이들에게 흔치 않은 예술적 감동을 안겨주지. 당대의 모든 것을 끌어안고 그려내고 있으니까. 들라크루아가 한 시대를 그리는 대신 인간에 대해, 삶 일반에 대해 그림을 그렸다면, 그래도 역시 그는 모두에게 이름을 알릴 천재 화가들의 무리에 들어갔을 걸세.

실베스트르가 아주 멋진 기사를 끝맺으면서 한 말이 난 무척 마음에 든다네. "머리엔 태양을 이고 가슴엔 폭풍을 담고, 전사에서 성인으로, 성인에서 연인으로, 연인에서 호랑이로, 호랑이에서 꽃으로 나아갔던 위대한 화가 외젠 들라크루아는 그렇게 미소를 띠며 생을 마감했다."

도미에도 위대한 천재 화가지. 밀레는 특정 부류의 인간들과 그들이 살고 있는 환경을 그린 화가이고. 물론 이 위대한 천재들이 단지 정신 나간 사람들일 수도 있을 테고, 이들을 믿고 따르려면 똑같이 정신이 나가야 할 수도 있겠지. 그렇다면 난 남들의 지혜를 따르느니 차라리 내가 미치는 쪽을 택하겠네.

렘브란트에게 가려면 돌아서 가는 게 가장 빠른 길일 수도 있네. 프란스 할스[60]를 생각해 보게. 그는 그리스도, 천사들에게 예수의 탄생 소식을 듣는 양치기들, 천사들, 예수의 수난

---

60   프란스 할스(1580~1666년), 렘브란트, 페르메이르와 더불어 네덜란드 바로크 황금기의 가장 중요한 화가로 꼽힌다.

과 부활 같은 그림은 그리지 않았지. 관능적이고 육감적인 여성의 나체를 그린 적도 없고. 그가 그린 것은 초상화였네. 오직 초상화만 그렸어.

　병사들의 초상화를 비롯해 작전 회의를 하는 장교들의 초상화, 공화국의 업무를 위해 모인 행정 관리들의 초상화, 분홍색이나 노란색 피부에 흰 두건 모자를 머리에 쓰고, 모직이나 검은 비단옷을 입고 고아원이나 양로원의 예산을 논의하고 있는 중년 부인들의 초상화를 그렸지. 또 남자와 여자, 아이가 있는 행복한 부르주아 가족의 초상화도 그렸고, 얼큰하게 취한 술꾼, 마녀처럼 폭소를 터뜨리는 생선 가게 노파, 아름다운 집시 매춘부, 배내옷을 입고 있는 아기들, 턱수염을 기르고 박차 달린 장화를 신고 있는 쾌활한 신사의 얼굴을 그렸네. 신혼 첫날밤을 보내고 정원 잔디밭 벤치에 젊은 연인들처럼 앉아 있는 자신과 자신의 아내도 그렸지. 부랑자들과 웃고 있는 아이들도 그렸고, 음악가들과 뚱뚱한 여자 요리사도 그렸고.

　할스는 그 너머를 알지 못했지만, 그가 그린 것만으로도 단테가 그린 천국이나 미켈란젤로와 라파엘로, 그리고 그리스인들의 걸작에 버금간다고 할 수 있다네. 졸라의 작품처럼 아름답지만, 더 건전하고 더 명랑할 뿐 아니라 생생하게 살아 있지. 그가 살았던 시대는 졸라의 시대보단 더 건전하고 덜 침울했기 때문일 테고. 그렇다면 렘브란트는? 절대적으로 똑같지.

렘브란트도 초상화를 그린 화가였네. 그러니까 비등한 네덜란드의 두 거장에 대해 폭넓고 명확하게 제대로 알고 나서 이 문제를 더 파고들어야 하네.

이 점을 이해하고 나면, 이 두 위대한 초상 화가가 공화국[61]의 위대한 영광을 그려내고 개략적으로 재구성하면서, 왜 풍경이나 실내 모습, 동물의 그림을, 철학적 주제를 소재로 한 그림을 그리지 않았는지 알 수 있게 된다네.

(······)

빈센트

---

61 80년간 이어진 에스파냐-합스부르크로부터의 독립전쟁 이후 1648년 뮌스터 평화
    협정(베스트팔렌 조약)으로 네덜란드 공화국이 수립되고, 해상무역을 통한 네덜란
    드의 황금기가 시작된다.

농부를 보는 법

(1888년 8월 8일)

사랑하는 테오에게

조금 전에 큰 데생 세 점과 그보다 작은 것 몇 점 그리고 드 르뮈드[62]의 석판화 두 점을 같이 보냈다. 큰 데생들 중에선 세로로 길게 그린 농가의 정원이 가장 괜찮은 것 같다. 해바라기가 있는 데생은 어느 공중 목욕장에 딸린 작은 정원이고, 가로로 길게 그린 세 번째 정원은 유화 습작으로 그린 것 중 하나이다.

푸른 하늘 아래 점점이 피어 있는 주황색, 노란색, 빨간색 꽃들은 놀랍도록 밝게 빛나고, 청명한 대기에선 뭔지 모르겠지만 북쪽보다 더 행복하고 사랑스러운 기운이 느껴진다. 네가 가지고 있는 몽티셀리 그림의 꽃다발처럼 떨림이 느껴진다고 할까. 여기 와선 꽃 그림을 그리지 못한 게 아쉽구나. 이곳

---

62 에메 드 르뮈드(1816~1887년), 프랑스의 화가, 석판화로 유명했다.

에서 데생이나 유화 습작을 쉰여 점 그렸는데, 왠지 아무 일도 안 한 기분이 든다. 그래도 나중에 남프랑스에 와서 그림을 그릴 다른 화가들을 위해 길을 닦는 선구자가 될 수 있다면, 기꺼이 만족해야겠지.

추수, 정원, 씨 뿌리는 사람, 바다 풍경 두 점은 유화 습작들을 따라 그린 스케치이다. 착상은 모두 좋았는데, 유화 습작은 붓질이 깔끔하지 않았다. 그래서 그 습작들을 데생으로 그려보고 싶었고.

가난한 어느 늙은 농부도 그리고 싶었다. 얼굴 윤곽이 우리 아버지와 너무 많이 닮았는데, 단지 좀 더 평범하고, 풍자화에 어울릴 듯한 얼굴이다. 하지만 정말로 그 농부를 그리게 된다면 있는 그대로 가난한 농부의 모습 그대로 그려낼 생각이다. 오겠다고 약속을 하더니, 그림이 완성되면 자기도 꼭 한 점 줘야 한다더구나. 그러려면 그 양반 줄 것과 내 것, 그렇게 똑같은 그림을 두 점 그려야겠지. 그래서 안 된다고는 했다. 아마도 조만간 다시 올 것 같다.

네가 드 르뮈드의 석판화에 대해 아는지 궁금하구나. 요즘엔 손에 넣을 만한 석판화들이 많아 보인다. 도미에의 것도 있고, 들라크루아, 드캉,[63] 디아즈,[64] 루소,[65] 뒤프레 등의 복제

---

63   알렉상드르 가브리엘 드캉(1803~1860년), 프랑스의 화가, 조각가.

반 고흐, 「뒷마당 정원」(1888년, 52.5×63.5cm)

반 고흐, 「폭풍 이는 하늘 아래 꽃밭」(1888년, 60×73cm)

화들도 있지. 하지만 조만간 끝이 나고 말 거다. 그런 예술이 사라져 간다는 게 정말 안타깝구나.

사람들은 왜 의사들, 기술자들과 달리 자기가 가지고 있는 걸 계속 지켜나가려 하지 않을까? 의사들과 기술자들은 뭔가 새로운 걸 발견하고 찾아내면 그 지식을 계속 손에 쥐고 있는데 말이다. 이 진저리 나는 미술계에선 사람들이 모든 걸 다 잊고 아무것도 남겨두지 않지.

밀레는 농부의 모습을 집약한 작품을 남겼고, 지금은 레르미트[66]가 있고. 물론 흔치 않은 다른 화가들, 예를 들어 뫼니에[67] 같은 이도 있지…… 그렇다면 우린 농부를 보는 법을 제대로 배운 걸까? 아니지. 누구도 그런 경지에 이르지 못했다.

이건 모두 바다처럼 변덕스럽고 뻔뻔한 파리와 파리 사람들 탓이 아닐까? 어쨌든 우리 자신을 위해 일하면서 흔들리지 않고 우리 길을 가자는 네 말은 백번 옳다. 너도 알지, 신성함을 뒤집어쓴 이 인상주의가 앞으로 어떻게 되든, 그래도 난 이전 세대 화가들(들라크루아, 밀레, 루소, 디아즈, 몽티셀리, 이자베,[68] 드캉, 뒤프레, 용킨트,[69] 지엠, 이스라엘스, 뫼니에, 그리고 코로

64   나르시스 비르질 디아즈(1807~1876년), 프랑스의 바르비종파 화가.
65   테오도르 루소(1812~1867년), 프랑스의 바르비종파 화가.
66   레옹 레르미트(1844~1925년), 프랑스의 화가, 조각가.
67   콩스탕탱 뫼니에(1831~1905년), 벨기에의 사실주의 화가.
68   외젠 이자베(1803~1886년), 프랑스의 화가, 석판화가.

와 자크[70] 등 다른 수많은 화가들)이 이해할 수 있을 그림들을 그려보고 싶다.

아, 마네, 그리고 쿠르베는 형태와 색채를 거의 결합해 냈지. 난 10년 정도 습작만 그리며 조용히 살다가, 그 이후엔 인물화나 한두 점 정도 그렸으면 좋겠다. 오래전부터 너도 나도 권하는 계획이지만 실천된 적은 거의 없지.

네게 보내는 데생들이 너무 짙어 보일지 모르겠다. 나중에, 그대로 남아 있으면, 바탕으로 삼아 유화를 그릴 생각이다.

(……)

요즘은 아주 건강하게 잘 지내고 있다. 이렇게 지내다 보면 나도 완전히 이 지방 사람이 될 것 같구나.

어느 농가의 정원에서 나무로 만든 여자 조각상을 보았는데, 스페인 선박의 뱃머리에서 떨어져 나온 거라고 하더구나. 사이프러스 숲속에서 발견되었는데 완전히 몽티셀리의 그림에 나오는 인물 같았다.

아, 아름답고 큼지막한 프로방스의 붉은 장미와 포도나무, 무화과나무가 어우러진 농가의 정원들이 얼마나 시적인지! 영원히 뜨겁게 내리쬘 것 같은 태양에도 푸르름을 잃지 않는 풀밭도 있지.

69 요한 용킨트(1819~1891년), 네덜란드의 풍경화가.
70 샤를 자크(1813~1894년), 프랑스의 바르비종파 화가.

저수통에서 흘러나오는 맑은 물이 작은 운하처럼 생긴 수로를 통해 농경지를 적시고, 새하얀 늙은 카마르그의 말 한 마리가 농기계를 끌고 있다. 이곳 작은 농가들에선 암소들은 볼 수가 없단다.

이웃에 사는 부부(식료품점 주인)는 뷔토[71] 부부와 정말 닮았다.

하지만 이곳의 농가와 선술집은 북쪽보단 덜 침울하고 덜 극적인 분위기야. 더위나 뭐 그런 것이 가난을 덜 힘들고 덜 우울하게 만드는 것 같기도 하다. 네가 이곳에 와서 볼 수 있으면 좋을 텐데. 어쨌든 고갱 일이 어떻게 될지, 그것부터 보자꾸나.

(······)

너의 형 빈센트

---

71 뷔토는 에밀 졸라의 소설 『대지』에 나오는 탐욕스러운 인물이다.

모델이 떠나는 이유

(1888년 8월 13일)

사랑하는 테오에게

어제저녁을 내가 말한 그 소위와 함께 보냈다. 그는 금요일에 여길 떠나서 클레르몽에서 하루를 묵어간다는구나. 그곳에서 몇 시 기차로 출발할 건지 너에게 전보로 알려줄 거다. 아마 일요일 오전이 될 것 같구나.

그가 그림들을 말아 놓은 묶음을 가져갈 거다. 서른여섯 점의 습작이지. 마음에 전혀 안 드는 것도 여러 점 있는데, 그래도 내가 자연 속에서 어떤 멋진 소재들을 찾아내는지 네가 어렴풋이라도 느낄 수 있도록 같이 보낸다.

(……)

지금은 나루 위쪽에서 내려다본 배들을 습작으로 그리고 있다. 보랏빛이 감도는 분홍색 배 두 척, 매우 짙은 초록색 강물, 하늘은 안 들어가고, 돛대에는 프랑스기가 걸려 있다. 인부가 외바퀴 손수레를 끌고 모래를 땅에 내리고 있고. 같은 장면을 데생으로도 그렸다. 정원을 그린 데생 세 점은 받았는지 궁금하구나. 그림이 너무 커서 앞으로 우체국에선 그런 그림들은 접수하지 않을지도 모르겠다.

아주 아름다운 여성 모델을 찾았는데 거절할까 걱정이다. 일단 약속은 했는데, 방탕한 생활을 하면서 돈을 몇 푼 버는 것 같은데 그 편이 더 좋은 모양이다. 보기 드물게 아름답고, 들라크루아의 그림 속 여인 같은 눈길에 전체적인 모습은 묘하게 원시적인 느낌이다. 받아들이는 것 외에 다른 방법이 없으니 그냥 인내하며 버티고 있지만, 모델 문제가 계속 날 성가시게 하는구나. 조만간 협죽도 습작을 그려볼 생각이다. 부그로[72]처럼 매끈하게 그린다면 사람들이 모델 서는 걸 수치스럽게 여기지 않겠지. 내가 모델을 잃는 건 아무래도 내 그림이 엉망이라고 생각하기 때문이지 싶다. 물감을 잔뜩 덧칠해 놓은 그림이라는 거지. 그래서 착한 매춘부들도 평판이 나빠질까 봐, 또 자기들 초상화를 보고 사람들이 조롱할까 봐 겁을 먹는 것 같다. 사람들이 조금만 더 너그럽다면 좋은 그림을 그릴 수 있을 텐데 너무 아쉽구나. "포도가 시어서 못 먹겠다."라고 말하며 포기할 수는 없고, 모델을 구하지 못해 안타깝기 그지없다. 인

---

72 윌리앙 아돌프 부그로(1825~1905년), 프랑스 아카데미 화가.

내심을 가지고 다른 모델을 찾아보는 수밖에.

　이제 곧 누이가 와서 너와 함께 지내겠구나. 그 아이가 분명 즐거워할 거다.

　내가 그리고 있는 그림이 아무 가치가 없는 그림일지 모른다고 생각하면 정말 서글프다. 적어도 그림 그리는 데 든 비용만큼의 값어치만 있다 해도 돈 걱정은 절대 안 할 텐데⋯⋯ 오히려 지금은 돈이 들어가기만 하니 큰일이구나. 어쨌든 그림은 계속 그리면서 더 나은 방법을 찾아야겠지.

　고갱에게 이곳에 와서 살자고 하느니 차라리 내가 그리로 가는 게 더 현명할지 모른다는 생각을 자꾸 하게 된다. 와서 조금 지내다가 너무 번잡스럽다고 불평할까 봐 걱정도 되고. 여기서 둘이 한집에서 살 수 있을지, 수입과 지출을 맞출 수 있을지, 새로운 시도이니 그것도 알 수 없고. 브르타뉴에선 얼마나 돈이 들지 계산할 수 있지만, 여기선 가늠할 수가 없으니 말이다. 생활비는 여전히 비싼 것 같고 사람들하고의 관계도 별 진전이 없구나. 고갱이 여기 온다면 침대와 이런저런 가구들도 장만해야 하고, 이곳까지 오는 비용은 물론 그가 진 빚까지 갚아야 할 테니 신경이 쓰인다. 브르타뉴에서 베르나르와 고갱이 돈을 거의 쓰지 않고 지낸다니, 더 위험해 보이기도 하고. 아무튼 조만간 결정을 내려야겠지. 난 어느 쪽이든 상관없다. 생활비가 가장 적게 드는 쪽으로 결정하는 게 제일 간단한 해

반 고흐, 「오크나무가 있는 바위」(1888년, 54.9×65.7cm)

반 고흐, 「책이 있는 협죽도 정물」(1888년, 60.3×73.6cm)

반 고흐, 「책 읽는 여성」(1888년, 73×92cm)

결책이 아닌가 싶다.

　오늘 고갱에게 편지를 쓰면서 모델료로 그가 얼마를 지불
하는지, 또 모델을 구할 수는 있는지도 알아봐야겠다. 나이가
들어서 어떤 일에 뛰어들려면, 환상은 접고 계산부터 잘 해봐
야 하는 거지. 좀 젊다면 열심히 일해서 충분히 먹고살 수 있겠
지만, 이제는 그게 점점 더 어려워지니까 말이다. 지난번에 고
갱에게 보낸 편지에도 썼듯이, 우리가 부그로처럼 그림을 그
렸다면 돈도 좀 벌 수 있었을 거다. 사람들은 절대 달라지지 않
을 거고, 그저 부드럽고 반반한 것들만 좋아하지. 남보다 엄격
한 재능을 가진 예술가는 자기가 만든 것에 기대를 해선 안 될
것 같다. 인상주의 화가들의 작품을 이해하고 좋아할 수 있을
만큼 지적인 사람들 대부분은 너무 가난해서, 지금도 그렇고
앞으로도 작품을 살 수 있을 만한 여유는 없을 테고. 그렇다고
고갱이나 내가 그림을 덜 그릴 수 있을까? 아니지. 우리는 우
리가 선택한 가난과 고립을 받아들일 수밖에 없다. 그러니까
일단 생활비가 가장 적게 드는 곳에 자리를 잡아야겠지. 그러
다가 성공하면 다행이고, 언젠가 좀 더 널찍한 곳에 자리를 잡
게 되면 더 좋고.

　에밀 졸라의 『작품』을 읽으면서 가장 감동적이었던 부분
은 봉그랑 융트라는 인물이다. 그가 하는 말이 진실이지. "불행
한 이들이여, 예술가가 재능과 명성을 얻고 나면 안전해지는

줄 아는가? 반대로 그때부터 완벽하지 않은 작품은 만들 수 없
게 되지. 명성 때문에라도 작업에 더 신경을 써야 하고, 작품을
팔 수 있는 기회는 그만큼 더 줄어들 수밖에. 나약한 모습을 조
금이라도 드러내면, 질투심에 가득 찬 사람들이 곧바로 사냥
개처럼 떼로 몰려들어 물어뜯을 테고, 그러면 변덕스럽고 신
의 없는 대중이 그 예술가에 대해 일시적으로 가졌던 평판과
믿음도 무너지고 말지."

　(……)

　난 성공이 두렵다. 인상주의 화가들이 성공의 축제를 벌
인 이튿날이 두려워. 지금 힘겨운 나날들이 훗날엔 좋았던 시
절로 여겨질지도 모르지만 말이다. 어쨌든 고갱과 나는 앞날
을 내다봐야 한다. 비를 피할 지붕, 누울 침대, 살아가는 내내
이어질 실패한 삶에 필요한 것을 얻기 위해서라도 계속 그림
을 그려야 하지. 그러니 가장 생활비가 적게 드는 곳에 정착하
는 게 좋을 것 같다. 그러면 그림을 거의 팔지 못하거나 아예
팔지 못해도 신경이 덜 쓰이고 그림도 많이 그릴 수 있을 테니
까. 그게 아니라도, 우리가 쓰는 돈이 수입보다 더 많아지면,
그림만 팔면 문제가 다 해결되리라고 기대해선 안 되겠지. 오
히려 헐값에라도 작품을 처분해야 할 수도 있을 거다.

　내 결론은 이렇다. 안락함은 포기하고, 작업에 대한 열정
만으로 수도사나 은둔자처럼 살아갈 것.

자연과 좋은 날씨는 남프랑스만의 장점이지. 하지만 난 고갱이 파리에서의 투쟁을 절대 포기하진 않을 것 같구나. 그의 마음은 파리로 가득 차 있고, 성공에 대한 믿음이 나보다 크지. 그렇다고 나에게 피해를 주지는 않으니까, 뭐. 오히려 내가 너무 낙심한 것인지도 모르겠다. 그러니까 고갱의 환상을 깨뜨리려 하지 말자꾸나. 하지만 그에겐 머물 집과 일상의 양식, 그리고 물감이 필요하다는 건 알고 있어야겠지. 그게 바로 그의 약점이고, 지금 빚을 지고 있기 때문에 언제라도 무너질 수 있으니 말이다. 우리가 도와주면, 그가 파리에서 성공을 거둘 수도 있지 않을까?

내가 고갱만큼 야심이 있다면 오히려 우리 사이가 좋지 않을 수도 있겠지. 다행히 난 내 성공이나 행복엔 관심이 없다. 내 관심사는 오로지 인상주의 화가들이 지속적으로 정력적인 활동을 이어가고, 그들에게 쉼터와 일용할 양식을 마련하는 것뿐이다. 그러니 둘이 살 수 있을 돈을 나 혼자 다 쓰는 건 죄악이 될 테지.

화가라고 하면 사람들은 미치광이 아니면 부자라고 여긴다. 우유 한 잔이 1프랑, 버터 바른 빵 한 조각이 2프랑인데, 그림은 팔리지도 않는 건 모르고 말이다. 바로 그 때문에 우리는 네덜란드의 광야에서 공동생활을 하는 늙은 수도사들처럼 같이 모여 살아야 한다. 고갱은 성공을 갈구하지. 그는 파리에서 떨어질 수 없을 거다. 궁핍한 생활이 영원하리라는 생각은 절대 하지 않는 거지. 너도 알다시피 난 이곳에 머물든 다른 곳으로 옮기든 상관없다. 그러니 고갱이 자신만의 투쟁을 하도록 내버려 두자꾸나. 그러다가 승리할 수도 있겠지. 그는 파리에서 너무 떨어져 있으면 자신이 무능력하다고 생각할 거다. 우리는 성공이든 실패든 절대 연연하지 않도록 하자.

마음으로 악수를 청한다.

너의 형 빈센트

인간을 그리고 싶은 욕망

(1888년 8월 21일)

나의 소중한 벗 베르나르에게

나는 인물화와 또 인물화를, 그 뒤에도 또 인물화를 그리고 싶네. 갓난아기부터 소크라테스까지, 하얀 피부에 검은 머릿결을 가진 여인부터 햇볕에 그을린 벽돌색 얼굴에 노란 머리 여인까지, 인간을 그리고 싶은 욕망을 참을 수가 없다네.

그런 날이 오기를 기다리며 지금은 다른 작업을 하고 있지.

편지 고맙네. 그래서 오늘은 무척 피곤하지만 서둘러 답장하는 거라네.

자네가 고갱을 만났다니, 그 소식을 듣고 매우 기뻤다네.

지금 난 새로운 인물화를 그리고 있는데, 네덜란드에서 그렸던 몇몇 얼굴 습작의 연장이라고 할 수 있지. 당시에 그린 「감자 먹는 사람들」과 함께 자네에게 보여준 적이 있는 습작들 말일세. 지금 그리는 인물화도 자네에게 보여줄 수 있으면 좋겠군. 이번 습작에서도 여전히 색이 중요한 역할을 하지. 흑백의 데생으론 표현할 수가 없으니까.

　이 습작을 매우 정교하고 크게 데생으로 그려서 자네에게 보내고 싶었다네. 정말이야! 그런데 같은 그림이지만 전혀 다른 그림이 되어버렸지. 뜨거운 한여름 남프랑스 한복판 수확기의 불타는 듯한 대기를 암시하는 것이 색인데, 그 색이 없으니 전혀 다른 그림이 되어버린 거야. 고갱이나 자네라면 이를 충분히 이해하리라 믿네만, 사람들은 보나 마나 추하다고 생각하겠지. 자네들은 농부가 어떤 사람들인지 아니까. 태어날 때부터 농부인 사람들이 얼마나 야성적인 냄새를 풍기는지 말이야.

　(……)

빈센트

반 고흐, 「노인의 초상」 (1885년, 44.4×33.7cm)

반 고흐, 「아고스티나 세가토리의 초상」 (1887년, 27.2×22cm)

반 고흐, 「농부 파시앙스 에스칼리에의 초상」(1888년, 49.5×38cm)

반 고흐, 「감자 먹는 사람들」(1885년, 73×95cm)

열의와 인내심을 가지고

(1888년 9월 1일)

사랑하는 테오에게

곧바로 답장해 줘서 고맙다는 말 전하려고 서둘러 몇 자
적는다. 안 그래도 집주인이 월세 때문에 해가 뜨기도 전에 찾
아왔더구나. 내가 계속 이 집에 있을지 말지를 오늘 알려주기
로 했거든. (생미셸 축일[73]까지 빌리기로 했는데, 그 전에 갱신할
지 말지 결정해야 한다는 거지.) 그래서 집주인에게 일단 석 달
더 연장하고, 다음부터는 다달이 갱신하겠다고 말했다. 그렇
게 하면 고갱이 여기 와서 마음에 내키지 않는다고 해도, 기한
만료까지 오래 기다리지 않아도 되니까.

고갱이 이 지방에 대해서 나중에 뭐라고 할지 상상하다
보면, 마음이 천근만근 무거워질 때가 많다. 고립감이 심하고,

---

73   생미셸(성 미카엘) 축일은 9월 29일이다.

하루하루 그림을 그리러 나가는 게 마치 살얼음판을 걷듯이 조심스럽구나. 모델을 구하는 것도 힘들어서 인내심이 필요하다. 무엇보다 수중에 늘 몇 푼이라도 있어야 뭐라도 해볼 수 있을 텐데. 참 힘들구나.

모델 문제만 해결되면 지금 당장이라도 전혀 다른 화가가 될 수 있을 것 같은 느낌이다. 하지만 내가 점점 더 멍청해지고 예술적 창작력을 발휘할 수 있는 시간이 헛되이 지나가 버리는 게 아닌가 하는 느낌도 들곤 한다. 어쩔 수 없는 숙명이겠지. 어쨌든 쇠가 달구어졌을 때 빨리 내려치는 게 중요하다. 안 그러면 목이 빠지도록 기다리다 지치게 되지. 하지만 고갱을 비롯한 다른 화가들도 똑같은 처지에 있으니, 무엇보다 열의와 인내심을 가지고 우리 안에서 그 해결책을 찾을 수밖에 없겠지. 평범함에 만족하지 않는 사람이 되려고 투쟁하면서 말이야. 그렇게 하면서 새로운 길을 준비하는 거지.

(······)

너의 형 빈센트

작업실 꾸미기

(1888년 9월 9일)

사랑하는 테오에게

조금 전에 우체국에 들러 새로 그린 「밤의 카페」 스케치와 그 전에 그린 다른 스케치 한 점을 부쳤다. 나중에 일본식 판화로도 몇 점 만들어볼 생각이다.

어제는 집에 가구를 들였다. 우체부 룰랭 부부가 말한 대로 침대는 튼튼한 것으로 두 개를 마련했는데, 침대 하나에 150프랑씩이더구나. 그 부부가 말한 값 그대로였다. 처음 계획을 좀 바꿀 수밖에 없어서 이렇게 했다. 하나는 호두나무 침대로 샀고, 내가 쓸 건 흰색 목재로 만든 걸 샀는데, 나중에 이 침대도 그려볼 생각이다. 그리고 1인용 침구 하나와 짚을 넣은 매트리스를 두 개 샀단다. 이제 고갱이든 누구든 오기만 하면 당장 침대를 쓸 수 있는 거지. 사실 난 애초부터 나 혼자만이 아니라 다른 사람도 와서 머물 수 있도록 집을 꾸미려고 했었다.

결국 가지고 있던 돈을 상당히 많이 쓰고 말았다. 남은 돈으로 의자 열두 개와 거울 한 개, 그리고 그 밖에 자잘한 생필품들을 샀고. 요컨대 다음 주면 그 집에 가서 지낼 수 있다는 거지.

2층에서 제일 예쁜 방은 최대한 예술적으로 마치 여자의 규방처럼 꾸며서 손님에게 내줄 생각이다. 그리고 내 침실은 정말 단출하게 꾸미고, 가구들은 네모나고 큼직한 것들로 들일 거다. 침대, 의자, 탁자 모두 흰색 목재로 하고. 1층엔 화실을 꾸미고, 그만 한 크기의 다른 방은 주방으로 쓰려 한다.

언젠가 햇살이 가득한 이 작은 집이나 불 켜진 창문에 별이 빛나는 하늘을 그려서 네게 보내주고 싶구나. 이제부터 너도 아를에 별장이 생겼다고 여기려무나. 네 마음에 들게끔 집을 꾸미고, 정말 꿈꾸던 스타일로 화실을 만들 생각에 가슴이 설렌다.

내년엔 네가 여기하고 마르세유에서 여름휴가를 보내는 것도 괜찮을 듯싶다. 그때쯤엔 다 갖춰져서 내가 생각한 대로 꾸며져 있고 바닥부터 천장까지 그림으로 가득 차 있을 거다.

네가 머물 방, 혹은 고갱이 오면 쓸 방의 하얀 벽은 크고 노란 해바라기 그림들로 장식하려 한다. 아침에 창문을 열면, 정원의 초록색 풀숲, 떠오르는 해, 그리고 시내로 들어가는 길이 보이겠지. 하지만 무엇보다 아담한 침대와 우아한 집기를 갖춘 조그만 규방 곳곳에 걸린, 열두 송이 또는 열네 송이 해바라기를 그린 커다란 그림들이 눈길을 끌 거다. 평범하지 않지.

화실은 빨간 타일로 바닥을 깔고, 벽과 천장은 흰색으로 칠하고, 시골풍의 의자와 나무 탁자를 들여놓고 초상화들로 장식할 거다. 도미에의 그림 같은 느낌이 나겠지만, 장담컨대 그 또한 평범하지 않을 거다.

(······)

이제는 여기 계속 머물까 말까 하는 망설임이 다 사라졌다. 그림의 착상은 샘솟듯 이어지고 있고. 지금은 매달 집을 꾸미는 데 필요한 물건들을 살 계획을 짜고 있다. 그렇게 꾸준하게 가구들을 들여놓고 장식들을 채워가다 보면 집이 그럴듯해지겠지. 그런데 가을에 대비해서 조만간 물감을 대량으로 주문해야 할 것 같구나. 가을은 그림 그리기에 이상적인 계절이니까 말이다. 뭐가 필요할지 생각해 보고 이 편지에 주문서도 같이 보내마.

카페라는 곳은 사람들이 자기 자신을 파괴하고, 광기에 빠지고, 범죄를 저지를 수도 있는 공간이지. 「밤의 카페」라는 그림에선 부드러운 분홍색과 피 같은 붉은색 혹은 포도주색과의 대비를 통해 그런 느낌을 표현하려 했다. 또 루이 15세 풍의 은은한 초록색과 베로니즈그린은 노란빛이 감도는 초록색과 거친 청록색과 대비를 이루지. 이런 대비를 통해 창백한 유황

불이 타오르는 지옥의 화덕 같은 분위기를 연출하고, 선술집의 어두운 구석에서 뿜어져 나오는 힘을 드러내고 싶었다. 그러면서도 일본풍의 경쾌함과 타르타랭의 선량한 분위기를 어느 정도 살려 보았다.

테르스테이흐 씨가 이 그림을 본다면 뭐라고 할까? 그는 인상주의 화가들 가운데 가장 사려 깊고 섬세한 시슬레의 작품을 보고서도 이렇게 말했지. "이 그림은 화가가 술에 좀 취한 상태에서 그렸다고 할 수밖에 없군." 그러니 내 그림을 보면 알코올 중독에 의한 섬망증 상태에서 그렸다고 할 거다.

「라르뷔 앵데팡당트」[74]가 주관하는 전시회에 출품해 보자는 네 의견에는 전적으로 찬성이다. 물론 늘 거기에 출품하던 다른 화가들에게 방해가 되지 않아야겠지. 다만 이번에는 처음이니까 말 그대로 습작들만 출품하고, 제대로 된 작품은 다음에 출품하겠다고 주최 측에 미리 말해 두자꾸나. 내년엔 연작 전체가 완성될 테니까 실내 장식용으로 그린 그림들을 출품할 수 있을 거다. 꼭 그래야 한다는 말은 아니지만 습작들을 완성된 작품들과 혼동하는 일은 없어야 하니, 첫 번째 전시는 '습작들'로만 할 것이라는 사실을 미리 알리고 싶구나. 「씨 뿌

---

74 '독립 잡지(La Revue indépendante)'라는 뜻으로, 비평가 펠릭스 페네옹이 1884년 창간한 문학과 예술 전문 월간지이다. 1895년 폐간될 때까지 상징주의 운동의 선봉에 섰다.

반 고흐, 「밤의 카페」(1888년, 72.4×92.1cm)

반 고흐, 「잘린 해바라기」(1887년, 60×100cm)

반 고흐, 「해바라기」(1888년, 92.4×71.1cm)

리는 사람」과 「밤의 카페」 말고는 아직 완성작이라고 할 만한
작품들이 없으니까.

　이 편지를 쓰는 동안 캐리커처로 우리 아버지를 그린 듯
한 키 작은 농부가 카페에 들어왔단다. 정말 놀랄 만큼 닮았다.
벗어진 이마와 피로에 지친 모습, 애매한 입 모양새가 특히 그
렇고. 그 얼굴을 그리지 못해 계속 아쉽다.

　(……)

너의 형 빈센트

규칙 따위는 생각하지 않고

(1888년 9월 18일)

사랑하는 테오에게

오늘 아침 이른 시간에 너에게 편지를 쓰고 나서 햇살이 비치는 정원 그림을 그리러 갔다. 집에 돌아왔다가 다시 새 캔버스를 들고 나가서 그것도 완성했다. 그러고 나니 너에게 또 편지를 쓰고 싶어져서 펜을 들었다.

이곳의 자연은, 어디나 기막히게 아름답다. 어디서도 누려본 적 없는 행운이지. 둥근 하늘이 눈부시도록 파랗고, 창백한 유황색 빛줄기를 쏟아 내는 하늘은 마치 델프트의 페르메이르의 그림에서 볼 수 있는 하늘의 파란색과 노란색의 조합처럼 부드럽고 매혹적이다. 난 그만큼 아름답게 그릴 수 있을 것 같진 않지만, 규칙 따위는 생각하지 않고 풍경 속에 빠져들어 붓 가는 대로 그림을 그리고 있단다.

덕분에 집 맞은편의 공원을 소재로 그림을 세 점 그렸다.

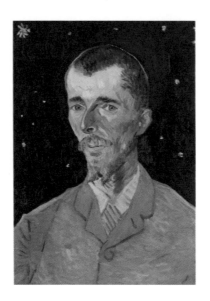

반 고흐, 「외젠 보흐의 초상」(1888년, 60.3×45.4cm)

반 고흐, 「폴외젠 밀리에의 초상」(1888년, 60×49cm)

반 고흐, 「저녁에 카페 테라스에서」(1888년, 80.7×65.3cm)

또 카페 그림 두 점, 해바라기 그림 그리고 보흐[75]의 초상화와 내 자화상도 그렸지. 그리고 공장 위에 비친 붉은 태양과 바지선에서 모래를 하역하는 인부들, 오래된 방앗간도 그렸고. 다른 습작들은 세지도 않았으니 내가 얼마나 열심히 작업했는지 알 수 있을 거다.

그런데, 그러다 보니 오늘 물감과 캔버스가 다 떨어졌고 지갑도 완전히 비었다. 마지막 하나 남은 캔버스에 마지막 물감으로 마지막에 공원을 그렸지. 원래는 초록색으로 그려야 하지만 초록색 물감이 없어 프러시안블루와 크롬옐로를 섞어 썼다. 난 요즘에 나 자신이 처음 이곳에 왔을 때와는 완전히 달라졌다는 느낌이 드는구나. 이젠 더 이상 의심하거나 머뭇거리지 않고 한곳에만 집중하려 한다. 그러다 보면 더 좋은 결과를 얻을 수 있겠지.

(……)

내가 꼭 써야만 하는 물감과 캔버스, 그리고 생활비는 네가 감당할 수 있는 한 계속해서 보내주면 좋겠다. 지금 준비하는 그림들은 지난번에 보낸 것들보다 더 나을 거고, 이번엔 손해 안 보고 돈을 좀 벌 수 있을 것 같다.

(……)

75 외젠 보흐(1855~1941년), 벨기에의 화가.

오늘은 그림을 그리는데 베르나르 생각이 많이 나더구나. 그의 편지에서 고갱의 재능에 대한 존경심을 느낄 수 있었다. 고갱은 경외감이 들 정도로 위대한 예술가이고, 그에 비하면 자기 작품은 모두 형편없다고 했지. 너도 알다시피 지난겨울까지만 해도 베르나르는 고갱에게 사사건건 트집을 잡곤 했는데 말이다. 어쨌든 둘 사이가 어떻든 무슨 일이 일어났든, 그런 예술가들이 우리 친구라는 게 많은 위안이 된다. 그래서 감히 바라건대, 일이 어떻게 돌아가든 상관없이 그 친구들과는 계속 좋은 관계로 남았으면 한다.

너의 형 빈센트

불가능한 것들과 씨름할 일

(1888년 9월 29일)

사랑하는 테오에게

편지와 동봉한 50프랑 고맙게 잘 받았다. 다리가 다시 아프다니 좋지 않은 소식에 속상하구나. 정말이지, 가능하다면 너도 이곳 남프랑스로 와서 지내야 할 것 같다. 태양과 좋은 날씨, 그리고 맑은 공기가 우리한테는 가장 확실한 치료법이 될 거다. 이곳의 날씨는 여전히 화창하고, 이런 날이 계속된다면 화가들의 천국이라 한들 이만 못할 것 같다. 거의 일본이나 다름없지 않을까. 언제 어디서나 너와 고갱, 그리고 베르나르 생각이 머리를 떠나지 않는구나. 이렇게 좋은 곳에서 모두가 함께 있다면 얼마나 좋을까.

정사각형 30호 캔버스에 그린 작은 그림 한 점을 동봉한다. 가스등 불빛 아래 별이 빛나는 밤하늘을 그렸지. 하늘은 청록색, 물은 감청색, 땅은 연보라색으로. 시내는 파란색과 보라

반 고흐, 「별이 빛나는 밤」(1888년, 92×72.5cm)

색, 가스등은 노란색, 물에 비친 불빛은 다갈색이 섞인 금색에서 초록색이 감도는 청동색이고. 청록색 하늘 속에서 창백한 초록색과 분홍색으로 반짝이는 큰곰자리 별들은 가스등의 거친 금색과 대조를 이루고 있다. 전경의 작은 인형 같은 한 쌍의 연인도 색을 칠했고.

다른 한 점도 정사각형 30호 캔버스에 그렸다. 유황빛 태양과 코발트빛 하늘 아래 있는 집과 그 주변 풍경이지. 매우 까다로운 주제였다! 하지만 어떻게든 한번 해내고 싶더구나. 햇빛을 받아 노란색으로 빛나는 집과 이루 말할 수 없이 청명하고 파란 하늘이 어찌나 황홀하던지. 땅은 전부 노란색이고. 기억을 떠올려 그린 이 그림 말고 더 나은 걸로 하나 보내도록 하마. 왼쪽 분홍색 집에는 초록색 덧창이 달려 있고, 나무 그늘 아래 있는 그 집이 내가 매일 저녁 식사를 하는 식당이다. 내 우체부 친구는 거리 왼쪽 길 끝, 두 철교 사이에 있는 집에서 살지. 이 그림엔 없지만 내가 전에 그렸던 밤의 카페는 식당 왼쪽에 있다.

밀리에[76]가 보더니 정말 별로라고 했다. 보잘것없는 식료품 가게나 우아함이라곤 전혀 없는 남루한 집들을 뭐가 좋다고 그리는지 이해할 수 없다더구나. 하지만 졸라가 『아소무아

---

76 폴외젠 밀리에(1863~1943년)는 알제리 보병이었고, 아를에서 반 고흐에게 그림을 배우기도 했다.

르』도입부에서 묘사한 거리나 플로베르가 『부바르와 페퀴세』 시작 부분에서 묘사한 빌레트 강변 한 모퉁이의 찌는 듯한 더위를 두고 싫은 소리 하는 사람이 없다는 건 너도 알겠지. 어쨌든 힘든 작업을 하고 나면 기분이 좋아진다. 그래도 요즘엔 종교(이 말을 써도 될진 모르겠지만)가 필요하다는 생각이 절실해진단다. 그럴 때면 밤중에 밖으로 나가서 별들을 그리고, 또 그 그림 속에 내 친구들의 생생한 모습을 그려 넣는 상상도 하게 되는구나.

드디어 고갱에게서 편지가 왔는데, 매우 힘든 모양이다. 그림만 팔리면 여기로 오겠다고 하는데, 여비만 마련되면 자기 문제는 어떻게든 알아서 해결하겠다는 말은 따로 하지 않더구나. 자기가 묵고 있는 하숙집 사람들이 전에도 지금도 너무 잘해 줘서 그렇게 떠나는 게 나쁜 짓 같다고도 했고. 그러면서도 자기가 올 수 있는데 안 오고 있다고 생각한다면 자기 가슴에 비수를 꽂는 거라고. 네가 자기 그림을 싼값에라도 팔아 주면 기쁠 것 같다는 말도 했다. 내 답장과 함께 고갱의 편지도 같이 보내마.

고갱이 여기로 오면 남프랑스에서 그림을 그린다는 계획의 중요성이 100퍼센트 더 늘어날 거다. 일단 자리를 잡고 나면 다시 떠날 일은 없을 테고. 여기서 뿌리를 내리겠지. 그리고 늘 하는 생각이지만, 고갱이 도와주면 네가 개인적으로 하는

반 고흐, 「쟁기로 갈아놓은 밭」(1888년, 72.5×92.5cm)

반 고흐, 「빈센트의 집(노란 집)」(1888년, 72×91.5cm)

사업도 내 그림만 다룰 때보다는 더 확고해지리라 생각한다. 돈을 더 들이지 않고도 만족스러운 결과를 얻을 수 있다는 거지. 나중에 네가 인상주의 그림들만 따로 취급하게 되더라도, 지금 하던 대로 하면서 규모만 더 키우면 될 거다. 어쨌든 고갱 말에 따르면 라발[77]이 적어도 1년 동안 매월 150프랑을 지원해 줄 수 있는 사람을 찾았다고 하더구나. 어쩌면 그도 2월에 이곳에 올 것 같다. 베르나르에게 편지를 보내면서 남프랑스에서 지내려면 하루에 숙식비로만 적어도 3.5프랑에서 4프랑 정도는 들 거라고 했는데, 그 친구는 한 달에 200프랑이면 세 사람이 숙식을 해결할 수 있다고 하더구나. 화실에서 먹고 자면 불가능한 일은 아니지.

(……)

별이 빛나는 밤과 쟁기로 갈아놓은 밭을 그린 그림들을 너도 당연히 좋아하리라 생각한다. 다른 그림들보다 더 평온한 느낌을 주지. 이 정도로만 작업을 이어갈 수 있다면 돈 걱정은 덜할 수 있으리라 기대한다. 내가 기법을 계속 조화롭게 발전시키면, 사람들도 좀 더 쉽게 다가올 수 있겠지. 하지만 이 고약한 미스트랄 때문에 붓질을 하기도 힘이 드는구나. 마치 격정적인 음악을 연주할 때처럼 붓이 말을 안 듣고 서로 엉켜

---

77 샤를 라발(1861~1894년), 프랑스의 화가로 고흐와 퐁타벤에 함께 머물렀다.

버린다. 오늘처럼 바람이 잔잔한 날에는 붓 가는 대로 몸을 맡
겨야겠다. 그러면 불가능한 것들과 씨름할 일도 줄어든단다.

(……)

너의 형 빈센트

새로운 시인 고갱에게

(1888년 10월 3일)

나의 동료 고갱에게

오늘 아침 반가운 편지를 받자마자 동생에게 전달했습니다. 당신의 자화상이 상징적으로 보여줄 인상주의 전반에 대한 견해는 감동적입니다. 어서 그 자화상을 보고 싶은 마음이 간절하지만, 너무 중요한 그림일 테니 감히 내 그림과 교환하자고는 못 하겠네요. 하지만 혹시라도 우리에게 그 그림을 맡기고 싶으시면 내 동생이 기꺼이 그렇게 할 겁니다. 원하신다면 그렇게 하도록 동생에게 말해 두었으니 곧 일이 성사되길 바랍니다.

우리 형제는 당신이 빨리 이곳으로 올 수 있도록 한 번 더 서두르고 있습니다. 솔직히 말하자면, 그림을 그릴 때조차도 머릿속으로는 끊임없이 우리가 한곳에 같이 머물며 작업할 수 있는 화실을 꾸려나갈 생각을 합니다. 싸움에 지치고 궁지에 몰린 우리 동료들이 와서 쉴 수 있는 피난처이자 안식처로 그 화실을 제공할 수도 있겠지요.

지난번에 당신이 파리를 떠나고 나서 나와 내 동생은 평생 잊지 못할 시간을 보냈습니다. 기요맹, 피사로 부자(父子), 그리고 쇠라와도 개인적으로 잘 알진 못하지만(파리를 떠나기 전에 몇 시간 동안 그의 화실을 방문한 게 전부입니다.) 폭넓은 주제로 이야기를 나누었습니다. 그중에서도 특히 우리 형제의 가슴속에 절실하게 와닿았던 내용은, 화가들의 생활을 보장하고 물감이나 캔버스처럼 작업에 필요한 물품들에 대한 걱정 없이 그림을 그릴 수 있게 해줄 방안에 대한 것들이었습니다. 이미 오래전에 소유권이 넘어간 그림들의 시가를 책정할 때 예술가들의 몫을 보장할 수 있는 방법에 대한 것들도 있었고요. 당신이 이곳에 오면, 그때 논의된 모든 내용을 다시 이야기해 보고 싶습니다.

어쨌든 유감스럽게도 난 파리를 떠나올 때 몸이 많이 안 좋았고, 술을 너무 마신 탓에 거의 알코올 중독 상태여서 아무것도 할 기운이 없었습니다. 내 안에 갇힌 채 그 어떤 기대도 할 수 없었죠. 그러나 지금은 지평선 너머로 희미한 희망이 보이는 것 같습니다. 나타났다 사라질지언정 그런 희망이 고독한 나의 삶에 이따금 위안을 주기도 합니다.

우리가 성공적으로 기반을 확고히 다질 수 있다는 나의

믿음을 당신과 나누고 싶군요. 지난번에 우리가 허름한 화실과 '작은 길들'에 있는 카페에서 이야기한 것들을 한번 돌이켜보면, 나와 내 동생이 어떤 생각을 가지고 있는지 확실히 아실 겁니다. 여태껏 한 번도 실현된 적이 없는 협회를 만들어보겠다는 구상이죠.

하지만 지난 몇 년 동안의 끔찍한 상태를 개선하기 위해 해나가야 할 그 모든 일은, 우리가 말했던 그대로이거나 그와 비슷할 거라는 것도 짐작하실 겁니다. 우리가 견고한 토대를 갖추어 보여주는 것이 가장 확실한 설명이 될 테지요. 그때가 되면 우리 형제가 이전에 말씀드린 계획보다 훨씬 더 멀리 가고 있다는 것을 인정하시게 될 겁니다. 우리가 더 멀리 가려는 것은 오로지 그것이 미술상이 해야 할 의무이기 때문입니다. 아시다시피 나 역시 수년간 그림을 거래하며 살아왔기에, 미술상이라는 직업을 무시하지 않습니다.

그러니까, 이 말씀만 드리겠습니다. 아무리 겉으로 파리에서 멀어진 것 같다 해도, 당신이 파리와 맺고 있는 직접적인 관계가 끊어지리라고는 생각하지 않습니다.

요즘엔 작업에 대한 열정을 불태우고 있습니다. 지금은 파란 하늘 아래 펼쳐진 넓은 포도밭 풍경과 씨름하고 있죠. 초록색과 자주색, 그리고 노란색이 어우러진 포도밭에 포도덩굴은 검은색과 주황색입니다. 빨간 양산을 든 부인들과 수레를 끌고 포도를 수확하는 사람들의 모습 덕분에 분위기가 한층 더 명랑하지요. 전경에는 회색 모래밭이 있습니다. 30호 정사각형 캔버스에 장식화로 한 점 더 그렸고요.

전체적으로 잿빛을 띠는 자화상도 한 점 그려보았습니다. 잿빛은 베로니즈그린에 주황색을 섞어 만들었고, 배경은 연한 베로니즈그린, 옷은 적갈색입니다. 그런데 나 자신의 성격을 좀 과장되게 표현했더니, 영원한 붓다를 숭배하는 소박한 승려의 청동 조각상 같은 모습이 되었군요. 그리느라 꽤 힘들었지만, 사물을 제대로 표현하고자 한다면 같은 그림을 완전히 다시 그릴 수 있어야겠지요. 더 나은 그림을 그리기 위해선 더 나은 모델이 필요하고, 그러기 위해선 이른바 우리가 문명화된 상태라 부르는 멍청한 관습에서 벗어나야 할 겁니다.

더없이 반가운 소식이 있습니다. 어제 보흐의 편지를 받았는데(그의 누이는 벨기에 20인회[78] 소속의 예술가이죠.) 광부들의 모습과 그들의 생활을 그리기 위해 보리나주[79]에 정착했다고 하더군요. 하지만 다양한 것을 느껴보기 위해 남부에 올 생각이라고 합니다. 그렇다면 당연히 아를이 될 거고요.

예술에 대한 내 관점은 당신과 비교하면 평범하기 그지없

78　벨기에의 전위예술 단체. 1883년 브뤼셀에서 창설되어 10년 동안 활동했다.
79　프랑스 국경 지역에 위치한 벨기에의 도시로, 고흐는 그곳의 탄광촌에서 전도사로 일했다.

반 고흐, 「붉은 포도밭」(1888년, 75×93cm)

반 고흐, 「초록 포도밭」(1888년, 73.5×92.5cm)

반 고흐, 「시인의 정원」(1888년, 73×92.1cm)

습니다. 나에겐 늘 짐승 같은 거친 식욕이 있기 때문이죠. 난 다른 건 다 잊고 사물들이 갖는 외적 아름다움만 봅니다. 그런데 난 그런 아름다움을 되살릴 줄은 모릅니다. 내 눈에 자연은 그토록 완벽한데, 그림으로 그리게 되면 추하고 조악해 보이니 말입니다.

하지만 뼈만 앙상한 나의 해골이 목표를 향해 곧장 날아오르면, 물론 그 대상은 거칠고 서툰 내 붓질에 몸을 내맡겨야 하겠죠, 그럴 때면 독창적인 진지함이 묻어나는 그림을 그려 내기도 합니다.

우리가 여러 화가들에게 안식처로 제공하려고 하는 이 화실에 대해 당신이 이제 대장이라고 자부해도 좋습니다. 그 일을 완수하는 데 필요한 돈은 우리가 작업에 열과 성을 바치다 보면 차차 마련될 겁니다. 그러면 지금 당신이 겪고 있는 불편과 건강상의 문제와 같은 불행을 어느 정도 달래주는 위안이 되리라 기대하고요. 오랫동안 이어질 후대의 화가들을 위해 우리가 목숨을 걸고 있다고 생각하는 겁니다.

내가 있는 이곳에선 이미 오래전에 (주로 그리스의 예술 작품으로 알려진) 비너스에 대한 예배 의식이 있었고, 이어 르네상스 시인들과 예술가들이 있었습니다. 그런 문화들이 꽃필 수 있었던 곳이라면, 인상주의 역시 그럴 수 있겠죠.

당신이 머물 방에 일부러 장식화인 「시인의 정원」(이 그림의 초기 구상을 간략하게 그린 스케치는 베르나르가 가지고 있죠.)을 걸어놓았습니다. 나무와 덤불숲이 있는 흔한 공원이지만 보고 있으면 보티첼리, 조토, 페트라르카, 단테, 보카치오 등이 저절로 떠오르죠. 그러니까 집을 장식할 그림들의 경우는 이 지방 고유의 특성을 이루는 본질적인 것을 생각하며 그렸습니다. 이곳에(보다 정확히 말하면 아비뇽에) 살았던 옛 시인 페트라르카와 앞으로 이곳에서 활동하게 될 새로운 시인 폴 고갱을 떠올릴 수 있는 그런 정원을 그리고자 한 겁니다. 이런 시도가 어설프게 보일 수 있겠지만, 나로선 당신을 생각하며 벅찬 감동으로 당신의 화실을 꾸몄다고 말씀드립니다.

우리의 계획이 성공할 수 있도록 용기를 냅시다. 이곳을 내 집처럼 편안하게 느꼈으면 합니다.

나는 이 모든 것이 오랫동안 이어지리라 믿고 있습니다.

날 믿어주시길 바라며 진심 어린 악수를 청합니다.

당신의 친구 빈센트

추신.

혹시나 이곳이 브르타뉴만큼 아름답지 못하다고 여기실까 걱정됩니다. 이곳에서 도미에의 그림보다 더 아름다운 것을 볼 수는 없을 겁니다. 하지만 이곳 사람들 얼굴은 도미에의 그림에 나오는 사람들 그대로이죠. 그러니까 이곳에 오시면

현대성 속에 잠들어 있는 고대성과 르네상스를 금방 발견하실 겁니다. 그것들을 살려낼지 말지는 당신의 자유이고요.

베르나르가 자신과 라발, 그리고 다른 화가들도 서로 그림을 교환하면 어떻겠냐고 하더군요. 나는 화가들끼리 그림을 교환하는 체계를 만들자는 주장에 전적으로 찬성합니다. 일본 화가들 사이에선 서로 그림을 교환하는 것이 매우 중요한 의미를 갖는다고 하더군요. 그래서 내가 최근 여기서 그린 습작들 가운데 잘 말린 것들로 몇 점 보내려 하니 먼저 고르십시오. 물론, 이번에 그린 자화상 같은, 너무 아름다워서 중요한 의미를 갖는 작품이라면 감히 교환하자고 하지 않겠습니다. 분명히 장담하는데, 한 달 생활비를 지불하시기만 하면 그 대가로 내 동생이 그 그림을 기꺼이 구입할 겁니다.

반 고흐, 「자화상(폴 고갱에게)」(1888년, 61.5×50.3cm)

그림이 살아 움직이는 곳

(1888년 10월 13일)

사랑하는 테오에게

네가 보내준 50프랑 우편환은 잘 받았다. 이렇게 일찍 보내줄 거라곤 기대하지도 않았는데 정말 고맙다. 들어가는 비용이 많아서 괴로울 때가 한두 번이 아니다. 화가라는 이 직업을 가진 사람들은 더없이 가난한 삶을 살게 되는 것 같다는 생각을 점점 더 자주 하게 된다.

하지만 가을은 여전히 아름답구나! 타르타랭의 고향인 이곳은 또 얼마나 재미있는지! 그래, 난 내 운명에 만족한다. 빼어나게 아름다운 고장이라기보다는, 도미에 그림이 살아 움직이고 있는 듯한 곳이지. 타르타랭은 잊지 않고 다시 읽어 보았겠지? 타라스콩의 낡은 삯마차가 한탄하는 그 멋진 대목이 생각나서, 여관 안마당에 놓여 있는 빨간색과 초록색의 마차를 그려보았다. 구도를 알 수 있도록 대충 그린 스케치를 보내주

마. 회색 모래가 깔린 소박한 전경에 배경도 매우 단순하다. 담장은 분홍색과 노란색, 덧창은 초록색, 구석에 푸른 하늘. 두대의 마차는 매우 다채롭게, 차체는 초록색과 빨강색으로, 바퀴는 노란색, 검은색, 파란색, 주황색으로 그렸다. 여전히 30호 캔버스에 몽티셀리 식으로 두텁게 칠했고. 네가 한동안 가지고 있었던 모네의 그림 말이다. 물가에 있는 알록달록한 보트 네 척을 그린 무척 아름다운 그 그림하고, 물론 내가 그린 것은 삯마차이지만, 구도는 거의 비슷하다.

(……)

트랭크타유 철도교와 그 계단은 흐린 날에 그렸다. 그래서 돌들, 아스팔트, 포석은 회색이고, 하늘은 창백한 파란색이다. 색색의 옷을 입은 행인들과 잎이 노란 앙상한 나무 한 그루도 그렸다.

(……)

졸음이 쏟아져서 제대로 보이지 않는구나. 눈이 너무 피곤하다.

곧 연락하마. 할 얘기가 아직 많고, 스케치도 제대로 그려 보내야 하니까 말이다. 아마도 내일이 될 거다.

다시 한번 우편환 고맙다. 마음으로 악수를 청한다.

너의 형 빈센트

반 고흐, 「타라스콩의 삯마차」(1888년, 71.4×92.5cm)

반 고흐, 「알리스캄프의 가로수길」(1888년, 73×91cm)

반 고흐, 「트랭크타유 철도교」(1888년, 72.5×91.5cm)

나만의 복수

(1888년 10월 16일)

사랑하는 테오에게

적어도 작업이 어떻게 진행되고 있는지 네가 가늠해 볼 수 있을 작은 스케치를 이제야 보낸다. 다행히 오늘 다시 시작할 수 있었단다. 눈은 여전히 좀 피곤하지만, 오늘은 아주 기분도 좋고 그래선지 머릿속에 새로운 구상이 떠올라서 그려보았다. 늘 그렇듯 30호 캔버스를 썼고. 이번에는 그냥 내 침실이다. 오로지 색채가 모든 것을 만들어내는 그림이지. 색채를 단순화함으로써 그림 속 사물들의 모양을 한껏 살리고, 그래서 전체적으로 휴식 혹은 수면의 느낌을 살려 보았다. 이 그림을 제대로 보려면 머리를, 아니 오히려 상상력을 쉬게 해야 할 거다.

벽은 창백한 보라색이고, 바닥에는 빨간 타일이 깔려 있다.

침대의 나무틀과 의자는 신선한 버터 같은 노란색이고.

시트와 베개는 초록빛이 감도는 매우 선명한 레몬색이지,

이불은 진홍색, 창문은 초록색, 세면 탁자는 주황색, 세숫대야는 파란색, 문은 연보라색.

덧창이 닫힌 이 방에는 그게 전부다.

각진 육중한 가구들은 절대 방해받지 않을 휴식을 나타낸다. 벽에는 초상화들과 함께 거울, 수건, 옷가지 등이 걸려 있고. 그림에 흰색을 쓰지 않았으니, 틀은 흰색이 좋겠지.

이 그림은 강제로 쉬어야만 했던 상황에 대한 나만의 복수로 얻어졌다. 내일도 온종일 이 그림에 매달릴 작정이고. 하지만 보다시피 구도가 단순하니까 음영이나 그림자는 빼고 일본 판화처럼 담백하고 깔끔한 색조로 그려야겠지. 아마 「타라스콩의 삯마차」나 「밤의 카페」와 좋은 대조가 될 거다.

그림을 끝내려면 내일 아침 일찍부터 신선한 여명과 함께 작업해야 하니까 편지를 더 길게 쓰지는 못하겠다. 아픈 건 좀 나아졌니? 잊지 말고 소식 전해다오. 곧 답장을 보내주길 바라며, 조만간 다른 방들도 스케치해서 보내주마.

마음으로 악수를 청한다.

너의 형 빈센트

반 고흐, 「아를의 침실」(1889년, 파리 오르세미술관, 57.3×73.5cm)

반 고흐, 「침실」(1889년, 73.6×92.3cm, 시카고미술관)

반 고흐, 「아를의 침실」(1888년, 암스테르담 반고흐미술관, 72.4×91.3cm)

그림을 그려내는 고통

(1888년 10월 25일)

사랑하는 테오에게

편지와 함께 보내준 50프랑 고맙게 잘 받았다. 내 전보를 통해 알고 있겠지만 고갱이 건강한 모습으로 도착했다. 오히려 나보다 더 건강해 보이더구나.

네가 그림을 팔아준 데 대해 당연히 아주 만족스러워했지. 나 또한 그렇고. 덕분에 집에 꼭 필요한 것들을 당장 살 수 있으니 말이다. 또 너 혼자 부담을 다 질 필요도 없으니 다행이지. 고갱이 오늘 너에게 편지를 쓰기로 했다. 아주 재미있는 사람이고, 이 양반과 함께라면 많은 작품을 할 수 있겠다는 믿음이 생기는구나. 아마 여기서 그림을 많이 그릴 수 있을 것 같다. 나 또한 그럴 거고.

그렇게 네 짐이 조금이나마 가벼워지길, 아니 많이 가벼워지길 감히 기대해 본다.

난 아무래도 정신적으로, 그리고 육체적으로 완전히 탈진할 때까지 그림을 그려야 할 것 같다. 그러지 않으면 지금까지 지출한 돈을 회수할 방법이 없으니 말이다. 내 그림이 팔리지 않으니 도리가 없구나. 언젠가는 내 그림이 물감값이나 알량한 내 생활비보다는 더 가치가 있다는 걸 사람들이 알게 될 날이 오겠지. 지금 돈 문제와 관련해서 내가 바라고 걱정하는 건 오로지 무엇보다 빚을 지지 말자는 것뿐이다.

사랑하는 동생아, 그동안 너에게 진 빚이 너무 커서 그걸 다 갚고 나면(난 그럴 수 있으리라 생각한다.) 그림을 그려내는 고통이 내 삶을 통째로 앗아가서 마치 살아본 적도 없을 것만 같다. 그림 그리는 일이 점점 더 어려워질까 봐, 언제까지나 이렇게 많이 그릴 수는 없을까 봐 걱정된다.

지금 그림이 팔리지 않으니, 그로 인해 네가 고통받고, 나 또한 고통스럽다. 하지만 내가 수입이 없어서 네가 곤란해지는 것만 아니라면, 난 그럭저럭 버틸 수 있을 것 같다.

돈 문제와 관련해서 내가 생각하는 진리는 이렇다. 예컨대 1년에 2000프랑을 쓰는 사람이 50년을 산다면 평생 10만 프랑을 쓴 게 되는데, 그렇다면 그만큼 또 벌어야 하는 거지. 화가로 살면서 평생 100프랑짜리 그림을 1000점 그려야 한다는 말인데, 그건 너무너무 힘든 일이다. 하물며 그나마도 그림 한 점을 100프랑으로 가정한 거니까…… 우리가 져야 할 짐이 너무 무겁구나. 하지만 우리가 바꿀 수 있는 게 없지.

그렇다고 달라지는 건 아무것도 없으니.

(……)

곧 고갱이 너에게 편지를 쓸 때 나도 같이 써 보내마.

난 고갱이 이곳에 대해, 그리고 나와 같이 사는 것에 대해 뭐라고 말할지 모르겠다. 어쨌든 그는 네가 자기 그림을 팔아 준 것에 굉장히 만족하고 있다.

곧 연락하자. 마음으로 악수를 청한다.

너의 형 빈센트

폴 고갱, 「브르타뉴의 즐거움」(1889년)

폴 고갱, 「목욕하는 브르타뉴 소년들」(1888년)

비평가들에게 흔들리지 말자

(1888년 11월 19일)

사랑하는 테오에게

고갱이 그린 「브르타뉴의 아이들」이 도착했는데, 아주 멋지게 손질해서 바꿔놓았더구나. 난 그 그림이 매우 마음에 든다. 팔린다면 더 좋을 텐데. 하물며 그가 여기서 그려 보낼 두 점은, 포도 수확하는 여자들과 돼지 치는 여자를 소재로 한 그림인데, 그보다 서른 배는 더 훌륭하다. 이런 좋은 그림들이 나올 수 있는 건, 최근까지 간인지 위장인지 질병 때문에 고생하던 그의 건강 상태가 좋아지기 시작한 덕분일 거다.

(……)

고갱처럼 현명한 동료와 함께 생활하면서 작업하는 걸 지켜볼 수 있다는 게 얼마나 행복한지 모르겠다. 알다시피, 고갱이 더 이상 인상주의 그림을 그리지 않는다고 비난하는 사람들도 있지. 그런데, 너도 곧 보게 되겠지만, 그가 최근에 그린 두 점은 물감 색칠이 아주 부드럽고, 나이프 작업까지 했더구나. 물론 다는 아니지만, 그가 브르타뉴에서 그린 것들을 밀어낼 만한 작품들이다.

요즘은 편지를 쓸 시간이 없구나. 그게 아니면 이미 네덜란드 친구들에게 소식을 전했을 텐데 말이다. 참, 보흐의 편지를 받았다. 누이가 20인회 소속인 벨기에의 화가 말이다. 그곳에서 열심히 그림을 그리고 있다더구나.

고갱과는 친구로서, 또 동업자로서 계속 함께하면 좋겠다. 그는 열대지방에 가서 화실을 꾸리고 싶어 하는데, 정말로 성사된다면 아주 멋지겠지. 하지만 내 계산으로는 그렇게 하려면 그가 생각하는 것보다 더 많은 돈이 필요할 것 같다.

(……)

내 작업이 좀 늦어져서 기다린다 해도 손해를 입지는 않을 거다. 친애하는 우리 비평가 양반들이 요즘 그림들을 업신여기든 말든 흔들리지 말자꾸나. 다행히도 난 내가 무엇을 원하는지 그들이 생각하는 것보다 더 잘 알고 있고, 내가 서둘러 아무렇게나 그림을 그린다는 비판에 신경 쓰지 않는다. 그에 대한 답으로 최근에는 더욱더 서둘러서 열심히 그림을 그리고 있지.

지난번에 고갱에게 들었는데, 클로드 모네가 그린, 아름다운 일본 꽃병에 들어 있는 해바라기 그림을 보았다고 하더

반 고흐, 「고갱의 의자」(1888년, 90.3×72.5cm)

반 고흐, 「고흐의 의자」(1888년, 93×73.5cm)

구나. 그러면서 내가 그린 해바라기가 더 좋다고 했다. 그 말이 옳다는 게 아니라, 단지 내가 약해진 것은 아니라는 뜻으로 받아들인다. 너도 알겠지만, 언제나 그렇듯 모델을 구하기가 어렵다는 게 안타까울 따름이지. 그런 난관을 극복하려면 수없이 많은 장애물을 넘어야 하고.

내가 지금과는 전혀 다른 사람이거나 또 돈이 더 많다면 그런 어려움을 헤쳐나갈 수 있겠지만, 지금은 포기하지 않고 한 걸음 한 걸음 나아가는 수밖에 없겠지. 마흔이 되어서 고갱이 말한 해바라기 그림 같은 인물화를 그릴 수 있게 되면, 그 누구한테도 뒤지지 않는 예술가의 자리에 올라설 수 있을 테고.

그러니까 참고 버티자.

최근에 그린 두 점의 습작들은 네가 봐도 상당히 재미있을 거다. 둘 다 30호 캔버스에 그렸는데, 하나는 나무와 샛노란 짚으로 만든 '의자'인데, 바닥은 붉은 타일이고 뒤는 벽이다.(이건 '낮'이다.) 다른 하나는 고갱이 쓰는 빨간색과 초록색의 팔걸이의자인데, 밤이라는 분위기를 표현하기 위해 벽과 바닥도 빨간색과 초록색으로 그렸다. 의자 위에는 소설 두 권과 양초 하나가 놓여 있고. 캔버스에 물감을 두텁게 칠했다.

습작들을 돌려보내 주면 좋겠는데, 서둘지는 않아도 된다. 잘 그린 것들은 아니라 나에겐 자료가 되겠지만, 너에게는 아파트의 자리만 차지할 테지.

내 습작에 대해 일반적인 얘기를 확실히 해두자면, 네가 한 가지만 지켜주면 좋겠다. 그러니까 화랑을 통하지 않는 거래는 하지 말라는 거다. 물론 내 그림이 구필 화랑에 들어가는 일은 아마도 없을 테지만. 당당히 들어가는 것 또한 거의 불가능할 테고.

마음으로 악수를 청한다. 네가 날 위해 해주는 모든 게 고마울 뿐이다.

너의 형 빈센트

마음의 평화

(1888년 11월 19일)

사랑하는 테오에게

편지와 동봉한 100프랑 지폐, 또 50프랑 우편환까지 고맙게 잘 받았다.

이 아름다운 아를과 우리가 함께 작업하며 지내는 노란 집에 대해서, 그리고 나 때문에 고갱이 좀 실망한 것 같다.

사실 이곳에서 그와 나에게 어려움이 닥치는 걸 피할 수 없겠지. 문제는 그 어려움이 다른 데가 아닌 우리 안에 있다는 거다. 고갱은 결국 이곳을 완전히 떠나거나 아니면 확실히 이곳에 정착하겠지.

고갱에게 결정하기 전에 충분히 생각하고 계산도 다시 해보라고 했다.

그는 매우 강하고 창의력이 뛰어난 사람이지만, 그래서 오히려 마음의 평화가 필요한 것 같더구나.

여기서도 평화를 찾지 못한다면 다른 데 가서는 찾을 수 있을까?

아무튼 난 그가 아주 차분한 상태에서 결정을 내리기를 기다리는 중이다.

너의 형 빈센트

마음을 굳게 먹자

(1889년 1월 1일)[80]

사랑하는 테오에게

고갱이 널 안심시켜 주면 좋겠구나. 그림 거래에 관해서
도 좀 확실하게 말해 주고.

나는 곧 작업을 다시 시작할 수 있을 것 같다. 그동안 살림
해 주는 아주머니, 그리고 나의 벗 룰랭이 집을 관리해 주었고,
정돈까지 다 해주었다. 밖에 나가면 이곳에서 내가 좋아하는
작은 길을 따라 산책도 할 수 있고, 곧 따뜻한 계절이 돌아오면
꽃이 활짝 핀 과수원도 다시 그릴 수 있을 거다.

사랑하는 동생아, 정말 너만은 끌어들이고 싶지 않았는

80　일주일쯤 전인 1888년 12월 24일 고흐는 고갱과 심하게 다투었다. 고갱은 집에 들
　　어오지 않고 호텔에서 잤고, 고흐는 자신의 귀를 조금 잘랐다. 고갱은 테오에게 전
　　보를 보내 알린 뒤 파리로 떠나버렸다. 의사 펠릭스 레이는 아를에 온 테오에게 그
　　의 형이 심각한 망상에 시달리고 있어서 치료가 필요하다고 했고, 테오는 사태를 수
　　습한 후 파리로 돌아갔다.

데, 여기까지 오게 해서 너무 속상하다. 내가 크게 다친 것도 아니었으니, 굳이 너한테 연락해서 번거롭게 만들 필요도 없었는데 말이다.

(……)

날씨가 좋을 때 이곳 아를의 풍경을 보여주고 싶었는데, 어둡고 칙칙한 아를을 보게 했구나.

어쨌든 마음을 굳게 먹자. 편지는 라마르틴 광장 2번지[81]로 바로 보내면 된다. 집에 아직 남아 있는 고갱의 그림은 그가 원하면 바로 보내줄 거다. 그가 가구들을 사느라 쓴 돈도 돌려줘야 할 거고.

이제 병원으로 돌아가야 하지만, 조만간 퇴원할 수 있을 거다.

너의 형 빈센트

---

81 고흐가 고갱과 함께 살던 '노란 집'의 주소이다.

반 고흐, 「붕대로 귀를 감은 자화상」(1889년, 60×49cm)

반 고흐, 「파이프 담배를 물고 귀를 붕대로 감은 자화상」(1889년, 51×45cm)

아무 일 없었던 것처럼

(1889년 1월 2일)

사랑하는 테오에게

지금 내 상태에 대해 아무 걱정할 것 없다고 알리려고 너도 만난 적 있는 의사 레이 선생의 진료실에서 몇 자 적는다. 아직 며칠 더 병원에 있어야 하겠지만, 그다음엔 아무 일 없었던 것처럼 집으로 돌아갈 수 있을 것 같다. 지금 네게 부탁하고 싶은 건 단 하나, 제발 나 때문에 걱정하지 않았으면 한다. 네가 걱정할까 봐 오히려 내가 너무 걱정되는구나.

이제 우리 친구 고갱 이야기를 해보자. 그가 나한테 겁을 먹은 걸까? 그렇지 않으면 왜 살아 있다는 소식조차 보내지 않는 걸까? 네가 파리로 돌아갈 때 고갱도 같이 떠났을 텐데 말이다.

그는 늘 파리에 다시 가고 싶어 했고, 여기보다는 파리가 더 편안하다고 느낄 거다. 고갱을 보면 나한테 편지 보내달라고 하고, 늘 생각하고 있다고 전해다오.

(……)

마음으로 악수를 청한다. 네가 봉어르[82] 가족을 만난 얘기를 읽고 또 읽었다. 완벽하구나. 난 지금 이대로 만족한다. 다시 한번 너와 고갱에게 악수를 청한다.

너의 형 빈센트

[펠릭스 레이가 이어 쓴 글]

테오 씨,

형님의 상태에 대해 안심할 수 있도록 몇 마디 덧붙입니다.

제 예상대로 이번엔 일시적인 신경과민이었다는 사실을 알려드리게 되어 기쁘게 생각합니다. 며칠 뒤면 건강을 회복하리라 확신합니다.

형님의 현재 상태에 대해 더 잘 아실 수 있도록, 제가 직접 편지를 쓰시도록 했습니다. 저도 마음이 놓이고 형님에게도 좋을 것 같아서, 몇 차례 제 진료실로 내려오시게 해서 이야기도 나누었습니다.

이만 줄입니다.

---

82 안드리스 봉어르(1861~1936년), 네덜란드의 미술품 수집가. 테오의 아내가 될 요안나 봉어르의 오빠이다.

반 고흐, 「아를의 병원 정원」(1889년, 73×92cm)

고흐의 귀에 대한 의사 레이의 기록(1889년)

반 고흐, 「의사 펠릭스 레이의 초상」(1889년, 64×53cm)

악은 존재하지 않는다

(1889년 1월 4일)

나의 동료 고갱에게

병원에 들어온 이후 처음으로 외출을 나온 김에, 성실하고 깊은 우정을 담아 짤막하게 소식을 전합니다. 병원에서 고열에 시달리며 쇠약해진 순간에도 계속 생각이 나더군요.

그런데, 굳이 내 동생 테오를 이곳까지 오게 해야만 했습니까? 그랬으니, 이제 직접 내 동생이 안심할 수 있도록 해주시기 바랍니다. 그리고 모든 것이 최선으로 돌아가는 이 최선의 세상에 악은 존재하지 않는다는 믿음을 가지시길 빕니다.

쉬페네케르[83]에게도 안부 전해주시고, 좀 더 성숙한 입장에서 잘 생각하셔서 우리의 작고 소박한 노란 집에 대해서 안 좋은 말은 하지 말아 주십시오.

83 에밀 쉬페네케르(1851~1934년), 프랑스 퐁타벤파의 화가.

내가 파리에서 만난 화가들에게도 인사 전해주시고, 파리에서 당신의 모든 일이 잘되기를 바랍니다.

추신: 룰랭은 정말 나에게 잘해줬습니다. 다른 사람들은 긴가민가하고 있을 때, 누구보다 먼저 나서서 내가 퇴원할 수 있게 해주었죠.

당신의 친구 빈센트

반 고흐, 「조제프 룰랭의 초상」

(1888년, 32×24.4cm)

반 고흐, 「조제프 룰랭의 초상」

(1889년, 65×54cm)

반 고흐, 「우체부 조제프 룰랭」

(1888년, 66.2×55cm)

반 고흐, 「우체부 조제프 룰랭의 초상」

(1888년, 64×48cm)

고갱의 성공

(1889년 1월 7일)

사랑하는 테오에게

오늘은 편지를 길게 쓰지는 못할 것 같다. 어쨌든 이제 집에 돌아왔다고 알려주려고 몇 자 적는다. 대수롭지 않은 일 때문에 너까지 번거롭게 만든 게 너무 미안하구나. 어찌 됐든 일차적인 원인은 나였지. 용서하려무나. 내가 벌인 일 때문에 너한테까지 연락이 가리라고는 생각하지 못했다.

(……)

그런데 네가 아직 네덜란드에 가지 못했다니 내가 얼마나 속상한지 넌 모를 거다. 이미 일어난 일을 바꿀 수는 없으니, 편지를 보내든지 가능한 방법을 써서 만회하기를 바란다. 그리고 봉어르 가족에게 본의 아니게 일정을 늦추게 만든 걸 내가 미안해한다고 꼭 전해주면 좋겠다. 조만간 어머니와 빌에게도 편지하겠다. 예트 마우베 형수님에게도 편지해야 할 테고.

나에게 곧 소식 전해다오. 내 건강에 대해선 전혀 걱정할 게 없다. 네가 괜찮기만 하다면 내 몸은 깨끗이 나을 거다. 고 갱은 어떻게 지내는지 궁금하구나. 그의 가족은 북쪽에 있지. 이제 벨기에에서 열리는 전시회에도 초대되었고 파리에서도 성공했다고 하니, 드디어 풀리기 시작한 거면 좋겠다. 진정 마음으로 악수를 해보고, 모든 게 지난 일이 되어서 그나마 마음 이 편하다. 한 번 더, 힘껏 악수를 청한다.

사랑을 담아, 빈센트

반 고흐, 「우체부 조제프 룰랭」(1889년, 81.2×65.3cm)

포기하진 않을 거다

(1889년 1월 17일)

사랑하는 테오에게

편지와 동봉한 50프랑 고맙게 잘 받았다. 너라면 떠오르는 모든 질문들에 답을 찾을 수 있을까? 난 절대 그럴 수 없을 것 같구나. 잘 생각해 보고 해결책을 찾고 싶다. 그러자면 우선 네 편지와 다른 편지들을 다시 읽어 봐야겠지.

그런데, 내가 1년에 필요한 돈과 필요하지 않은 돈에 대해 상의하기 전에, 일단 이번 달만 살펴보자꾸나. 어떻게 보면 참으로 한심한 결과다. 지금 상황과 이전 상황 모두 네가 조금만 심각하게 챙겼더라면 이것보단 더 좋은 결과를 얻을 수 있었을 텐데 말이다.

하지만 할 수 없지. 일이 여러 가지로 복잡하게 꼬여버렸구나. 내 그림들은 돈이 안 되고, 그런데 그림을 그리느라 돈은 엄청 많이 들지. 게다가 때로는 내 건강과 정신마저 대가를 치르면서 말이다. 더 말하지 않겠다. 내가 무슨 말을 할 수 있겠니, 그냥 접어두고 이번 달로 돌아와서 돈 문제만 이야기해 보자.

12월 23일, 지갑에 아직 1루이[84] 3수가 남아 있었고, 그날 네가 보내준 100프랑 지폐를 받았다. 지출한 내역은 이렇다.

룰랭에게 전해달라고 부탁한 가정부 12월 급여	20프랑
1월 중순까지 보름 치 급여	10프랑
병원비	21프랑
간호사 붕대 처치비	10프랑
퇴원하고 식사, 그 전에 가스 버너 빌린 값	20프랑
침구와 피 묻은 속옷 등의 세탁비	12.5프랑
붓 1다스, 모자 등의 일용품 구입	10프랑
	————
	103.50

보다시피 내가 퇴원한 날인가 아니면 그 이튿날인가, 벌써 103프랑 50수를 써야 했다. 거기에 첫날 집에 와서 룰랭과 식당에서 저녁을 먹은 값이 더해졌지. 이제 다시 불안에 사로잡힐 일은 없을 거라고 안심하면서 즐겁게 식사를 했다. 그걸 다

---

84 액면 20프랑의 금화.

더하니까 1월 8일쯤에는 빈털터리가 되고 말았다. 결국 하루 혹은 이틀 뒤에 5프랑을 빌렸는데, 그게 겨우 1월 10일이었다. 그때쯤엔 네 편지가 오지 않을까 기대했지만 오늘 1월 17일에야 도착했으니, 그 사이엔 그야말로 쫄쫄 굶고 지냈다. 더 고통스러운 건, 그런 상태로는 건강을 회복할 수 없다는 거지.

그래도 다시 작업은 시작했다. 화실에서 습작 세 점을 완성했고 또 레이 선생의 초상화를 그려서 기념으로 그에게 주었다.

어쨌든 이번 일은 조금 고통을 겪고 상대적인 불안이 심했던 것일 뿐, 심각한 병은 아니라는구나. 그러니 나아질 거라는 희망을 품고 있다. 아직 기운이 없고 뭔가 좀 불안하고 두렵기는 하지만, 기력만 되찾으면 이 또한 나아지겠지.

레이 선생 말로는 지나치게 예민한 성격만으로도 나 같은 증상이 나타날 수 있다는구나. 지금은 빈혈 증상만 있으니까 잘 먹으면 된다고도 했고. 난 이것저것 궁금한 걸 다 물어보았다. 내가 제일 먼저 해야 할 게 어떻게든 기력을 회복하는 일인지, 혹시나 또 운이 나쁘다든가 뭔가 오해가 있어서 일주일 동안 또 지독하게 굶는 일이 있어도 되는지, 그런 상황에서 미친 사람들이 그런대로 차분하게 지내면서 그림까지 그릴 수 있는 경우를 많이 보았는지, 내가 그때 일시적으로 그런 짓을 했을 뿐 아직 미친 건 아니라고 말할 수 있는지 말이야.

다시 돈 쓴 얘기로 돌아가 보자. 그날 그 일 때문에 집안이 엉망이 됐고 침구와 옷가지가 더러워졌는데, 내가 과연 터무니없는 곳에 너무 큰 돈을 쓴 걸까? 돌아오자마자 나만큼이나 힘들게 사는 사람들에게 빚진 돈을 갚은 게 잘못된 행동일까? 그냥 돈을 더 아껴야 했을까?

오늘이 17일, 드디어 50프랑을 받았지만, 카페 주인에게 빌린 5프랑에 이번 주 외상으로 마신 커피 열 잔 값을 다 더하면

7.50프랑

병원에서 가져온 것과 지난주 사용한 시트와 내의류 비용, 그리고 신발과 바지 수선비 전부 다 해서　　　　5프랑

12월 치 밀린 땔감과 석탄값, 앞으로 쓸 땔감이 최소

4프랑

1월 후반 보름 치 가정부 급여　　　　　　　10프랑

_____

26.50프랑

이 비용을 다 지불하고 나면 내일 아침 나에게 남는 돈

23.50프랑

오늘이 17일인데, 아직 13일이 더 남았구나.

내가 이제부터 하루에 쓸 수 있는 돈이 얼마인지 알겠지? 참, 네가 룰랭에게 보낸 30프랑도 있지. 그중에서 21.5프랑은

룰랭이 나 대신 12월 치 집세를 냈다.

사랑하는 동생아, 이게 이번 달 지출 내역이다. 하지만 아직 다가 아니란다. 고갱의 전보로 인해 네가 써야 했던 비용도 있으니까. 내가 그에게 왜 전보를 보냈냐고 싫은 소리를 했다. 설마 쓸데없이 지불한 비용이 200프랑을 넘진 않았겠지?

고갱은 그럴 수밖에 없었다고, 꼭 필요한 조치였다고 주장하고 있는지 궁금하구나. 이제 그 어처구니없는 일에 대해선 더 이상 왈가왈부하지 않을 생각이다. 하지만, 그때 내가 정말로 정신이 오락가락하는 상태였다면, 우리의 그 고명하신 동료께선 어째서 왜 좀 더 차분하게 행동하지 못했는지 모르겠다. 그래, 그 얘긴 그만하자.

네가 고갱의 그림들에 값을 잘 쳐준 건 정말 고맙다. 그로서도 우리 형제와의 인연을 감사하게 생각할 수밖에 없을 거다. 그런데, 역시나 공교롭게, 그 또한 지나치게 큰 지출이지. 그래도 난 그로 인해 우리가 희망을 엿볼 수 있게 되었다고 생각한다. 고갱도 이젠 우리가 그를 이용한 게 아니라 오히려 먹고살게 해주었다는 걸 알아야, 최소한 지금부터라도 알아야 하지 않을까? 우리 덕분에 그림을 그릴 수 있었고, 그리고……그리고…… 정직하게 살 수 있는 거니까.

너도 알다시피 지금의 상황이 예술가 공동체(고갱이 먼저 제안했고 지금도 그는 여전히 이 일에 뜻을 두고 있지.)라는 위대한 취지에 부합하지 못한다는 걸까? 그가 꿈꾸던 계획에 미치지 못한다고?

그렇다면 왜 자신의 무분별한 행동 때문에 너와 내가 입은 손해에 대해, 우리가 겪은 고통에 대해 아무 책임이 없는 듯이 구는 거지?

(……)

고갱이, 맙소사, 자기는 마음대로 하겠다고? 독자적으로 하겠다고? (도대체 자기가 얼마나 독자적이라고 생각하는지는 모르겠구나.) 자기한테 생각이 있다니…… 그 문제는 자기가 우리보다 더 잘 안다고 생각하는 것 같으니, 그냥 자기 길을 가게 내버려 두자.

그런데 그가 내 해바라기 그림들 가운데 하나를 달라고 하는 건 말이 좀 안 되는 것 같다. 난 그가 두고 간 습작들을 선물이라고 생각했는데 내 그림과 교환하자니…… 그 양반에겐 도움이 되겠지만 나에겐 전혀 쓸모가 없으니 다 돌려보낼 생각이다.

어쨌든 일단 내 그림들은 여기 둘 거고, 고갱이 달라고 한 해바라기 그림들은 절대 내주지 않을 생각이다. 그가 이미 내 그림을 두 점이나 가지고 있으니 그걸로 충분하지. 만일 나와 교환했던 그림들이 마음에 들지 않는다고 하면, 그가 마르티니크에서 그린 소품 한 점과 브르타뉴에 있을 때 보내준 자화상을 돌려주고, 그가 파리에서 가져간 내 자화상과 해바라기 그림 두 점을 돌려달라고 해라. 고갱이 다시 이 문제를 거론하면 내 입장은 내가 말한 그대로 분명하다.

고갱이 어떻게 자기가 있으면 내가 불편할까 봐 안 오는 거라고 말할 수 있지? 내가 계속 한번 와달라고 부탁했고, 당장 그를 만나봐야겠다고 말하고 또 말한 걸 모를 수 없는데 말이다. 괜히 네가 성가시지 않게 우리 둘 사이에 해결하자고 분명히 이야기했는데, 내 말은 들으려 하지 않는구나.

이런 모든 일들을 돌이켜보며 따지고 또 따져보는 것도 피곤하다. 이 편지에서 내가 하려는 말은, 나 때문에 쓴 돈 중에는 사실상 내 책임이라 할 수 없는 지출이 포함되어 있다는 거다. 요즘 같은 때, 네가 아무에게도 도움이 되지 않는 지출을 하게 만들어서 정말 미안하구나.

내 입지가 흔들리지만 않는다면, 앞으로 어떻게 될지는 내가 차츰 기력을 회복하면서 알 수 있겠지. 변화가 생기거나 이사를 가게 되면 추가로 비용이 들어갈까 봐 걱정이다. 숨 돌릴 틈도 없이 살아온 게 언제부터인지 모르게 까마득하구나. 그래도 작업을 포기하진 않을 거다. 가끔 일이 잘 풀릴 때도 있고, 인내심을 가지고 하다 보면 언젠가는 그림으로 그동안 쓴 비용들을 만회할 수 있을 정도의 결과에 이를 수 있으리라 믿는다.

너의 형 빈센트

폴 고갱, 「해바라기를 그리는 고흐」(1888년)

반 고흐, 「해바라기」(1889년, 95×73cm)

상처를 달래주는 예술

(1889년 1월 21일)

나의 동료 고갱에게,

편지 잘 받았습니다. 지금 난 혼자 나의 조그만 노란 집에 남아 있습니다. 마지막까지 배에 남아 지키는 것이 아마도 내가 해야 할 일이겠지요. 이제 친구들을 떠나보내는 것도 진저리가 나는군요.

룰랭의 근무지가 마르세유로 바뀌는 바람에 이제 막 떠났습니다. 지난 며칠 동안 어린 마르셀을 데리고 놀면서 웃게 하고 무릎 위에서 뛰놀게 해주는 모습을 보고 있자니 가슴이 뭉클하더군요.

(……)

지금은 모든 것이 다 후회스럽습니다. 괜히 당신에게 이곳에 오라고 고집을 부려서 이 일들을 겪게 하고, 당신이 그런 식으로 행동할 만한 이유를 제공하고, 결국 떠날 결심을 하게 만들었지요. 그런데, 혹시 이미 떠날 마음을 먹고 있었던 건 아닌가요? 나로선 솔직하게 다 말해 달라고 요구할 수 있다고 생각합니다.

어쨌든 우리는 서로 좋아하고, 우리 가난한 예술가들을 가로막는 빈곤이 요구한다면 다시 또 그런 생활을 시작할 수 있겠지요.

지난번 편지에 노란 바탕의 해바라기 그림 얘기를 하면서 가지고 싶다고 했더군요. 잘못된 선택이라고 말하진 않겠습니다. 자냉[85]에게 모란이 있고 코스트[86]에게 접시꽃이 있다면, 나에겐 무엇보다 해바라기가 있으니까요.

우선 당신이 두고 간 그림들을 돌려보내겠습니다. 그동안 일어난 일들을 돌이켜볼 때, 당신이 그 해바라기 그림을 요구할 권리는 없다는 사실을 분명하게 말하고 싶어서입니다. 하지만 그 그림을 선택한 혜안을 존중하는 뜻으로 똑같이 두 점을 그려보겠습니다. 그렇게 되면, 당신도 한 점 가질 수 있고 이 문제가 우호적으로 잘 정리될 겁니다.

오늘 룰랭 부인의 초상화를 다시 그리기 시작했습니다. 지난번 일 때문에 손 부분을 그리다 말았지요. 색 배합은 이렇

---

85 조르주 자냉(1841~1925년), 프랑스의 화가로 주로 꽃을 그렸다.

86 에르네스트 코스트(1842~1931년), 프랑스의 화가로 꽃을 비롯하여 정물화를 많이 그렸다.

반 고흐, 「마르셀 룰랭」(1888년, 35×23.9cm)

반 고흐, 「마르셀 룰랭」(1888년, 36×25cm)

반 고흐, 「룰랭 부인과 그녀의 아기」(1888년, 63.5×50.8cm)

게 했습니다. 빨간색은 거의 주황색에 가깝게 썼고, 피부는 분홍색에서부터 올리브그린과 베로니즈를 섞고 크롬색까지 썼습니다. 인상주의 스타일의 색 배합이라는 측면에서 보자면 내가 여태까지 한 것 중에서 제일 나아 보입니다.

이 그림을 아이슬란드 어부들의 고기잡이배에 걸어놓는다면 자장가처럼 느끼는 사람들도 있을 겁니다. 아, 소중한 나의 동료 고갱! 그림을 그린다는 것은, 우리 이전에 이미 베를리오즈와 바그너의 음악이 그랬듯이, 상처 입은 영혼들을 달래주는 예술이 아닐까요? 그리고 당신과 나처럼, 많지는 않아도 여전히 그것을 느끼는 예술가들이 많지 않을까요?

내 동생 테오는 당신을 잘 이해하고 있고, 나에게 당신도 나처럼 불행한 사람이라고 말한다는 건 우리를 이해하고 있다는 증거이기도 하겠지요. 당신이 이곳에 남겨두고 간 짐들은 돌려보내겠습니다. 하지만 기력이 떨어져서 아직 짐을 꾸리기는 힘이 듭니다. 며칠 뒤에 용기를 내어보겠습니다.

(……)

당신의 벗 빈센트

강철 같은 의지로

(1889년 1월 22일)

사랑하는 테오에게

편지, 그리고 함께 보내준 50프랑 고맙다. 당연히 이달 1일 이후 네 편지가 도착한 지금까지 쓴 돈은 다 해결되었다. 이번 돈 문제는 정말로 우연이 겹친 데다가 오해 때문에 일어난 일이지, 네 탓도 내 탓도 아니다. 네 말대로 전보까지 어긋났구나. 네가 아직 암스테르담에 있는지 파리로 돌아왔는지 알 수가 없어서 전보를 보낼 수가 없었다. 이젠 다 지난 일이고, 어쨌든 역시나 불행은 혼자 오지 않는다는 옛말이 맞다는 게 증명된 셈이다.

어제 룰랭이 떠났다. (물론 어제 전보는 오늘 아침 네 편지를 받기 전에 보낸 거다.) 떠나기 전날 그가 아이들과 마지막으로 시간을 보냈는데, 특히 어린 딸을 무릎에 앉혀서 깔깔대며 웃게 하고 뛰놀게 하면서 노래를 불러주는 모습을 보고 있자니 가슴이 뭉클하더구나. 룰랭의 목소리는 묘하게 순수하고

반 고흐, 「아르망 룰랭」(1888년, 65×54.1cm)

반 고흐, 「학생(카미유 룰랭)」

(1888년, 63.5×54cm)

반 고흐, 「아르망 룰랭의 초상」(1888년, 65×54cm)

반 고흐, 「카미유 룰랭의 초상」

(1888년, 40.5×32.5cm)

감동적인 음색을 가지고 있단다. 그래선지 내 귀에는 유모가 불러주는 부드럽고 구슬픈 자장가 같기도 하고, 멀리서 울려 퍼지는 프랑스 혁명 때의 나팔 소리 같기도 했다. 하지만 분위기가 슬펐던 건 아니다. 오히려 그날 받은 새 제복을 입고 있었고, 모두 축하를 해주었다.

좀 세련된 느낌의 유화 하나를 이제 끝냈다. 버드나무 바구니에 든 레몬과 오렌지, 편백나무 가지 하나, 파란색 장갑을 그린 거다. 네가 전에 본 적 있는 그런 과일바구니이지.

오늘은 너에게 할 얘기가 좀 있다. 너도 알다시피 내가 원하는 건 더도 덜도 아니고, 화가가 되기 위한 수업에 든 비용을 회수하는 거다. 그건 일용할 양식을 얻는 것과 마찬가지로 내 권리이지. 그런데 둘이 같이 일했고 또 우리끼리 돈 얘기를 하는 게 너무 힘드니까, 네가 관리하지 말고, 어차피 곧 예술가들과 같이 일하게 될 네 아내가 관리하는 게 어떨까 싶다.

내가 아직 그림 판매에 직접 나서지 않는 건, 내가 내놓아야 하는 몫만큼의 그림들이 준비되지 않았기 때문이다. 하지만 작업이 진척되고 있고, 강철 같은 의지로 다시 그림을 그리기 시작했다.

그림을 그리다 보면 잘될 때도 있고 안 될 때도 있지. 늘 안 되는 것만은 아니다. 예를 들어 어느 미술 애호가가 몽티셀리의 꽃 그림을 500프랑 값어치가 있다고 판단한다면, 내 해바라기 그림 역시 스코틀랜드나 미국의 미술 애호가가 500프랑을 주고 살 것이라고 감히 자부한다. 그런데 그 꽃다발을 금덩이로 녹이기 위해선 충분히 열을 가해야 할 것이고, 이는 아무나 할 수 있는 일이 아니지. 한 사람이 자신이 가진 기력과 집중력을 온전히 발휘할 때만 가능한 일이니까.

아프고 나서 그동안 그린 그림들을 살펴보니, 내 침실을 그린 것이 가장 나아 보이는구나.

(……)

너도 알다시피, 고갱이 떠나버린 건 정말 끔찍하다. 힘든 나날을 보내고 있는 동료 화가들에게 머물 곳을 마련해 주기 위해 집도 구하고 가구도 다 갖춰 놓았는데 헛일이 되고 만 거지. 그래도 가구만은 그대로 남겨두자. 지금은 사람들이 모두 날 두려워하고 있지만, 시간이 지나면 다 잊을 수 있으리라 생각한다.

사람은 모두 언젠간 죽을 수밖에 없고, 이런저런 병에 걸릴 수도 있지. 그런데 그리 달갑지 않은 병에 걸렸을 때 우리가 무엇을 할 수 있을까? 회복할 방법을 찾는 게 최선이 아닐까?

본의는 아니지만 어쨌든 고갱에게 고통을 안겨주었다고 생각하면 후회스럽기도 하다. 하지만 그가 이곳에 머문 마지막 며칠 동안 내가 본 건 단 하나뿐이다. 그는 파리에 가서 자기가 원하던 계획을 실행하는 것과 아를에 완전히 정착하는

반 고흐, 「마르멜로가 있는 정물」(1888년, 46×59.5cm)

반 고흐, 「오렌지, 레몬, 파란 장갑이 있는 정물」(1889년, 48×62cm)

반 고흐, 「지누 부인의 초상화」(1889년, 91.4×73.7cm)

것 사이에서 마음을 정하지 못한 상태에서 그림을 그렸다는 거지.

(……)

지금 가장 중요한 일은 네 결혼을 더 이상 늦추지 않는 거다. 네가 결혼하고 나면 어머니도 마음의 안정을 찾고 좋아하실 테고. 게다가 지금 네 인생이나 사업에서의 위치를 봐서도 꼭 필요한 일이다. 결혼을 하면 네가 속한 사회에서도 인정받게 될 테니까 말이다. 하지만 공동체를 위해 내가 애쓰고 고통을 겪고 있다는 사실마저 의심하는 예술가들의 사회에서는 어떨지…… 그러니 동생아, 진부한 축하 인사는 하지 않으마. 낙원이 널 기다리고 있다고도 말하지 않겠다.

어쨌든 아내와 함께하면 더 이상 외롭진 않겠지. 내가 우리의 누이 빌에게 바라는 것도 바로 그거다. 빌이 의사를 만나서 결혼할 수 있으면 좋겠지만, 그럴 수 없다면 적어도 화가는 만나게 할 수 있겠지. 네 결혼 뒤에 내가 가장 바라는 거다. 네가 결혼하고 나면 집안에 또 결혼이 이어질 거다. 어쨌든 네 앞길도 밝아지고, 집안도 더 이상 적적하지 않겠지.

사실 우리 부모님은, 물론 할 얘기가 없는 건 아니지만, 나름대로 모범적인 부부였던 것 같다. 아버지가 돌아가셨을 때 어머니가 내뱉은 짤막한 한마디 말을 결코 잊을 수가 없구나. 난 그 이후로 연로하신 어머니를 전보다 더 사랑하게 되었다.

룰랭과 그의 아내도 모범적인 부부라 할 수 있겠지. 너도 옆을 돌아보지 말고 곧장 그 길로 가길 바란다.

병원에 있는 동안 준데르트[87]에 있던 우리 집이, 방들이며 오솔길, 정원의 나무들, 집 주변의 풍경들, 들판, 이웃들, 공동묘지, 교회, 정원 뒤쪽의 텃밭, 공동묘지에 있는 키 큰 아까시나무 속의 까치둥지까지 다시 떠오르더구나. 그 시절 우리 가족에 대해 아주 어릴 적 기억까지 간직하고 있어서겠지. 이제 어머니와 나 말고는 그런 기억을 떠올릴 수 있는 사람이 없겠구나. 그 이야긴 더 이상 하지 않는 것이 좋겠다. 지나간 일을 머릿속에서 들춘들 무슨 소용이 있겠니. 다만 네가 결혼식을 올린다면 나도 무척 기쁠 거라는 사실만 알아다오.

그래서 말인데, 네 아내도 있으니, 이따금 구필 화랑에 내 그림을 줘도 괜찮을 것 같다. 그때 내가, 내 그림이 너무 순수하다고, 다시는 그런 그림을 들고 그곳에 발을 들여놓지 않겠다고 했었지. 네가 원한다면 두 점의 해바라기 그림을 걸어도 좋다. 고갱이 해바라기 그림 한 점을 갖고 싶어 했는데, 어쨌든 나도 고갱을 기쁘게 해주고 싶긴 하니, 그 두 점 가운데 그가 원하는 걸로 그려주마.

너도 이제 알게 되겠지만, 그 해바라기 그림들은 사람들

---

87 네덜란드 남부 노르트브라반트주의 도시로 고흐의 고향이다.

의 눈길을 사로잡을 거다. 난 너와 네 아내가 그 그림들을 그냥 보관하면 좋겠다. 볼 때마다 느낌이 다른, 한참 보고 있으면 많은 감정을 불러일으키는 그림이다.

고갱도 그 그림들을 무척 좋아한다는 건 너도 알고 있지. 그가 그림을 보고 이런 말도 했단다. "정말로…… 제대로…… 꽃이로군."

너도 알다시피 자냉에게 모란이 있고 코스트에게 접시꽃이 있듯이, 나에겐 해바라기가 있다. 때로 내가 큰 비용을 치러야 하기는 하지만, 그래도 고갱과 작품을 계속 교환하는 건 좋은 일 같다.

네가 급하게 다녀갈 때 혹시 검은색과 노란색으로 그린 지누 부인의 초상화를 봤는지 모르겠다. 45분 만에 그렸지.

오늘은 그만 써야겠다.

돈이 늦게 온 건 어쩌다 보니 일어난 일이고, 네 탓도 내 탓도 아니었다.

마음으로 악수를 청한다.

너의 형 빈센트

반 고흐, 「요람을 밀어주는 여자(룰랭 부인)」(1889년, 91×72cm)

위안을 만들어내는 광증

(1889년 1월 28일)

사랑하는 테오에게

그냥 내 건강과 작업 속도가 그럭저럭 회복되고 있다는 말을 전하려고 몇 자 적는다. 한 달 전과 비교하면 놀라울 정도로 상태가 좋아졌다. 팔다리가 부러져도 시간이 지나면 낫는다는 건 알고 있었지만, 뇌가 망가져도 이렇게 나을 수 있다는 건 몰랐구나. 나을 수 있다고 기대하지 않았는데 이렇게 회복되고 있다는 게 놀라우면서도, 한편으로 몸이 좋아진들 무슨 소용이 있을까 하는 생각이 들곤 한다.

네가 여기 왔을 때 고갱의 방에 있던 30호짜리 해바라기 그림 두 점을 봤을 텐데, 그것과 완전히 똑같이 몇 점 그려서 막 마무리 손질을 했다. 게다가 「요람을 밀어주는 여자」에 대해서도 내가 이미 얘기했지? 도중에 아파서 중단했던 그 그림도 오늘 두 점을 그렸다.

사실 이 그림의 주제와 관련해서 고갱과 막막한 바다 위에서 온갖 위험을 무릅쓰는 아이슬란드 어부들의 우수 어린 고독에 대한 이야기를 나눈 적이 있다. 그런데 그런 내밀한 얘기를 하고 나니까, 어린아이이자 순교자인 그 어부들이 선실에서 잠을 자려고 누웠을 때 어린 시절 요람에서 자장가를 듣던 느낌을 되살리게 하는 그림을 그려보면 좋겠다는 생각이 들더구나.

그런데 지금 보니 잡화점에서 파는 값싼 다색 판화처럼 보이기도 한다. 주황색 머리카락에 초록 옷을 입은 여인이 분홍색 꽃무늬가 있는 초록색 벽지를 배경으로 앉아 있지. 서로 안 어울릴 수 있는 강렬한 분홍색, 노골적인 주황색, 거친 초록색이지만, 붉은색과 초록색을 고르게 칠해서 부드러운 느낌이 들게 했다.

이 그림을 해바라기 그림들 사이에 걸어놓으면 어떨까 생각해 봤다. 양옆에 걸린 해바라기 그림들이 마치 그 그림 크기의 가로등 혹은 촛대 같겠지. 전부 다 해서 일곱 혹은 아홉 점을 그런 식으로 같이 걸어 놓으면 좋을 것 같다. (그녀가 다시 모델을 서 준다면,[88] 네덜란드에 보낼 것도 똑같이 하나 그려보고 싶다.)

---

88 「요람을 밀어주는 여자」의 모델은 우체부 룰랭의 아내 오귀스틴 룰랭이다.

아직도 겨울이로구나. 그냥 조용히 그림을 그려야겠다. 설령 미치광이의 그림이라 해도 할 수 없지. 내가 뭘 어찌해 볼 수 있는 일이 아니니까.

하지만 이제 참을 수 없는 환각은 사라졌고, 칼륨 신경안 정제를 복용한 덕분인지 그냥 악몽만 꾸는 정도다.

(……)

이번 경우도 그렇지만, 지출에 차이가 나는 건 내가 지나치게 많이 썼기 때문이 아니다. 다시 한번 말하지만, 내가 착각하고 있는 거라면 곧바로 날 정신병원에 가두어도 아무 말 하지 않겠다. 그게 아니라면 내가 말한 주의 사항들을 고려해서 내가 온 힘을 다해 그림에 집중할 수 있게 도와다오. 내가 미치지 않는다면 애초에 네게 약속했던 그림들을 보낼 수 있는 날이 올 게다. 나중에는 그 그림들이 흩어져버릴 수도 있겠지만…… 그렇다 해도, 내가 원하는 그림들을 네가 다 보고 나면, 장담컨대, 그 그림들에서 위안을 받는다는 느낌이 들 거다.

(……)

우리는 하나의 사슬을 이루는 고리들일 뿐이다. 고갱과 나, 우리는 마음 깊이 서로를 이해하고 있지. 우리가 약간 미쳤다 한들 할 수 없지 않으냐. 난 우리가 붓으로 말함으로써 그런 불안을 잠재울 수 있을 정도의 예술적 깊이를 가지고 있다고 믿는다. 어쩌면 언젠가는 모두가 신경쇠약이든 오를라[89]든 무도광[90]이든, 아니면 또 다른 어떤 병에 걸릴지도 모르지.

하지만 해독제도 있지 않을까? 들라크루아나 베를리오즈 또는 바그너만 해도 그렇지 않을까? 우리 예술가들이 모두 어느 정도 광증에 빠져 있는 것이 사실이고, 특히 나는 골수까지 그렇다는 걸 부인하진 않겠지만, 약간의 선의를 가지고 본다면, 우리의 그런 광증이 해독제와 위안을 만들어낼 수 있지 않을까? 피뷔 드샤반의 그림「희망」을 보면 알 수 있을 거다.

너의 형 빈센트

---

89 미지의 존재로 인한 강박적 공포, 광기를 그려낸 모파상의 소설『오를라』에서 주인공이 자신을 따라다닌다고 믿는 알 수 없는 존재의 이름이다.

90 원어는 '성인 기의 춤'이다. 중세 유럽에서 사람들이 갑자기 무리 지어 춤을 추는 현상을 춤의 성인 기(Guy)의 이름을 따서 이렇게 불렀다.

그림에 대한 편견

(1889년 2월 18일)

사랑하는 테오에게

내 정신이 온전치 못한 탓에 네 편지에 답장을 쓰려 해봤
자 헛일이었을 거다. 오늘 일단 집으로 돌아왔다. 이제 괜찮아
지면 좋겠구나. 사실 난 내가 완전히 정상이라고 느껴질 때가
많다. 그리고 또 만일 내 병이 이곳 사람들에게 흔한 문제라면,
재발하더라도(물론 그러지 않기를 바라지만) 가라앉을 때까지
조용히 기다리면 되겠지.

그래도 너와 레이 선생에게 꼭 하고 싶은 말이 있다. 네가
이미 얘기한 것처럼 조만간 내가 엑스[91]로 가는 게 좋을 것 같
다면, 미리 말해 두지만 난 거기에 동의하고 결정에 따르마. 하
지만 화가이자 노동자로서 부탁하는데, 그 누구도, 심지어 너

---

91 아를에서 동쪽으로 70여 킬로미터 떨어져 있는 도시 엑상프로방스를 말한다.

도 레이 선생도, 나에게 미리 알리지 않고 그런 일을 추진해서는 안 되고, 그런 일을 하려면 꼭 나의 의견을 물어야 한다. 지금까지 그림은 늘 온전한 정신으로 그려왔고, 이곳 화실을 그대로 쓰는 것과 엑스로 완전히 옮겨 가는 것 중 어느 쪽이 최선일지 결정하는 건(아니면 적어도 그에 대해 내 의견을 밝히는 건) 나의 당연한 권리라고 생각한다. 이사에 따른 비용과 손실을 가능한 한 줄이고 또 절대적으로 긴급한 경우에만 이사를 하기 위해서지.

이곳 사람들에겐 그림을 두려워하게 만드는 전설 같은 게 있는 모양이고, 시내에서도 사람들이 그런 얘기를 하는 걸 들었다. 그래, 그렇다 치자. 아랍에서도 그렇다고 하더구나. 하지만 아프리카에도 화가들이 많은 건 어떻게 설명하지? 그걸 보면 우리가 조금만 더 확고한 신념을 가지고 노력한다면 편견들을 바꿀 수 있을 것 같다. 적어도 그림은 그릴 수 있는 거고. 문제는 불행히도 내가 다른 사람들의 믿음에 쉽게 영향을 받고, 나 자신의 믿음인 양 느끼는 경향이 있다는 거다. 그래서 아무리 터무니없는 것이라도 혹시 그 밑바닥에 진실이 있을지 몰라 그냥 웃어넘기지 못하는 거고.

고갱도 나와 비슷했다. 너도 알아챘는지 모르겠다만, 그는 이곳에 머무는 동안 뭔지 몰라도 피곤할 정도로 불편함을 느낀 것 같다. 나야 이미 1년 넘게 살았고, 사람들이 나나 고

반 고흐, 「만개한 과수원(아를 풍경)」(1889년, 53.5×65.5cm)

반 고흐, 「아를 풍경」(1889년, 72×92cm)

갱, 그리고 그림 전반에 대해 늘어놓는 악담들을 귀에 못이 박히도록 들어왔으니 앞으로도 이대로 지내지 못할 이유가 없지 않나 싶다.

더구나 정신병원에도 두 번이나 갔다 왔는데 어디 간들 그보다 나쁜 곳이 있기야 하겠냐만…….

이곳에서 누리는 이점은, 리베 박사[92]의 말마따나 여기 사람들은 모두 미쳤고, 그래서 적어도 혼자라고 느끼진 않는다는 거다. 또 너도 잘 알다시피 나는 아를을 너무 사랑한다. 물론 아를이 남프랑스 전역에서 가장 지저분한 도시라는 고갱의 험담도 틀린 말만은 아니다.

그래도 난 이곳의 이웃들, 레이 선생, 그리고 요양원에 있는 사람들이 모두 너무도 친절하게 대해줬기 때문에, 설령 화가라는 직업과 그림에 대해선 믿을 수 없을 정도의 편견을 가지고 있거나, 그게 아니라도 최소한 우리와 전혀 다른 생각을 가지고 있는 그들이 나에게 베풀어 준 호의를 잊을 수 없구나. 그러느니 차라리 이곳에서 계속 환자로 지내고 싶다. 게다가 이곳 요양원에선 내 병을 잘 알고 있으니 혹시 재발한다 해도 소란이 일지 않을 거고, 요양원에 가면 해결될 거다. 난 다른 의사들에게 치료받는 건 조금도 바라지 않고, 그럴 필요도 없

---

92 고흐가 파리에 살 때 고흐 형제의 주치의였다.

다고 생각한다.

나의 유일한 바람은, 내가 쓰는 돈을 내 손으로 벌었으면 하는 것뿐이다.

(……)

내 걱정 너무 많이 하지 말고, 나 때문에 애태우지도 않았으면 한다. 어떻게든 정해진 대로 흘러가겠지. 우리가 걱정한다고 운명이 크게 달라지지는 않을 거다.

다시 한번, 우리의 운명을 다가오는 그대로 받아들이자. 누이 편지에 네 약혼녀가 집에 와서 얼마간 머무를 거라고 하더구나. 잘됐다. 진심을, 정말로 진심을 다해 너에게 악수를 해본다. 낙담하지 말자. 내 말을 믿으렴.

너의 형 빈센트

깨진 항아리 같은 존재

(1889년 3월 19일)

사랑하는 테오에게

네 편지에 형을 걱정하는 근심이 너무 많아 보여서 침묵을 깨고 연락을 하기로 했다. 난 지금 미치광이가 아니라 멀쩡한 정신으로, 그러니까 네가 알고 있는 형으로서 편지를 쓰고 있다.

무슨 일이 있었는지 사실대로 말해 주마. 이곳 사람 몇 명이(여든 남짓 되는 사람들이 서명을 받아서) 내가 자유롭게 다니도록 하면 안 된다는 진정서를 시장(이름이 타르디외일 거다.)에게 제출했다는구나. 그래서 경찰국장인지 서장인지 하는 사람이 나를 감금하라는 지시를 내렸다.

그래서 난 지금 문이 자물쇠로 잠겨 있고 감시인이 지키는 방에 며칠째 갇혀 있다. 내가 뭘 잘못했는지 입증되지도 않았고 증거가 될 만한 것도 없이 말이다. 당연히 마음으로야 이 모든 것에 대해 할 말이 아주 많다. 그렇다고 화를 내서는 안 되겠지. 하지만 그렇다고 사과했다가는 스스로 잘못을 인정하는 게 될 테니 그냥 버티고 있다.

난 이 모든 비난이 무혐의로 끝날 것이라 확신하고, 그래서 너에게 일단 알려두기만 하려는 거다. 너에게 풀려날 수 있도록 힘써달라고 부탁하는 건 아니다. 나를 당장 나오게 하기는 어려울 거다. 분노를 억누르지 않는다면 곧바로 위험한 미치광이로 여겨질 상황이지. 인내하며 희망을 가져볼 수밖에 없구나. 격한 감정을 드러내봐야 사태만 더 악화될 테니까.

만일 한 달이 지나도록 나에게서 아무 소식이 없다면 그때 움직여도 늦지 않을 거다. 하지만 내 편지를 받는 동안에는 기다려 주면 좋겠다. 지금 당장 얽혀들지 말고 그냥 내버려두라고 한 것도 그 때문이다. 네가 끼어들면 상황이 더 복잡하게 꼬일 테니까 말이다.

(⋯⋯)

어머니와 누이동생은 어떻게 지내는지 궁금하구나. 다른 환자들은 담배도 피울 수 있지만, 나에겐 그마저도 허용되지 않아서 기분 전환할 거리가 아무것도 없구나. 딱히 할 일이 없어서 아침부터 밤까지 내가 아는 사람들을 생각하며 지내고 있다. 이 얼마나 가련한 삶이냐! 게다가 이 모든 것이 아무 소용도 없는데. 이런 말썽을 일으키고 수모를 겪느니 차라리 죽는 게 낫겠다는 게 솔직한 심정이다. 할 수 없지. 불평하지 않고 고통을 감내하는 것, 그것이 내가 이번 생에서 배우게 된 유일한 교훈이라면 교훈이다.

이제 이런 상황에서 내가 다시 그림을 그리려면 당연히 내 화실과 가구들이 필요할 텐데 걱정이구나. 그것들을 잃게 되면 다시 마련할 능력도 없는데 말이다. 이제 난 다시 여관에 들어가서 살지는 못할 것 같다. 내 작업이란 게 땅에 두 발을 단단히 디뎌야 가능하다는 건 너도 알겠지. 이곳 사람들이 나에게 항의를 하면, 난 그 사람들에게 항의할 거다. 그들이 내 손해배상 요구에 합의하기만 한다면 상관없다. 어쨌든 그들의 과오와 무지로 인해 잃은 것을 돌려받을 생각이다.

만일 내가 (전혀 불가능한 일이라고 말하지는 않겠지만) 정말 정신이 나갔다면, 어떤 경우든 다른 방식으로 나를 다루었어야지! 바깥 공기를 마시게 해주고 그림을 그리게 해줬어야 한다는 거지. 그랬다면 나도 순순히 받아들였을 텐데. 이제 그런 기대는 접어야 하겠지. 평온하게 지낼 수만 있었더라도 난 이미 오래전에 회복되었을 거다. 그런데 사람들이 내가 담배를 피우거나 술만 마셔도 트집을 잡는구나. 할 수 없지. 절제를 내세우면서 결국은 내 삶을 더 비참하게 만들다니! 사랑하는 동생아, 우리의 자잘한 불행들뿐 아니라 인류의 거대한 불행들까지 농담으로 받아들이는 게 최선일지도 모르겠다. 남자답게 운명을 받아들이고 목표를 향해 곧바로 나아가야지. 현대사회에서 우리 예술가들은 깨진 항아리 같은 존재에 지나지 않는다는 생각을 하게 된다.

네게 그림들을 보내고 싶지만 모든 것이 자물쇠와 빗장으로 잠겨 있고 경찰과 철책으로 막혀 있구나. 나를 여기서 풀려나게 하려고 애쓰지 않아도 된다. 모든 게 저절로 다 해결될 테니까.

(……)

너의 형 빈센트

이 편지를 레이 선생에게도 읽어줄 생각이다. 레이 선생은 이번 일과는 상관이 없다. 그도 병이 나고 말았거든. 아마 레이 선생이 너에게 직접 연락할 거다.

(……)

네 약혼녀와 안드리스 봉어르에게 인사 전해다오.

너한테 해가 되지 않으려고, 중요한 일을 앞둔 널 방해하지 않으려고, 소식을 일절 전하지 않을 생각이었다. 곧 전부 해결될 거다. 말도 안 되는 이런 상황이 이어질 리는 없겠지.

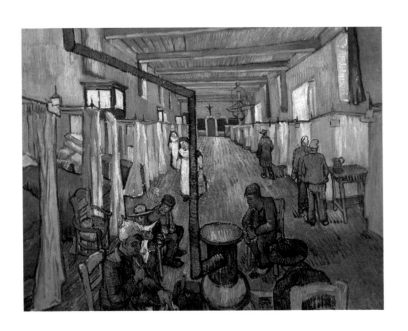

반 고흐, 「아를의 병실」(1889년, 74×92cm)

슬픈 이야기

(1989년 4월 21일)

사랑하는 테오에게

이 편지가 도착할 즈음이면 이미 파리로 돌아와 있겠지. 너와 네 아내에게 행운이 함께하기를 기원한다.

정겨운 편지와 동봉한 100프랑 정말 고맙다.

석 달 치 방값과 당장 살진 않아도 가구를 들여놓았으니 집주인에게 65프랑을 줘야 하는데, 일단 25프랑만 냈다. 거기에 이사 비용 등에 10프랑을 더 썼고.

(……)

이달 말에 살[93]이 말한 생레미[94]의 요양원이나 다른 비슷한 종류의 시설에 들어갔으면 한다. 그러자면 뭐가 좋고 뭐가

---

93 프레데릭 살, 고흐와 가까이 지내던 아를의 한 교회의 목사.

94 아를의 북동쪽, 아를과 아비뇽 사이의 도시 생레미드프로방스의 생폴드모졸 수도원에서 테오필 페롱이 정신질환자를 위한 요양원을 운영했다.

나쁜지 따져보아야 하는데 내가 못해서 미안하구나. 그 얘기를 하다가는 머리가 깨져버릴 것 같다. 지금으로선 다시 화실을 얻어서 홀로 지내는 건 절대 못 할 것 같다. 여기 아를에서든 다른 곳에서든 마찬가지다. 물론 나도 다시 시작하려고 생각해 봤지만 도저히 불가능할 것 같구나. 이제 겨우 일할 힘을 되찾고 있는데, 괜히 스스로를 억지로 밀어붙이거나 화실을 얻느라 이런저런 책임을 떠맡게 되면 그 힘마저 잃을까봐 두렵다. 당분간은 시설에 머무는 게 다른 사람들만이 아니라 나 자신의 평화를 위해서도 좋지 않을까 싶다.

그나마 위안이 되는 건, 내가 광증을 여느 질병과 다름없는 병으로 여기고 그대로 받아들이기 시작했다는 거다. 하지만 발작이 일어나는 동안에는 내가 상상하는 모든 것이 다 현실로 느껴지더구나. 어쨌든 그 부분에 대해선 더 이상 생각하고 싶지도 이야기하고 싶지도 않다. 설명하지 않아도 이해해 주기 바란다. 너와 살 목사, 그리고 레이 선생에게 부탁하고 싶은 건, 이달 말이나 5월 초에는 꼭 생레미의 요양원에 들어갈 수 있게 해달라는 거다.

지금까지 해온 대로 화실에 혼자 틀어박혀 있다가 카페나 식당에 가서 이웃 사람들의 험담을 듣는 것 말고는 다른 소일거리가 없는 화가 생활을 다시 시작하는 것, 더는 못한다. 다른 곳에 가서 다른 사람과 사는 건, 설령 동료 예술가와 함께라 하더라도, 어렵다. 너무 큰 책임을 짊어지는 일이라서 한없이 어렵지. 생각해 볼 엄두조차 나지 않는구나.

일단 석 달만 지내보고 이후의 일은 두고 보기로 하자. 요양원에서 생활하려면 80프랑 정도는 들 거다. 그곳에서 유화와 데생도 좀 그릴 생각이다. 작년처럼 미친 듯이 그리진 못하겠지만. 너무 걱정하지 말거라.

이 며칠 동안 이사 준비를 하면서 가구들을 옮기고 네게 보낼 그림들을 포장하는데 문득 슬퍼지더구나. 더 슬픈 건, 그토록 따뜻한 형제애로 이 모든 것을 베풀었던, 그토록 오랜 세월 동안 유일하게 나를 지지해 준 너에게 이 슬픈 이야기를 되풀이하지 않을 수 없다는 현실이다. 그 슬픔을 내가 느낀 대로 표현하는 것도 힘들구나.

네가 나한테 베풀어준 호의는 결코 헛되지 않을 거다. 네가 그런 호의를 품었고, 그 마음이 그대로 남아 있으니 말이다. 비록 물질적 결과는 하찮다 하더라도, 네 마음은 그대로 남아 있지. 난 이조차 느낌 그대로 말하기가 힘이 드는구나.

이제 너도 술이 분명 내 광증의 가장 큰 원인들 가운데 하나였다는 걸 알 거다. 이게 매우 서서히 다가왔듯이 물러갈 때도 서서히 갈 것 같다. 그래도 결국엔 물러갈 거다. 담배도 마찬가지지.

내가 바라는 건 오로지 회복, 이것뿐이다. 어떤 사람들은 술과 담배에 대해 끔찍한 미신을 가지고 있어서, 술도 안 마시고 담배도 안 피운다는 걸 내세우며 더 나은 사람인 것처럼 굴기도 하지. 우린 거짓말이나 도둑질을 하지 말고, 크고 작은 죄들을 짓지 말라고 배워 왔는데 말이다. 우리가 어쩔 수 없이 뿌리 내리며 살고 있는 이 사회가, 그 사회가 좋은 곳이든 나쁜 곳이든, 오로지 미덕만을 가지고 살아야 하는 곳이라면, 문제가 너무 복잡해지는구나.

(……)

너의 형 빈센트

2부 생레미드프로방스

(1889년 5월 ~ 1890년 5월)

어리숙하고 서툴게

(1889년 5월 9일)

사랑하는 테오에게

편지 고맙다. 살 목사 덕분에 모든 게 잘되었다는 네 말이 옳다. 정말 그에게 고맙구나.

이곳에 오길 정말 잘했다고 생각한다. 우선, 미쳤거나 정신이 이상해진 여러 사람들이 마치 동물원에서처럼 한데 모여 살아가는 실상을 보고 나니, 막연한 불안이나 두려움이 사라진다. 그러면서 차츰 광증도 다른 질병과 다름없는 병으로 여기게 되는구나. 그리고 내 생각에 주변 사람들이 바뀐 것도 건강에 좋은 영향을 주는 듯하다.

내가 아는 바로는, 이곳의 의사들은 내가 겪은 증상을 일종의 뇌전증 발작으로 보는 것 같다. 하지만 더 이상 물어보지는 않았다.

그림을 넣은 상자는 이미 받았겠지? 혹시 그림이 손상되지는 않았는지 걱정된다. 지금은 다른 그림 두 점을 그리는 중이다. 정원에서 소재를 찾아서, 보랏빛 붓꽃과 라일락 덤불을 그렸다.

이제 그림을 그려야 한다는 의무감이 다시 생기고, 그러다 보니 화가로서 내가 가진 모든 능력도 금방 되살아나는 것 같다. 다만 작업에 빠져 지낼 때가 너무 많다 보니 남은 인생 동안에도 여전히 어리숙하고 서툴게 살아가게 될 것만 같다.

오늘은 길게 쓰지 않을 생각이다. 감동적인 편지를 보내 준 나의 새로운 누이가 된 네 아내에게 답장을 써야 하는데, 해낼 수 있을지는 잘 모르겠다.

마음으로 너에게 악수를 해본다.

너의 형 빈센트

반 고흐, 「붓꽃」(1889년, 71×93cm)

정신병원 사람들

(1889년 5월 23일)

사랑하는 테오에게

방금 네 편지 받고 기뻤다. 네 말대로라면 바이센브루치[95] 씨가 전시회에 그림 두 점을 출품했다는 건데, 난 이미 세상을 떠난 걸로 알고 있었다. 내가 잘못 알았던 거냐? 그는 분명 만만찮은 예술가이고 아량이 넓은 사람이다.

「요람을 밀어주는 여인」에 대한 네 생각을 듣고 나니 정말 뿌듯하다. 그래 네 말대로지. 어쩌면 값싼 다색 판화를 사고 손풍금 연주에 귀 기울이며 감상에 젖는 서민들이 살롱전에 드나드는 멋쟁이들보다 그림에 더 진실하고 성실할 수도 있지.

만일 고갱이 원한다면 「요람을 밀어주는 여인」 복제화를 액자에 넣지 말고 하나 주도록 하자. 베르나르에게도 우정의

---

95 요한 엔드릭 바이센브루치(1824~1903년), 네덜란드의 헤이그파의 화가.

증표로 한 점 주고. 하지만 만일 고갱이 해바라기 그림을 원한다면, 그도 네 맘에 드는 작품을 한 점 내놓아야 공평할 거다. 사실 고갱은 처음엔 안 그랬는데 오랫동안 보고 나더니 해바라기 그림이 좋아진 모양이더라.

「요람을 밀어주는 여인」을 진열할 땐, 그 그림을 가운데 놓고 해바라기 그림 두 점을 오른쪽과 왼쪽에 하나씩 놓으면 마치 세 폭 그림처럼 될 거다. 그러면 노란색과 주황색 계열로 그린 여인의 머리가 양옆에 노란색 꽃이 가까이 있어서 더 환하게 보이겠지. 너도 그림을 보고 나면 내가 전에 편지에 썼던 말이 무슨 뜻인지 이해할 수 있을 거다. 내 생각은 예컨대 고기잡이배의 선실 한구석에 걸어둘 만한 장식화를 그리는 것이었다. 그러려면 그림의 크기는 커지고 기법은 단순해져야지.

가운데 그림의 액자는 빨간색으로 하고, 양쪽의 해바라기 그림들은 폭이 좁은 나무 액자로 하는 게 좋겠다. 보면 알겠지만 소박한 나무 액자가 잘 어울리고 비용도 거의 들지 않을 거다. 초록색과 붉은색으로 그린 포도밭 그림, 씨 뿌리는 사람, 갈아 놓은 밭, 그리고 침실 내부 그림도 그런 액자를 사용하면 좋을 것 같다.

30호 캔버스에 그린 다른 그림도 하나 있는데, 연인들이 영원한 사랑을 속삭이는 푸른 숲을 그렸다. 그냥 잡화점에서 파는 싸구려 다색 판화 같은 평범한 그림이지. 담쟁이덩굴로

반 고흐, 「땅」(1889년, 73×92.3cm)

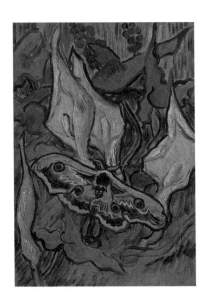

반 고흐, 「산누에나방」(1889년, 33.5×24.5cm)

반 고흐, 「생폴 병원의 정원, 생레미」(1889년, 91.5×72cm)

감겨 있는 두툼한 그루터기, 덩굴과 협죽도로 덮인 땅, 돌 벤치, 서늘한 그늘에 가려 창백해진 장미꽃 덤불이 있다. 전경에 하얀 꽃받침이 있는 식물들. 색은 초록색, 보라색, 분홍색을 주로 썼고. 중요한 건 그림에 (잡화점에서 파는 값싼 다색 판화나 손풍금 연주에는 없는) 나름의 스타일을 담아내는 거겠지.

이곳에 온 뒤로, 키 큰 소나무들이 솟아 있고 그 나무들 아래 제대로 가꾸지 않아 이런저런 독보리들이 뒤엉킨 풀들만 무성하게 자라고 있는 황량한 정원만으로도 그림을 그리기에는 충분하다. 아직 바깥으로 나가보지는 못했다. 어쨌든 이곳 생레미 주변의 풍경은 아주 아름답고, 나도 차츰차츰 단계를 밟아 적응할 수 있을 것 같구나. 이곳에서 지내다 보면 의사도 내 상태가 이전에 어땠는지 또 앞으로 어떻게 될지 더 잘 알 수 있을 테니, 그림을 마음껏 그릴 수 있게 해주리라 기대한다.

(……)

식사는 그저 그렇다. 음식에서 바퀴벌레가 나오는 파리의 식당 혹은 하숙집과 다름없이 당연히 곰팡내도 나고. 여기 갇혀 있는 불행한 사람들은 정말 아무것도 안 한다. (책 한 권 없고, 오락이라곤 페탕크 놀이나 체스 게임이 전부이지.) 정해진 시간에 정해진 양만큼 병아리콩, 강낭콩, 렌즈콩 또는 식민지에서 들여온 향료나 식료품으로 배를 채우는 게 유일한 소일거리다. 그런 것들은 소화가 잘 안 되니까, 결국 돈도 안 들고 남한테 해를 끼칠 일도 없는 놀이로 하루하루를 보내는 셈이지.

그런데 농담이 아니라, 광증에 사로잡힌 사람들을 바로 곁에서 지켜보니까 광증에 대한 두려움이 많이 사라지는구나. 물론 나 또한 언제든 그렇게 될 수 있겠지만 말이다. 전에는 이런 사람들을 보면 혐오감이 들었고, 트루아용,[96] 마르샬,[97] 메리옹,[98] 융트,[99] 마리스, 몽티셀리 등 많은 동료 화가들이 이런 식으로 생을 마감했다는 생각이 들 때마다 얼마나 마음이 아팠는지 모른다. 그 많은 예술가들이 놓여 있던 그런 상태를 떠올려 볼 수조차 없었고.

그런데 이제는 이 모든 것을 아무 두려움 없이 생각할 수 있게 되었다. 결핵이나 매독으로 죽는 것보다 더 끔찍한 질병으로 여겨지지 않는구나. 난 그들이 평온을 되찾고 다시 그림에 매달리는 모습을 그려본다. 그들을 다시 떠올릴 수 있게 된 게 네가 보기엔 대단한 일이 아닐 수 있지만, 농담이 아니고, 난 진심으로 고마움을 느낀다.

비록 소리를 지르고 늘 횡설수설하는 사람들도 있긴 하지만, 여기 사람들은 서로에 대해 정말로 진정한 우정을 느끼고

---

96 콘스탕 트루아용(1810~1865년), 바르비종파의 화가.
97 샤를프랑수아 마르샬(1825~1877년), 화가, 삽화가.
98 샤를 메리옹(1821~1868년), 프랑스의 조각가.
99 귀스타브 융트(1830~1884년), 프랑스의 화가, 풍경화를 많이 그렸다.

반 고흐, 「생폴 병원 복도」(1889년, 65.1×49.1cm)

반 고흐, 「생폴 병원 입구, 생레미」(1889년, 61×47.5cm)

반 고흐, 「생폴 병원의 눈먼 남자」(1889년, 32.5×23.5cm)

있다. 그러면서 이렇게 말하지. 우리가 먼저 다른 사람들을 견뎌야 다른 사람들도 우리를 견딘다고. 그뿐만 아니라 논리도 정연하고 이를 실천에 옮기기도 한다. 우리끼리는 서로를 아주 잘 이해하고 있지. 예를 들어 나와 가끔 이야기를 나누는 사람이 있는데, 무슨 말인지 알아들을 수는 없지만 그래도 그가 대답을 한다는 건 날 두려워하지 않는다는 뜻이지.

그리고 누군가 발작을 일으키면, 자해하지 않도록 다른 사람들이 그를 보호하고 챙겨준다. 걸핏하면 화를 내곤 하는 환자들 경우도 마찬가지고. 싸움이 벌어지면 이곳 생활에 이골이 나서 잘 아는 환자들이 달려와 뜯어말린단다.

물론 너무 더럽거나 위험한 사람들도 있고 그 경우엔 보다 더 심각한 상황이 벌어지기도 하는데, 그런 사람들은 다른 병동에서 지낸다. 나는 지금은 일주일에 두 번, 한 번에 두 시간씩 목욕을 한다. 위장도 작년보다 훨씬 더 좋아진 것 같다. 그러니까 별다른 일만 일어나지 않는다면 이대로 계속하면 될 것 같다. 이곳에선 다른 데서 지낼 때보다 돈도 덜 쓰게 될 거다. 게다가 자연이 아름다우니 그림도 계속 그릴 수 있겠지.

내 희망은 1년 후에는 내가 무엇을 할 수 있고 무엇을 원하는지 지금보단 더 잘 알 수 있게 되는 거다. 그러면 조금씩 새로 시작하겠다는 마음도 생기겠지. 지금으로선 파리든 어디든 돌아가고 싶지 않고, 내가 있을 곳은 여기라고 생각한다. 몇

해 동안 머무는 사람들도 있는데, 그들이 가장 힘들어하는 건 극도의 무력감인 것 같다. 그렇지만 그림을 그리면 어느 정도 그런 상태에서 벗어날 수 있겠지.

(……)

이곳에 지난 보름 내내 나처럼 계속 소리를 지르거나 뭐라고 말을 하는 환자가 있다. 복도에서 목소리와 말소리가 들린다고 생각하는 것 같은데, 아마도 청각 신경에 문제가 생겼거나 극도로 예민해서이겠지. 내 경우는 눈과 귀에 동시에 문제가 있었지. 언젠가 레이 선생이 그러던데, 뇌전증 초기에 흔한 증상이라고 하더구나.

그때는 어찌나 힘든지 몸을 움직이기만 해도 구역질이 나왔고, 차라리 잠에서 깨어나지 않기를 바랄 정도였다. 지금은 삶에 대한 두려움도 좀 덜해졌고 우울한 기분도 나아졌지만, 여전히 의지 같은 건 없고, 무언가를 하고 싶은 욕구도 거의 없구나. 일상적인 욕망, 예를 들어 친구들이 생각나긴 하지만, 다시 보고 싶은 마음은 거의 없다. 당장은 여길 나갈 준비가 안 되었다는 것도 바로 그 때문이다. 뭘 하더라도 다시 우울증에 빠질 테니까 말이다. 삶에 대한 혐오감이 조금이나마 근본적으로 변한 것도 아주 최근에 와서야 일어난 일이다. 그것이 의지와 행동으로 이어지려면 아직 먼 길을 가야 할 거다.

너의 형 빈센트

늘 먹는 빵이 예술 작품이 되니

(1889년 6월 9일)

사랑하는 테오에게

캔버스, 물감, 붓, 담배와 초콜릿 모두 훼손되지 않고 잘 도착했다. 고맙다.

그림을 그리고 난 뒤 조금 지루하던 차에 소포를 받으니 무척 기쁘더구나. 며칠 전부터 근처에 나가 그림을 그리고 있다.

내 기억이 맞다면, 페롱 원장이 받았다는 네 편지 말고는, 5월 21일 이후로 네 편지를 받지 못했다. 너와 네 아내가 건강하길 빈다.

페롱 원장이 박람회 보러 파리에 간다더구나. 그때 널 찾아갈 거다.

별 새로운 소식은 없고, 풍경화 두 점을 30호 캔버스에 그리고 있다. 하나는 언덕에서 바라보는 풍경이고, 다른 하나는 내 침실 창밖으로 보이는 들판 풍경이다. 전경에는 폭풍우가

휩쓸고 지나간 뒤 밭의 밀들이 쓰러져 있다. 담장 너머로는 잿빛 잎사귀가 달린 올리브나무 몇 그루, 오두막집 몇 채와 언덕이 보이고. 그리고 캔버스 윗부분엔 푸른 하늘에 잠긴 흰색과 회색의 거대한 구름을 그렸다. 색채도 그렇고 극도로 단순한 풍경이지.

이 그림을 훼손된 내 침실 그림과 짝을 맞춰 걸어두면 좋을 것 같다.

어떤 양식으로 재현된 대상이 그 대상을 재현하는 방식과 완전히 하나가 되기, 그게 바로 예술 작품의 특성이겠지. 그래서 우리가 늘 먹는 빵도 샤르댕[100]이 그리면 훌륭한 예술 작품이 되는 거고.

예를 들어 이집트 예술이 놀라운 이유는, 평온하고 현명하고 온화하고 인내심 많고 선량한 그 왕들이 그 모습 그대로가 아닐 수 없어 보인다는 데 있지 않을까? 그들은 영원히 태양을 숭배하는 농부들이지. 박람회에 가서 건축가 가르니에[101]가 세워 놓은 이집트 집을 정말 보고 싶었다. 집은 빨간색, 노란색, 파란색으로 칠했고, 정원은 바닥에 가지런히 쌓아 올린

---

100 장 샤르댕(1699~1779년), 프랑스 18세기를 대표하는 정물화가.
101 원문에는 쥘 가르니에로 언급되었는데 샤를 가르니에(1839~1904년)를 잘못 말한 것으로 보인다. 파리 오페라 극장으로 유명한 건축가 샤를 가르니에는 다른 문명권의 주택들을 되살리는 작업을 했다.

벽돌들로 일정하게 나뉘어 있다지. 우리가 아는 거라고는 미라와 화강암을 쌓아올린 건축물뿐이고 사람들은 그런 집에서 살아간 거다.

(……)

수많은 그림이 있어도 느낌이 남다르거나 유달리 마음이 끌려서 꼭 가지고 싶은 그림이 있지. 난 그렇게 눈길을 끄는 그림을 보면 나도 모르게 이런 생각을 한다. "저 그림을 어느 집, 어느 방, 어느 구석에, 어떤 사람의 집에 걸어두면 제자리에 있다는 느낌이 들까?" 결국 할스, 렘브란트, 페르메이르의 그림들은 네덜란드의 고택이 아니면 제자리에 있다는 느낌이 들지 않지.

그러면 인상주의 그림들은 어떨까? 어느 집의 실내에 그림 한 점이 걸려 있지 않으면 완전하지 않은 것처럼, 그림 또한 그것이 그려진 시대와 같은 본래의 분위기에 놓이지 않는다면 완벽하다고 할 수 없지 않을까? 인상주의 화가들의 그림이 과연 그것이 만들어지는 시대를 앞서가는지, 아니면 아직 그에 미치지 못하는지 난 잘 모르겠다.

한마디로, 뭘 그려 놓았느냐보다 그 그림이 걸린 집의 영혼과 내부가 더 중요한 것 같다. 난 그렇게 믿고 싶다.

고갱, 베르나르, 앙크탱을 비롯한 인상주의 화가들의 전시회가 곧 열린다는 알림을 보았다. 기존의 유파에 뒤지지 않을 새로운 유파가 만들어진 것 같구나. 네가 전에 말한 게 바로 이 전시회 얘기였나 보구나. 찻잔 속에 태풍이 일기 시작하는 거지.

(……)

담쟁이덩굴이 감긴 그루터기 그림은 거의 끝냈다. 말아서 보낼 수 있을 정도로 물감이 마르면, 곧바로 보내주마.

마음으로 너와 너의 아내에게 악수를 해본다.

너의 형 빈센트

반 고흐, 「생폴 병원 창밖으로 보이는 산」(1889년, 71×89cm)

반 고흐, 「올리브나무」(1889년, 92×72.5cm)

반 고흐, 「초록색 들판」(1889년, 73×92.5cm)

더 큰 위안을 주는 그림

(1889년 6월 18일)

사랑하는 테오에게

어제 편지 고맙다. 나 또한 하고 싶은 말을 다 글로 쓰지 못하지만, 어쨌든 우리는 지금 격동의 시대를 살고 있으니 벌어지는 일들에 관해 판단을 내리기 위해선 확고한 의견을 갖는 게 문제될 건 없어 보인다.

(⋯⋯)

드디어 올리브나무들이 있는 풍경화 한 점과 별이 빛나는 하늘을 그린 습작 한 점을 완성했다.

고갱과 베르나르의 최근 작품들은 아직 보지 못했지만 내 습작들과 아마도 비슷한 느낌일 거다. 이 두 그림과 담쟁이덩굴 습작을 한동안 바라보면, 너도 고갱과 베르나르와 내가 무슨 이야기를 나누었고 또 우리의 고민이 뭐였던지를 내가 말로 설명하는 것보다 더 잘 이해할 수 있을 거다. 낭만주의나 종교적 신앙으로 돌아가자는 건 아니다. 절대 아니지. 하지만 들라크루아 식으로 색을 사용하고 트롱프뢰유[102]의 정확성을 넘어서려면, 파리의 외곽지역과 카바레들보다 훨씬 더 순수한 전원 풍경을 표현할 수 있으리라 본 거다. 사람을 그릴 때도 데생 기법은 도미에를 따르지만, 도미에가 바라보았던 사람들보다는 더 평온하고 더 순수하게 그리는 거지. 실제로 존재하든 아니든, 우리는 어쨌든 자연은 생투앵[103] 너머에 펼쳐져 있다고 믿고 있다. 그러니까 졸라를 읽으면서도, 예를 들어 르낭[104] 식의 순수한 프랑스어에 감동을 받을 수도 있지 않을까?

(……)

고갱과 베르나르와 나, 우리는 아마 모두 남게 될 거다. 승리를 얻지는 못하겠지만 그렇다고 패배하지도 않을 거다. 우리는 이 일이나 저 일을 하기 위해 이 자리에 있는 게 아니라, 위안을 주기 위해 혹은 더 큰 위안을 주는 그림을 준비하기 위해 여기 있는 것이니 말이다.

(……)

이번에 보낸 것들은 형편없다. 그런 그림들은 가지고 있

---

102 프랑스어로 '눈속임'이란 뜻으로 실물로 착각될 만큼 정밀하고 생생하게 그린 그림을 가리킨다.

103 파리 북부 교외에 있는 도시.

104 에르네스트 르낭(1823~1892년), 프랑스의 역사가, 철학자, 문헌학자.

어 봐야 소용없을 테니 따로 치워두거라. 나중에 내가 필요한 걸 기억할 때 쓰일 거다. 그림들 수가 줄어들면 그만큼 좋은 그림이 눈에 잘 띄겠지. 나머지는 습작 사이에 낡은 신문지와 마분지 두 장을 끼워서 구석에 보관해 두면 된다. 그 정도면 충분하다.

데생들을 말아서 보내마.

너와 너의 아내, 그리고 다른 친구들에게 악수 청한다.

너의 형 빈센트

진실하고 내면적인 색조

(1889년 6월 25일)

사랑하는 테오에게

유리병 초록색[105] 병처럼 만들어내기 어려운 색조로 칠한 사이프러스 습작 두 점을 그렸다. 전경은 연백(鉛白)으로 앙파트망[106]을 만들어서 대지의 견고함을 강조했고. 몽티셀리도 자주 그런 식으로 예비 작업을 한 것으로 알고 있다. 그렇게 해놓고 그 위에 다른 색 물감을 칠하는 거지. 그런데 그런 식으로 작업을 해도 캔버스가 버텨낼지는 잘 모르겠구나…….

(……)

볼테르의 『자디그 혹은 운명』을 재미있게 다시 읽었다. 『캉디드』와 비슷한 작품이더구나. 그 책에서 우리의 위대한 작

---

105 포도주병과 비슷한 짙은 초록색을 지칭하는 이름이다.
106 붓이나 팔레트나이프로 물감을 두껍게 칠한 효과를 내는 기법으로, 고흐도 즐겨 사용했다.

반 고흐, 「사이프러스나무가 있는 밀밭」(1889년, 73×93.4cm)

반 고흐, 「사이프러스나무」(1889년, 93.4×74cm)

가 볼테르는 인물들이 "대화 중에 이 세상 일들이 늘 가장 현명한 사람들 뜻대로 이루어지는 게 아니라는 점에 동의한다 해도" 적어도 우리의 삶에 나름의 의미가 남아 있을 수 있다고 암시하는 것 같다.

(⋯⋯)

이번에 아주 노랗고 화사한 밀밭을 그렸다. 아마 내가 그린 것 중에서 가장 화사한 작품일 것 같다.

난 사이프러스를 볼 때마다 자꾸 끌린다. 해바라기 그림처럼 사이프러스도 여러 점 그려보고 싶고. 놀랍게도 아직 사이프러스를 내 눈에 보이는 모습대로 그려낸 사람이 없더구나.

사이프러스는 선과 비례가 이집트의 오벨리스크처럼 아름답다. 초록색은 그 무엇과도 견줄 수 없는 품격을 지니고 있고. 태양이 빛나는 풍경 속에서는 검은 얼룩처럼 보이지만, 매우 흥미롭고 내가 상상할 수 있는 한 제대로 포착해서 그려내기에 가장 어려운 검은 색조가 아닐까 싶다.

사이프러스의 색은 파란색과 대조가 되게, 정확히 말하자면 파란색 속에서 보아야 한다. 다른 어디든 마찬가지겠지만, 이곳의 자연을 잘 그려내려면 자연 속에 오래 머물러야 하지. 그래서 몽테나르[107] 같은 화가는 그 진실하고 내면적인 색조를

---

107 프레데리크 몽테나르(1849~1926년), 프랑스의 화가로 19세기 말에 큰 명성을 누렸다.

담아내지 못하는 거고. 빛은 신비스럽지. 몽티셀리와 들라크루아는 그런 신비를 느꼈다고 말할 수 있다. 예전에 피사로가 그에 대해 아주 탁월한 견해를 피력한 적이 있는데, 그가 제시한 대로 할 수 있으려면 난 아직 갈 길이 멀다는 생각이 든다.

가능하다면, 빨리, 물감을 좀 보내주면 좋겠다. 하지만 너무 애쓸 필요는 없으니, 그냥 네가 할 수 있는 만큼 하면 된다.

사이프러스 유화 두 점 중에서 스케치로 그려 본 게 더 나을 거다. 키가 크고 육중한 나무들을 그렸지. 전경 맨 아래쪽엔 가시덤불과 잡초를 그렸고. 보랏빛 언덕 너머엔 초승달이 초록색과 분홍색 하늘에 떠 있다. 그리고 노란색, 보라색, 초록색을 띠고 있는 전경의 가시덤불 숲은 아주 두텁게 칠했다.

너의 형 빈센트

렘브란트, 「엠마우스의 순례자들」(1629년)

렘브란트, 「유대인 신부」(1669년)

인간의 눈빛에 담긴 다정함

(1889년 7월 2일)

사랑하는 테오에게

어머니에게서 온 편지를 동봉한다.

(……)

어머니의 편지를 너에게 보내는 건 너도 이미 알고 있는 소식을 전하려는 게 아니라, 당신 말씀대로 "일흔이 다 된 어머니"의 글씨가 얼마나 힘이 넘치고 놀라울 정도로 단정한지 보라는 뜻이다. 글씨만 봐도 어머니가 하는 말이 진심이라고 느낄 수 있을 거다. 너와 빌이 보낸 편지로 이미 알고 있기는 하지만, 어머니가 정말로 다시 젊어지신 것 같구나. 너무도 깔끔한 글씨와 논리정연한 내용, 그리고 사물을 단순명료하게 바라보는 판단력을 보면 그렇게 느낄 수밖에 없다. 그처럼 다시 젊어지신 건, 어머니가 오래전부터 간절히 기다려 온 네 결혼이 드디어 이루어진 게 만족스러우셨기 때문일 거다. 너와 네 아내 또한 결혼 덕분에 어머니가 다시 젊어지신 걸 보는 기쁨을 누린 셈이니 좋은 일이다. 바로 그런 이유 때문에 어머니의 편지를 동봉하기로 했다. 사랑하는 동생아, 때로는 시간이 지난 뒤에 추억을 되짚어볼 필요가 있단다. 더구나 공교롭게도 코르[108]가 어머니 곁을 떠나야 하는 상황이라 마음이 아프실 텐데(적잖이 힘드실 거야.) 네 결혼에 위안을 얻으셨을 거다. 그러니 1년씩이나 기다릴 필요 없이 가능하면 네덜란드로 돌아가는 것도 좋을 것 같다. 어머니가 너와 네 아내를 애타게 보고 싶어 하실 테니 말이다.

그리고 네덜란드 여자와 결혼했으니, 몇 년 후가 될지는 모르겠지만 조만간 암스테르담과 헤이그 쪽 사업에도 도움이 될 거다.

다시 한번, 오랫동안 이렇게 마음이 차분하고 평온한 만족에 젖은 어머니의 편지를 보지 못했는데, 네 결혼 덕분임이 분명하다. 부모를 기쁘게 해드린 자식은 오래 산다는 말이 생각나는구나.

물감 보내준 거 정말 고맙다. 지난 주문서의 품목 중에 물감은 빼도 되는데, 그래도 흰색 물감은 빼지 않으면 좋겠다. 셰익스피어 전집도 고맙게 잘 받았다. 덕분에 그나마 조금 알고

---

108 고흐의 막냇동생 코르넬리스를 말한다.

있는 영어를 잊지 않는 데 도움이 될 것 같구나. 하지만 무엇보다 중요한 건, 작품이 아름답다는 거지.

이번엔 예전에 다른 일 때문에 못 읽고 시간이 없어서 못 읽은 시리즈, 그러니까 내가 제일 모르는 왕 시리즈부터 시작했다. 『리처드 2세』와 『헨리 4세』, 그리고 『헨리 5세』 절반은 전에 읽었다. 난 그 시대 사람들의 생각이 지금 사람들과 같은지, 또 그들이 지금 공화주의나 사회주의 사상들을 접한다면 어떨지, 이런 건 굳이 생각하지 않고 그냥 읽는다. 무엇보다 인상 깊은 건, 우리 시대의 몇몇 소설가들의 작품에서도 그렇지만, 셰익스피어의 경우 이미 몇 세기나 떨어져 있는 사람들의 목소리가 우리에게 낯설지 않게 들린다는 거다. 마치 잘 아는 사람이 눈앞에 보이는 것처럼 생생하지.

화가들 가운데는 아마도 렘브란트가 유일하게 혹은 거의 유일하게 인간의 눈빛에 담긴 그런 다정함을 그려냈다. 예를 들어 「엠마우스의 순례자들」이나 「유대인 신부」, 또는 네가 보았다는 낯선 모습의 천사 그림에서처럼, 언뜻 비치는, 너무도 자연스러워 보이는 초인적 무한함을 셰익스피어 작품 곳곳에서 만나게 된다.

(……)

지금 내가 무슨 작업을 하고 있는지 네가 알 수 있도록, 오늘 데생을 십여 점 보내마. 모두 지금 그리고 있는 유화의 데생

반 고흐, 「떠오르는 달이 있는 저녁 풍경」(1889년, 73×92cm)

반 고흐, 「추수꾼이 있는 노란 밀밭」(1889년, 73.2×92.7cm)

들이다. 가장 최근에 시작한 건 밀밭 그림인데, 추수하는 농부는 작게, 태양은 크게 그렸다. 담장과 보랏빛을 띤 언덕 배경을 제외하면 그림 전체가 온통 노란색이지. 소재는 거의 비슷하지만 색은 전혀 다르게 그린 것도 있는데, 전체 색조는 회색빛이 감도는 초록색이고, 하늘은 하얀색과 파란색으로 그렸다.

마음으로 너와 너의 아내에게 악수를 해본다. 네 소식을 빨리 받을 수 있기를 바란다. 두 사람 모두 건강하길.

너의 형 빈센트

날 기쁘게 하는 그 무엇

(1889년 7월 2일)

사랑하는 누이에게

며칠 전에 답장을 쓰기 시작했는데, 머리가 맑지 못해서 제대로 편지를 쓸 수가 없었다.

(······)

편지에서 네가 이런 말을 했지. 다른 사람들을 보면 자신만의 길을 찾아가는 것 같고, 다들 너보다 더 나은 길을 가는 것처럼 보인다고. 난 이 말을 해주고 싶구나. 나 역시 내 삶을 돌이켜 보면서, 또 화가라는 직업을 가지고 살아가는 다른 노동자들의 삶을 보면서 때로 당혹스러울 때가 있단다. 지금 내가 그리는 유화의 데생 열두 점을 이제 막 테오에게 보냈는데, 그마저 없었다면 이제 앞으로 남은 내 삶 또한 아무것도 배우는 것 없이 기숙사에서 생활하던 열두 살 때나 마찬가지로 무능한 인간일 테지.

내가 그린 열두 점의 그림을 똑같이 그리려면 두 달이 아니라 열두 달로도 모자랄 수많은 화가들이 도시나 시골에서 예술가 혹은 지성인으로 대접받고 있지. 그렇다고 내가 당장 바꾸어야 한다거나 바꿀 수 있다거나, 또는 바꾸고 싶다거나 하는 건 아니다. 그저 난 설명을 하려고 한 말이지. 우리는 삶에 대해 아무것도 알지 못하고, 그 이면이 어느 정도인지는 더 알지 못한다. 우리는 그야말로 모든 게 비틀거리고 오락가락하는 것처럼 보이는 그런 시대를 살고 있지. 이럴 때는 차분하게 우리 자리에서 해야 할 일을 찾아보는 것도 나쁘지 않을 것 같구나. 우리가 꼭 해야만 하는 일들 가운데 좀 더 단순한 일에 집중하다 보면 살아가는 이유도 찾을 수 있지 않을까 싶다.

우리가 사는 지금 이 시대는, 언제든 그저 단지 싸웠다는 것 외에는 아무것도 남지 않은 치욕스러운 전쟁터에서 돌아올 위험을 안고 사는 시대인 거지.

아를에서 나와 함께 살았던 친구와 다른 몇몇 화가들이 전시회를 열었다는구나. 나도 건강만 허락했다면 참여했겠지. 그런 전시회를 했다고 뭐가 바뀌었지? 아무것도 바뀌지 않았다. 하지만, 장담컨대, 그들의 그림엔 뭔가 새롭고 아름다운 것이 있을 거다. 날 기쁘게 하고 열광케 하는 그 무엇 말이다. 우리 예술가들끼리는 서로 무슨 말을 해야 할지 알지 못하고, 웃어야 하는지 울어야 하는지도 알지 못하고, 이것도 저것도 못하지만 그러다가 물감과 캔버스만 조금 손에 들어오면, 그마 저도 가끔은 없을 때도 있으니까. 더없이 행복하다고 느끼는 사람들이다. 삶을 규칙적으로 살아간다는 생각, 우리 자신이 나 다른 사람들에게 온화한 느낌을 일깨운다는 생각은 우리에 겐 순전히 유토피아로 보일 수밖에 없지.

　(……)

　코르와의 이별이 힘겨울 거다. 머지않았구나. 생각해 보 면 이 세상엔 그 이유를 알 수 없는 일들도 많다. 그럴 땐 밀밭 을 바라보는 것 말고 뭘 할 수 있을까? 밀밭의 이야기가 곧 우 리네 이야기이기도 하니까 말이다. 빵으로 먹고 사니까 우리 자신이 상당 부분 밀이라 할 수 있고. 하지만, 물론 우리가 가 끔은 식물이 되었으면 하고 상상할 때도 있지만, 적어도 식물 처럼 움직이지 못하는 무력한 존재라고, 밀처럼 익고 나면 낫 으로 잘려나갈 거라고 믿어선 안 되겠지.

　정말이지 건강을 회복하거나 지금보다 건강이 더 좋아지 기를 바라지 않는 것이 무엇보다 현명하지 않을까 싶다. 이렇 게 지내다 보면 무너지는 데도 익숙해질 테고, 일찍 무너지나 늦게 무너지나 그게 무슨 차이가 있겠나 싶다.

　테오의 건강에 대해 네가 편지에 쓴 내용은 나도 잘 알고 있다. 그래도 이젠 가정을 꾸리고 살아가니 완전히 회복될 거 라 믿는다. 테오의 아내는 현명하고 다정해서 남편을 잘 돌볼 거고, 식당 음식만 먹지 않고 네덜란드 가정식도 먹을 수 있도록 신경 써 주겠지. 네덜란드 음식이 건강에도 좋고, 테오의 아내도 어느 정도 음식 솜씨가 있겠지. 그리고 테오가 불안해하지 않도록 외모에도 신경을 쓰면 좋겠다. 물론 쉽지 않겠지만 말이다. 테오가 '기력을 회복하게' 해줄 수 있으면 좋겠다. 테오 또한 파리 사람이 될 수밖에 없겠지. 그래도 과거와 젊은 시절의 기억을 떠올리게 하는 게 필요할 거다. 나야 아내도 자식도 없으니 밀밭을 보아야 하고. 오히려 이젠 도시에 오래 머물지도 못할 것 같다. 어쨌든 테오의 성격은 내가 잘 아는데, 결혼 덕분에 얻는 게 아주 많을 거다. 테오의 건강 상태를 확인하기 전에, 일단 두 사람이 제대로 부부가 될 시간을 주어야 할 것 같다.

그러고 나면, 테오의 아내가 분명 남편의 삶이 편안해질 방법을 찾아내리라 기대해 볼 수 있겠지. 사실 테오는 편안하게 살지 못했지. 많이 힘들었을 거다.

이 편지가 오늘 너에게로 떠날 수 있으려면 이제 그만 써야 할 것 같고, 그래서 다시 읽어볼 여유도 없구나. 혹여 바보 같은 소리를 늘어놓았더라도 용서해 주기 바란다. 건강에 유념하고, 너무 속상해하지 말고, 지금처럼 너 자신의 정원을 잘 가꾸기 바란다. 너에게 남은 일은 다 해낼 수 있다고 자신감을 갖는 것뿐이다. 내 마음속에서 너를 힘껏 껴안아본다.

너의 오빠 빈센트

의심의 눈초리
(1889년 8월 22일)

사랑하는 테오에게

요[109]가 보내준 편지 고맙다. 네가 내 연락을 애타게 기다리는 걸 알기에 짧게나마 소식 전한다. 머리가 너무 혼란스러워서 편지 쓰기가 매우 힘들었다. 잠시 쉰 셈이지.

페롱 원장은 나한테 아주 친절하게 잘해주고 인내심도 많은 사람이다. 발작이 또 일어나다니, 더는 그런 일이 없으리라고 생각해 온 내 마음이 얼마나 깊은 상처를 입었을지 너도 짐작할 수 있을 거다. 네가 페롱 원장에게 편지를 써서, 내가 회복하려면 그림을 꼭 그려야 한다고 말해 주면 좋을 것 같다. 한동안 아무것도 안 하고 있느라 너무 고통스러웠다. 그림을 그릴 수 있도록 내준 방에도 갈 수 없었단다.

---

109 테오의 아내 '요안나 반 고흐 봉어르'를 말한다.

반 고흐, 「올리브나무 숲」(1889년, 73×92cm)

반 고흐, 「올리브나무 숲」(1889년, 73×93cm)

고갱, 베르나르, 쉬페네케르 등이 함께한다는 전시회 도록을 받았는데 꽤 괜찮더구나. 고갱의 편지도 받았다. 친절하긴 한데, 언제나 그렇듯이 조금 애매모호한 내용이다. 어쨌든 그들끼리 뜻을 모아 전시회를 연 건 잘한 일이라고 생각된다.

한동안 아를에 있을 때처럼, 아니 그보다 더 심하게 정신이 오락가락했다. 앞으로도 이런 발작이 또 일어날 수 있다고 생각하면 정말 끔찍하구나. 나흘 전부터는 목이 부어서 아무것도 먹을 수가 없었다. 이런 이야기를 시시콜콜 다 하는 건 불평을 늘어놓으려는 게 아니다. 다만 아직은 내 상태가 샤랑통[110]이면 모를까, 파리나 퐁타벤에 갈 정도는 아니라는 걸 알려주기 위해서다.

악몽 같은 기억들이 흐릿하게 떠오르면, 쓰레기를 주워서 또 그것을 먹는 느낌이다. 그리고 뭔가 석연치 않은 의심의 눈초리가 느껴진다. 여기 사람들이 화가들에 대해 뭔지 모를 선입견을 가지고 있는 것과 똑같은 이유이겠지.

이젠 용기든 희망이든 어떻게 가져볼 수 있을지 모르겠다. 화가라는 직업이 그리 유쾌하지 않다는 건 진작부터 알고 있었지만…….

(……)

110 파리 남동쪽 근교 지역으로 정신병원이 있는 곳이다.

사랑하는 동생아, 이번 발작은 바람이 많이 부는 날 들판에서 그림을 그리고 있을 때 일어났다. 그래도 그림은 완성했으니 보내주마. 그냥 간단하게 그려 본 거다. 색도 튀지 않게 무광으로 그렸고. 갈라진 초록색과 빨간색, 그리고 녹슨 황토색을 썼고. 전에도 말했지만 내가 북쪽에 있을 때 쓰던 것과 같은 팔레트를 다시 써보고 싶다는 생각이 간혹 든다.

　　가능해지는 대로 바로 이 그림도 보내마. 너의 마음 고맙고, 너와 요한테, 그리고 아직 떠나지 않았으면 코르에게도 악수를 보낸다.

너의 형 빈센트

반 고흐, 「농부가 있는 밭」(1889년, 54×65.4cm)

반 고흐, 「초록색 밀밭」(1889년, 73×92cm)

그려야 할 아름다운 것들

(1889년 9월 2일)

사랑하는 테오에게

지난번 편지를 쓴 뒤로 내 상태가 좋아졌다. 언제까지 이런 상태가 이어질지 알 수 없으니, 더 기다리지 않고 다시 편지를 쓴다.

(……)

어제부터 다시 그림을 조금씩 그리고 있다. 창밖으로 보이는, 추수가 끝나 노란 그루터기만 남은 밀밭을 농부가 갈고 있는 광경이다. 언덕을 배경으로 보랏빛이 도는 갈아 놓은 땅과 띠처럼 이어진 노란 그루터기들이 대조를 이룬다. 다른 무엇보다 난 그림을 그릴 때 가장 마음이 편안해진다. 만약 다시 한번 그림에 온 힘을 쏟아부을 수 있다면 가장 좋은 치료제가 될 것 같다. 하지만 모델을 구할 수 없고, 다른 많은 게 나를 가로막는구나. 참고 견디며 있는 그대로 받아들이는 수밖에 없겠지.

브르타뉴에 있는 친구들이 자주 생각난다. 분명 나보다 더 좋은 그림을 그리고 있겠지. 지금까지의 경험을 그대로 가진 채 다시 시작할 수 있다면, 난 남프랑스로 오지 않을 것 같다.

나는 어디에도 묶이지 않고 자유로웠어도 그림을 향한 열정을 그대로 간직했을 거다. 그려야 할 아름다운 것들이 많이 있으니까…… 포도밭이 있고 올리브나무가 늘어선 들판 같은 것 말이다. 만일 이곳을 운영하는 사람들을 믿을 수만 있다면, 내 모든 가구들을 여기 요양원으로 가져와서 평온하게 계속 작업을 하는 것만큼 간단하고 좋은 방법은 없을 것 같다. 몸이 회복되거나 괜찮을 때 틈을 봐서 파리나 브르타뉴에서 잠시 머물 수도 있을 테고. 하지만 여기 있으면 무엇보다 돈이 많이 들고, 또 이제는 다른 환자들이 무섭게 느껴진다. 그 밖에도 이곳에 온 것 또한 행운이 아니었다고 믿을 만한 이유는 수없이 많다.

어쩌면 다시 병마의 나락에 떨어졌다는 슬픔 때문에 내가 과장하고 있는지도 모르겠다. 하지만 정말 두렵구나. 넌 이 모든 게 상황이나 다른 사람들 때문이 아니라 바로 나 자신의 문제라고 말할 테지. 나도 그렇게 생각한다. 어쨌든 유쾌하진 않구나.

페롱 원장은 나에게 잘해준다. 경험 많은 의사이고, 그가

좋다고 말하는 혹은 그렇게 판단하는 것들을 무시해선 안 된
다는 것도 안다. 하지만 그가 분명한 의견을 제시할 수 있을지
는 잘 모르겠다. 혹시 무언가 분명하거나 아니면 있음직한 얘
기를 너에게 이미 했는지 궁금하구나. 보다시피 난 여전히 기
분이 안 좋다. 도무지 상태가 좋아지지 않아서 그런 거겠지. 게
다가 의사들을 찾아가서 그림을 그릴 수 있게 해달라고 부탁
할 때면 꼭 바보가 된 기분이 든다. 아무튼 조만간 내가 어느
정도 회복될 수 있다면 그건 어느 정도 그림을 그리면서 좋아
진 걸 테니, 그렇게 되도록 해야지. 그렇게 의지도 다지고, 결
과적으로 이런 정신적 나약함에서도 좀 벗어날 수 있기를 기
대해 본다.

　사랑하는 동생아, 나도 이보다 더 좋은 소식을 전하고 싶
지만, 뜻대로 되지 않는구나. 산에 가서 온종일 그림을 그리고
싶은 욕망이 솟구친다. 조만간 요양원에서 허락을 해주면 좋
겠는데……

　(……)

너의 형 빈센트

반 고흐, 「길 수리자들」(1889년, 73.66×92.71cm)

진실한 것과 본질적인 것

(1889년 9월 10일)

사랑하는 테오에게

(……)

작업은 아주 잘되고 있다. 몇 년 동안 헛되이 찾기만 하던 것을 마침내 발견한 느낌이다. 이럴 때면 들라크루아가 했다는 말이 늘 생각난다. 너도 알 텐데, 숨도 쉬기 힘들고 치아도 다 빠질 때가 되어서야 그림이 뭔지 알게 되었다는 말 말이다. 나 역시 지금 정신적 문제가 있다 보니 나와 비슷한 고통을 겪는 다른 많은 예술가들이 떠오르는구나. 그리고 그런 문제가 있다고 해서 온전하게 화가로서의 삶을 살아가지 못하는 건 아니라고 믿는다.

이곳에선 발작이 일어나면 터무니없는 종교적 양상을 띠는 경향이 있다. 그럴 때면 다시 북쪽으로 돌아갈 필요가 있는 게 아닌가 하는 생각이 들기도 하고. 그렇지만 넌 혹시 의사를 만나더라도 이 이야기는 깊게 하지 않는 게 좋겠다. 여러 달 동안 아를의 요양원과 원래는 수도원이었던 이곳에서 지냈기 때문에 그런 생각이 들었는지도 모르겠다. 어쨌든 이런 환경에서 생활하느니 차라리 길거리에서 지내는 편이 나을 것 같구나. 그렇다고 내가 종교에 냉담한 사람은 아니고, 고통스러울 땐 가끔 종교를 생각하면서 많은 위안을 얻곤 했지. 이번에 아팠을 땐 불운이 닥쳤다. 들라크루아의 석판화 「피에타」와 다른 복제 그림들이 기름에 빠진 거다. 그 때문에 매우 슬펐고, 그래서 이번엔 내가 직접 그렸다. 언젠가 네게도 보여주마. 5호와 6호 사이 캔버스에 그렸는데, 느낌이 살아 있는 것 같다.

하지만 루르드[111]의 성모를 믿는 여인네들을 보고 있노라면 늘 마음이 불편하다. 계속 그런 이야기를 만들어내면서 왜 이런 요양원에 갇혀 있는지 모르겠는 여자들 말이다. 병을 낫게 할 생각은 안 하고 그런 병적인 종교적 망상을 만들어내다니…… 차라리 감옥이나 군대에 들어가는 게 나을 것 같구나.

난 요즘 비겁했던 나 자신을 자책하고 있다. 군사 경찰과 이웃들하고 싸워서라도 내 화실을 지켰어야 했는데 말이다. 다른 사람이 내 입장이었다면 권총을 사용했겠지. 그러다가

111 프랑스 남부 지역의 도시. 19세기 중엽 그곳의 한 동굴 속에 성모가 나타났고, 샘물이 기적적 치유의 효과가 있다고 전해지면서 많은 신자들이 찾아오는 성지가 되었다.

반 고흐, 「생폴 병원 관리인 트라뷔크」(1889년, 61×46cm)

반 고흐, 「트라뷔크 부인의 초상」(1889년, 63.7×48cm)

반 고흐, 「젊은 농부」(1889년, 61×50cm)

설령 어느 멍청이가 하나를 쏴 죽였더라도 예술가라고 사면을 받지 않았을까? 그렇게 했어야 했는데, 그땐 비겁했고 또 술에 취해 있었다. 아픈 데다 용감하지도 못했지. 발작이 일어날 때의 고통을 마주한다고 생각하면 너무 두려웠고, 내가 말하는 열정과 실제로 내가 가진 열정이 다른 것일지 모른다는 생각도 들더구나. 자살하려고 물에 뛰어들었다가 물이 너무 차다는 것을 알고선 필사적으로 물가로 기어나가는 사람과 다를 바 없지.

(......)

이곳 관리인 초상화도 그렸는데 너에게 보내주려고 똑같이 한 점 더 그려두었다. 내 자화상하고 비교하면 묘한 대조가 드러날 거다. 내 시선은 모호하고 무언가를 감추고 있는 데 반해 그 사람의 작고 검은 두 눈은 강렬하고 군인 같은 느낌을 주지.

초상화는 그에게 선물로 줬고, 그의 부인도 원한다면 그려줄 생각이다. 이제는 시들어 자기 운명에 체념한 듯한 불행한 여인이고 내세울 것 하나 없는 너무나도 사소한 삶이지만, 나로서는 먼지투성이의 풀 한 포기를 그리듯 그려보고 싶은 강렬한 욕망이 이는구나. 가끔 그들의 조그만 농가 뒤에서 올리브나무를 그리는 동안 그녀와 이야길 나누곤 했는데, 내가 아팠다는 것을 믿을 수 없다고 했다. 너도 지금 내가 명료한 정신과 확실한 손놀림으로 작업하는 모습을 보게 되면 똑같은 말을 할 거다.

들라크루아의 「피에타」를 다시 그려보고 있는데, 앞으로 뻗은 네 개의 손과 팔이 그리 편안하거나 단순한 몸짓과 자세가 아니라서 쉽지 않지만, 단 한 번도 재어보지 않고 그대로 그려내고 있다. 가능하다면 캔버스를 빨리 보내주면 좋겠구나. 아연 백색 물감도 열 개 더 필요할 것 같고.

우리가 진정한 용기를 지니기만 한다면, 건강을 회복하는 길이 내면에서 올 수 있다는 걸 나도 잘 알고 있다. 고통과 죽음을 온전히 받아들이고, 오만과 자존심을 버려야 하는 거지. 하지만 그런 일은 나에게 일어나지 않을 거다. 난 그림을 그리고 싶고, 사람들과 사물들을, 설령 부자연스러울지언정 우리의 삶을 이루고 있는 모든 것들을 다 보고 싶다. 그래, 진정한 삶과는 다른 것일 테지. 하지만 아무래도 나는 살아갈 준비가 되어 있는, 그리고 또 언제든 고통을 겪을 준비가 되어 있는 그런 부류의 사람들에 속하는 것 같진 않구나.

화폭에 자국을 남기는 붓질이라는 게 얼마나 신기한 일인지! 밖에 나가서 바람과 태양과 사람들의 호기심에 몸을 맡긴 채 최선을 다하고, 내가 그리고 싶은 대로 캔버스를 채우고, 그러면서 진실한 것과 본질적인 것을 낚아채는 거지. 그게 바로 가장 어려운 일이다. 하지만 시간이 흐른 뒤 다시 그림 앞에 서

반 고흐, 「자화상」(1889년, 40×31cm)   반 고흐, 「자화상」(1889년, 51.5×45cm)

반 고흐, 「자화상」(1889년, 65×54cm)

서 그림의 대상을 놓지 않으면서 붓질을 하면, 그림은 분명 더 조화를 이루고 보기에도 좋아진다. 그러고 나면 마음속에 담고 있는 차분함과 미소를 덧붙이면 된다.

너의 형 빈센트

그려진 사람에 대한 사랑과 존경

(1889년 9월 19일)

사랑하는 누이에게

(……)

지난번에 편지를 보낸 후로 너와 어머니에게 편지를 쓰려고 한 게 한두 번이 아니었단다. 그런데 이렇게 또 편지를 보내 줘서 고맙구나. 코르가 떠난 뒤 너와 어머니가 당분간 브레다를 떠나 있기로 한 건 정말 잘한 일이다. 물이 탁하면 고여서 늪이 되듯이 우리 가슴에 슬픔이 쌓이게 둬선 안 되지. 물론 나도 가끔 마음이 어지러울 때가 있긴 하지만 그건 병 때문이고, 건강하고 정상적인 사람이라면 당연히 너와 어머니처럼 하는 게 맞다고 생각한다.

어머니에게도 편지에 썼다. 약 한 달 후에 그림을 보내드릴 건데 그중에 네 것도 한 점 있다. 지난 몇 주 동안 나를 위해서도 몇 점 그렸는데, 그렇다고 내가 자는 방에 내 그림을 걸고

반 고흐, 「피에타」(1889년, 73×60.5cm)

반 고흐, 「천사」(1889년, 54×64cm)

싶진 않아서, 들라크루아의 그림 한 점과 밀레의 그림 몇 점을 그대로 따라 그려보았다.

들라크루아 그림은 「피에타」, 그러니까 죽은 그리스도를 안고 슬퍼하는 성모 그림이다. 동굴 입구에 비스듬히 축 늘어진 시신이 두 팔을 왼쪽 앞으로 늘어뜨리고 있고, 어머니는 그 뒤에 서 있는 모습이지. 폭풍우가 지나간 저녁, 푸른 옷은 바람에 휘날리고 비탄에 빠진 성모의 모습은 가장자리에 금빛 어린 보랏빛 구름들이 떠 있는 하늘과 대조를 이룬다. 성모는 절망적인 몸짓으로 텅 빈 두 팔을 앞으로 내밀고 있는데, 손을 보면 거칠고 단단한 노동자의 손이지. 그 모습이 휘날리는 옷과 함께 그림 상단을 폭넓게 차지하고 있다. 죽은 아들의 얼굴은 어둠 속에 있고 창백한 어머니의 얼굴은 구름을 배경으로 선명하게 드러나서, 두 얼굴이 서로 돋보일 수 있도록 마치 일부러 짙은 색의 꽃과 옅은 색의 꽃을 가져다 놓은 것처럼 보인다.

(……)

들라크루아가 어떤 화가인지 네가 짐작할 수 있도록 그의 그림을 스케치한 걸 하나 보내도록 하마. 물론 크기도 작고 어딜 봐도 가치가 전혀 없는 스케치이지만, 그걸 보면 들라크루아가 비탄에 빠진 어머니의 모습을 로마 시대의 조각상처럼 그리지는 않았다는 걸 알 수 있을 거다. 불안과 슬픔과 근심에 지쳐 창백한 얼굴과 넋을 잃은 듯 망연자실한 눈길은 어쩌면 제르미니 라세르퇴[112]를 닮은 것 같다. 난 네가 공쿠르의 대단한 작품에 열광하지 않아서 정말 기쁘고 다행스럽다. 행동할 힘을 얻기 위해서 책을 읽는 사람은 너처럼 톨스토이를 좋아하는 게 낫지. 좋은 선택이다. 하지만 책에서 소설을 쓴 작가를 발견하기 위해 책을 읽는 나의 경우는 프랑스 소설가들을 좋아할 수밖에 없지 않을까?

(……)

최근에 자화상을 두 점 그렸는데, 그중 한 점은 내 성격을 비교적 잘 드러내고 있는 것 같다. 하지만 프랑스 사람들이 초상화에 대해 어떤 생각을 하고 있는지 네덜란드 사람들이 안다면 비웃을 것 같구나. 혹시 테오의 집에서 기요맹의 자화상과 그가 그린 젊은 여인의 초상화를 본 적이 있는지 모르겠다. 난 바로 그런 초상화를 그리고 싶다. 기요맹이 자화상을 공개했을 때 대중들은 물론이고 예술가들도 심하게 놀려댔지. 그 작품은 렘브란트와 할스와 같은 옛 화가들의 작품에 견주어도 손색이 없을 정도로 뛰어난 몇 안 되는 작품인데 말이다.

예전부터 그랬지만 난 사진이 끔찍이도 싫어서 사진을 갖고 싶다는 마음이 든 적이 없다. 특히 내가 알고 있거나 사랑하는 사람들의 사진은 더더욱 그렇고. 인물 사진이 우리 자신보

---

112 파리 하층민 여인 제르미니 라세르퇴의 몰락과 이중적 삶을 그린 공쿠르 형제의 소설로, 자연주의의 선구적 작품으로 평가받는다.

다 더 빨리 바래는 것과 달리, 물감으로 그린 초상화는 몇 세대가 지나도 그대로 남는다. 초상화를 보면 그려진 사람에 대한 사랑과 존경도 느낄 수 있고. 네덜란드 옛 화가들이 우리에게 남긴 게 뭐냐고 묻는다면, 답은 바로 초상화다.

너의 오빠 빈센트

반 고흐, 「첫 번째 걸음」(1890년, 72.4×91.2cm)

반 고흐, 「정오의 휴식」(1889년, 73×91cm)

장 프랑수아 밀레, 「씨 뿌리는 사람」(1850년)

반 고흐, 「씨 뿌리는 사람」(1889년, 64×55cm)

따라 그리기와 번역하기

(1889년 11월 3일)

사랑하는 테오에게

최대한 빨리 받았으면 하는 물감 목록을 편지에 동봉해서 보낸다.

밀레 그림들을 보내줘서 말할 수 없이 기뻤다. 열심히 그대로 그리는 중이다. 그동안 예술 작품이라곤 전혀 볼 수 없어서 무기력하게 지냈는데, 그 그림들을 보니 다시 힘이 나는구나. 「밤새우는 날」은 끝냈고 지금은 「땅 파는 사람들」과 「웃옷을 입는 남자」를 30호에 그리고 있다. 「씨 뿌리는 사람」은 더 작게 그렸고. 특히 「밤새우는 날」은 보라색과 부드러운 자홍색 계열이다. 불빛은 연한 레몬색 램프에 주황색이고, 남자의 옷은 붉은 황토색이고. 너도 보면 알겠지만, 밀레의 데생을 바탕으로 그림을 그린다는 건 단순히 따라 그린다기보다는 다른 언어로 번역하는 거라고 말할 수 있다.

그 외에도 비 내리는 풍경, 큰 소나무가 있는 저녁 풍경과 낙엽 지는 가을 풍경도 그렸다.

심한 우울감을 자주 느끼는 것만 아니면 건강은 아주 좋다. 지난여름보다는 훨씬 낫고, 처음 여기 왔을 때보다, 심지어 파리에 있을 때보다도 나은 느낌이다. 그래선지 작업에 대한 구상도 윤곽이 더 뚜렷해진 것 같다. 하지만 지금 내가 그리는 그림들이 네 마음에 들진 잘 모르겠구나. 지난번 편지에서 네가 말한 대로, 스타일을 지나치게 추구하다 보면 다른 특성들을 훼손시킬 수도 있지. 그럼에도 불구하고 나만의 스타일을 추구하고 싶은 마음은 점점 솟구치는구나.

내가 말하는 스타일이란 보다 남성적이고 자유분방한 데생이라는 뜻이다. 그로 인해 내 그림이 베르나르나 고갱의 그림을 닮아가더라도 어쩔 도리가 없지…… 하지만 너도 결국엔 좋아하게 되리라 생각한다.

그래, 그림의 전체적인 분위기를 느끼는 게 중요하지. 세잔이 다른 화가들과 다른 것도 바로 그 점일 거다. 네가 언급한 기요맹 역시 자신만의 스타일과 데생 방식을 가지고 있고. 어쨌든 난 내가 할 수 있는 한 최선을 다할 생각이다.

이제 나뭇잎은 거의 다 떨어졌고, 풍경이 북쪽과 더 닮아가고 있다. 그래선지 북쪽으로 돌아간다면 전보다 더 선명하게 풍경을 볼 수 있을 것만 같구나. 건강이 무엇보다 중요하고,

반 고흐, 「밤새우는 날」(1889년, 74.5×93.5cm)

반 고흐, 「올리브나무 숲」(1889년, 73.2×92.2cm)

그림 그리는 작업 또한 건강에 많이 달려 있지. 다행히도 이젠 끔찍한 악몽들에 더 이상 시달리진 않고, 조만간 아를로 돌아갈 수 있으면 좋겠다.

요가 「밤새우는 날」을 보면 좋을 것 같아서 이른 시일 안에 네게 보낼 생각이다. 그런데 화실에 습기가 많은 탓에 그림이 잘 마르지 않는구나. 여기 집들엔 지하실도 거의 없고 바닥도 제대로 되어 있지 않아서 북쪽보다 훨씬 더 습하다. 너도 이사를 할 테니 다음에 보낼 소포에 그림 여섯 점을 더 보내마. 액자에 넣을 필요가 있을까? 그럴 만한 가치도 없으니 안 해도 될 것 같다. 내가 이따금 보내는 습작들도 액자에 넣을 필요는 없다. 괜히 자리만 차지하니까 하더라도 나중에 하자꾸나.

너의 형 빈센트

사물을 단순하게 공략하는 것

(1889년 11월 19일)

사랑하는 테오에게

편지 잘 받았고 요도 잘 지내고 있다니 기쁘다. 드디어 중요한 사건이 다가오는구나. 그래서인지 나도 식구들 생각이 많이 난다. 넌 그림을 하도 많이 봐서 당분간 보고 싶지 않을 정도라니, 네가 일 때문에 힘들다는 걸 증명하는 셈이다. 살다 보면 그림 말고 다른 일도 많지. 그리고 그런 일들을 소홀히 하면 반드시 그 대가를 치르게 되는 게 자연의 법칙이다. 운명은 그렇게 끈덕지게 우리의 앞을 가로막지. 이럴 땐 그림 일을 더도 덜도 말고 딱 네가 책임진 만큼만 하고, 더 이상은 하지 말아야 한다.

'20인회'의 전시회에 출품하고 싶은 작품 목록을 보낸다.

같이 놓일 「해바라기」 두 점, 「담쟁이덩굴」, 「꽃 핀 과수

반 고흐, 「올리브를 수확하는 여인들」(1889년, 72.7×91.4cm)

반 고흐, 「올리브나무, 밝고 파란 하늘」(1889년, 51×65.2cm)

원」(탕기 영감 화방에 진열된 그림인데, 캔버스 전면에 포플러 나무들이 늘어서 있는 그림),「붉은 포도밭」,[113]「밀밭」(해뜰 때의 모습이고, 지금 작업 중인 그림).

고갱이 매우 반가운 편지를 보내왔는데, 드 한[114]과 함께 바닷가에서 지내는 소박한 생활을 생생하게 전해주더구나. 베르나르의 편지도 받았는데 어찌나 불평이 많은지, 착한 친구니까 체념하고 지내지만 전혀 행복하진 않은 모양이다. 자신의 재능과 일에 대한 열정, 그리고 절제 있는 생활에도 불구하고 그에겐 집이 지옥이나 다름없는 것 같다.

(……)

내가 계속 그림을 그리게 된다면, 추상적인 방식을 추구하기보다는 사물을 단순하게 공략하는 것이 나을 거라는 네의견에 전적으로 동의한다. 예를 들어 고갱이 보내준 「올리브 정원의 예수」 스케치에서는 감흥이 느껴지지 않더구나. 베르나르도 자기 그림을 사진으로 찍어서 보내주겠다고 약속했는

---

113 고흐가 아를에 머물던 1888년 11월에 그린 그림이다. 1890년 브뤼셀에서 열린 20인회 전시회에서 외젠 보흐의 누이 안나 보흐가 구매했다. 고흐의 그림 중에 그의 생전에 팔린 유일한 작품이고, 이후 러시아의 미술품 수집가 이반 모로조프가 구매해서, 현재는 모스크바의 푸시킨미술관이 소장하고 있다.

114 마이어 드 한(1852~1895), 네덜란드의 화가. 이 시기에 고갱과 함께 브르타뉴 서쪽 끝의 바닷가에서 지내고 있었다.

데, 글쎄 모르긴 몰라도 성서에 나오는 이야기를 소재로 한 그의 작품을 보게 되면 난 다르게 그리고 싶을 것 같다.

얼마 전에 올리브를 따는 여인들을 봤는데, 모델을 서달라고 할 방법이 없어서 아무것도 하지 못했다. 그러니 지금은 나에게 고갱의 구도가 좋다는 말은 안 하는 게 좋겠다. 베르나르의 경우는 올리브나무를 한 번도 본 적이 없을 거다. 그래서 그 친구는 가능한 것 혹은 실제 있는 사물에 대한 묘사는 피하려 하는 거고. 하지만 그건 사물을 종합적으로 보는 방법이 아니지. 난 그들처럼 성서 해석에는 아무런 관심이 없다. 내가 말한 건 단지 렘브란트나 들라크루아가 그런 그림을 훌륭하게 잘 그렸다는 것, 그리고 그들의 그림이 르네상스 직전의 화가들 그림보다는 더 마음에 든다는 것뿐이다. 그게 다지. 그 얘길 또 하고 싶진 않구나. 내가 계속 이곳에 머물게 된다면「올리브 정원의 예수」같은 그림보다는 올리브를 수확하는 풍경을 그리고 싶다. 지금도 따고 있으니까, 기회 닿는 대로 그려볼 생각이다. 단지, 사람들을 정확한 비율로 그릴지는 생각해 봐야겠지. 진지하게 습작을 그려보기 전까진 뭐라고 얘기하기 어렵구나.

(……)

너의 형 빈센트

반 고흐, 「올리브나무 숲, 생레미」(1889년, 72.7×92.1cm)

반 고흐, 「올리브나무 숲」(1889년, 73×93cm)

이미 시작되었다

(1889년 12월 19일)

(……)

나는 아무래도 내년에도 여기에 있게 될 것 같다. 그래야 그림을 좀 그릴 수 있을 것 같고. 오래 머물다 보니 이곳이 어쩌다 가게 되는 그런 곳과는 다르게 느껴진다. 이제는 그럴듯한 구상도 조금씩 떠오르기 시작하고, 무르익도록 기다려야 할 거다. 그러니까 나는 타르타랭처럼 이 지역을 누비고 다니겠다는 생각을 접을 마음이 없다.

사이프러스와 알피유산맥도 여전히 그리고 싶고, 사방으로 한참 돌아다니면서 그럴듯한 그림의 소재도 찾아놓았고, 해가 나면 가볼 곳도 몇 군데 보아 놓았다. 게다가 지금 옮기게 되면 비용 면에서도 좋을 게 없고, 하물며 그림을 더 잘 그릴 수 있다는 보장은 더 없지.

고갱에게 더없이 반가운 편지, 바닷가 냄새가 물씬한 편지를 또 받았다. 고갱은 그곳에서 좀 야생적인 아름다운 것들을 그리고 있는 모양이다.

넌 나보고 너무 걱정하지 말라고, 나에게도 좋은 날이 올 거라고 말하지. 난 그 좋은 날이 이미 시작되었다고 말하고 싶구나. 조금만 더 그리면 그럴듯한 프로방스 습작 연작을 만들 수 있을 것 같다. 이게 바로, 네덜란드에서 보낸 아득한 어린 시절의 기억과 추억을 담아서 내가 하고 싶은 일이다. 그 그림들 중에는 어머니와 누이를 위해 그리고 싶은, 올리브를 수확하는 여인들도 있다.

언젠가 나 때문에 가족들이 가난해진 게 아니라는 걸 증명할 수만 있다면 마음이 놓일 것 같다. 왜냐하면 지금 난 돈을 벌지는 못하면서 많이 쓰게 만들었다는 걸 후회하고 있기 때문이다. 하지만 네 말대로 열심히 그림을 그리는 것만이 이런 상황을 벗어날 유일한 길일 거다.

그래도 이따금, 만일 나도 너처럼 했다면, 너처럼 구필 화랑에 남아 있었으면,[115] 그냥 미술상 일에 만족했다면 낫지 않았을까 하는 생각도 든다. 어차피 자기가 그리거나 아니면 다른 사람들이 그리게 만드는 건데, 지금 미술상의 지원이 필요한 예술가들은 너무 많지만 그런 지원을 받는 경우는 아주 드

---

115 고흐는 열여덟 살 때 헤이그의 화상이던 큰아버지의 주선으로 약 몇 년 동안 헤이그의 미술상 구필 화랑에서 일했다.

반 고흐, 「올리브나무로 둘러싸인 나무집」(1889년, 45.5×60.3cm)

반 고흐, 「하얀 집, 생레미」(1889년, 70×60cm)

문 상황이니까 말이다.

(......)

너의 형 빈센트

아무 일도 없었던 것처럼

(1990년 1월 4일)

사랑하는 테오에게

편지 잘 받았다. 어제도 너에게 편지를 보냈지만, 네 편지
에 곧바로 답장을 쓴다.

사실 최근에 그린 그림들은 더없이 평온한 마음으로 그렸
다. 이 편지와 함께 몇 점 보낼 건데 같이 받을 수 있으면 좋겠
구나.

순간적으로 나도 모르게 의기소침해지고 말았다. 그렇지
만 이번 발작은 일주일 안에 사라졌고, 증상이 다시 시작될지
모른다는 생각을 지금 굳이 할 필요는 없겠지. 무엇보다 어떻
게 올지, 어떤 형태로 올지 알 수 없으니 말이다.

그러니 할 수 있는 동안, 마치 아무 일도 없었던 것처럼,
그냥 작업을 이어가 보자. 조만간 너무 춥지 않은 날이 오면 외
출할 기회가 생길 것 같구나. 그러면 여기서 시작한 작업을 꼭

반 고흐, 「협곡」(1889년, 73×91.7cm)

반 고흐, 「생레미의 포플러나무 두 그루」(1889년, 61.6×45.7cm)

마무리하고 싶다.

프로방스가 어떤 곳인지 알 수 있도록 사이프러스와 산을 더 그릴 생각이다.

협곡, 그리고 앞쪽으로 길이 난 산의 풍경이 바로 그런 그림이다. 특히 「협곡」은 다 마르지 않아서 아직 내가 가지고 있다. 그리고 또 소나무가 보이는 정원 풍경도 그렸고. 이곳의 맑은 공기를 마시면서 소나무나 사이프러스 등의 특징을 관찰하고 파악하는 데 시간이 아주 많이 걸렸다. 변하지 않는, 걸음을 옮길 때마다 보이는 선(線)을 파악해야 했지.

작년에는 발작이 여러 번 일어난 게 사실이다. 하지만 그림을 그리는 동안 서서히 정상으로 회복된 것도 사실이지. 이번에도 그러리라 기대한다. 그러니 어차피 달리할 수 있는 것도 없으니, 그냥 아무 일도 없었던 것처럼 하자.

(……)

내가 채워야 할 빈틈
(1890년 2월 1일)

사랑하는 테오에게

오늘, 네가 드디어 아버지가 되었다는, 요도 힘든 고비를 넘겼고 아이도 건강하다는 반가운 소식을 받았다. 얼마나 기쁜지 말로 다 표현할 수가 없구나. 축하한다! 어머니도 얼마나 기뻐하실지! 안 그래도 엊그제 차분하게 쓰신 긴 편지를 보내주셨단다. 오래전부터 내가 그토록 바라던 일이 마침내 이루어졌구나. 근간에 난 너희 부부 생각을 자주 했는데, 게다가 요가 출산을 하루 앞둔 전날 밤에 나에게 편지를 써주다니 정말 가슴이 뭉클해지더구나. 위험한 순간을 앞두고서 그토록 용감하고 차분할 수 있다니, 진심으로 뭉클했다. 요의 감동적인 편지 덕분에 최근에 아팠을 때 내가 어디 있는지도 모를 정도로 정신이 오락가락하고 힘들었다는 사실도 잊을 정도였다.

네가 보내준 내 그림에 관한 평론 기사[116]를 읽고 깜짝 놀랐다. 내가 그렇게 그림을 그린다고는 생각하지 않지만, 앞으로 어떻게 그려야 할지는 알 것 같더구나. 그 기사는 내가 채워야 할 빈틈을 정확히 지적하고 있다는 뜻에서 맞는 말을 하고 있다. 내가 보기에 그 사람은 나뿐만 아니라 다른 인상주의 화가들을 위해서 그 글을 쓴 것 같다. 제대로 된 자리에 돌파구를 만들려 했지. 그래서 나뿐 아니라 다른 모든 화가들에게도 이상적인 집단적 자아를 제시한 거고. 그러면서 불완전한 내 작품에서도 군데군데 좋은 점이 있다고 칭찬하는데, 어쨌든 위로가 되는 말이니 고맙고 감사를 전하고 싶구나. 다만 그런 일을 감당하기에는 내 능력이 부족하다는 사실만은 그가 이해해 주었으면 좋겠다. 그리고 말하지 않아도 넌 이미 알겠지만, 글이 거의 나에게 아첨하는 것처럼 느껴졌다. 내 생각에 그 글은 이삭슨[117]이 너에 대해 쓴 글, 그러니까 오늘날 예술가들은 싸움을 접었지만 몽마르트르 대로의 한 작은 화랑에서 소리 없이 진지한 어떤 움직임이 진행되고 있다는 기사만큼이나 과장된 것 같다. 물론 다르게 표현하기 힘들다는 점은 인정하지만 말이다. 우리가 그림을 눈에 보이는 그대로 그릴 수 없는 것과

116 프랑스의 시인이자 미술 평론가인 알베르 오리에(1865~1892년)가 《르 메르퀴르 드 프랑스》에 「고독한 이들, 빈센트 반 고흐」라는 제목으로 쓴 글이다. 20대의 젊은 비평가 오리에의 글은 이 편지에 같이 언급되는 이삭슨의 글과 함께 반 고흐를 주목한 첫 비평이다. 오리에 또한 이 글로 비평가로서의 명성을 얻게 된다.
117 요제프 야콥 이삭슨(1859~1942년), 네덜란드의 화가, 사진작가.

마찬가지일 테지. 그렇다고 이삭슨이나 다른 비평가들이 무모하다고 비판하려는 건 아니고, 단지 우리가 그들을 위해 모델을 서고 있다는 생각이 드는구나. 뭐, 그들이 해야 하는 일이고, 다른 직업과 다를 바 없는 그들의 일이겠지. 그러니 너나나나 명성을 얻게 된다 해도 가능한 한 평정을 유지하고 정신을 바짝 차리도록 하자.

(……)

너의 형 빈센트

혹시 그를 보게 되거든, 우선 나 대신 글 고맙다고 인사 전해주기 바란다. 그에게 전할 짧은 편지와 습작 한 점을 곧 네게 보내마.

이 상태가 좀 가라앉으면

(1890년 3월 17일)

사랑하는 테오에게

오늘은 그간 나에게 온 편지들을 읽어보려 했는데, 아직은 읽어도 제대로 머리에 들어오지 않는구나.

그래도 네 편지에 곧바로 답장하려고 애쓰는 중이다. 지금 이 상태가 며칠 지나면 좀 가라앉으면 좋겠구나. 무엇보다 너와 네 아내, 그리고 네 아이의 건강을 기원한다.

증상이 평소보다 좀 더 오래가긴 하지만 내 걱정은 하지 않아도 된다. 집에도 그렇게, 내가 잘 지내고 있다고 전해 다오.

고갱에게도 보내준 편지 잘 받았다고 인사 전해주고. 정말로 지겨워서 죽을 지경이지만 참아내려 애쓰고 있다. 다시 한번 요와 아기에게 마음으로 악수를 보낸다.

너의 형 빈센트

오해가 불러오는 고통

(1890년 4월 29일)

사랑하는 테오에게

그동안 네게 편지를 쓰지 못했는데 최근에 몸이 좀 좋아져서 네 생일을 맞아 늦게나마 너와 네 아내, 그리고 너의 아이에게 새해 인사를 전한다. 그동안 네가 나에게 베풀어 준 그 모든 호의를 고마워하는 마음으로 그림도 몇 점 같이 보내니 받아주기 바란다. 네가 없었더라면 난 불행을 이겨내지 못했을 거다.

우선 밀레를 따라 그린 그림들이 있을 거다. 대중을 상대로 전시할 목적으로 그린 게 아니니, 언젠가 기회가 될 때 누이들에게 선물로 주면 좋겠구나. 하지만 네 마음에 드는 게 있거든 그냥 가지고 있어도 상관없다. 전부 네 뜻대로 하렴. 그리고 현대 화가든 옛날 화가든 따라 그릴 만한 그림이 있으면 언제든 보내다오.

반 고흐, 「노란 하늘과 태양이 있는 올리브나무」(1889년, 73.6×92.7cm)

나머지 그림들은 좀 빈약할 거다. 지난 두 달 동안 그림을 그리지 못했으니 많이 뒤처진 거지. 내 눈엔 분홍색 하늘과 산이 있는 올리브나무 그림이 제일 나아 보인다. 노란 하늘을 배경으로 한 올리브나무 그림과 짝을 맞춰 걸어두면 잘 어울릴 거다.

아를 여인의 초상화는 너도 알다시피 고갱에게 한 점 주기로 약속했으니 보내주려무나. 사이프러스나무 그림은 오리에 씨에게 줄 건데, 앙파트망을 덜 두껍게 해서 다시 그리고 싶었는데 시간이 없었다. 그림을 여러 번 찬물로 씻고, 앙파트망이 속까지 다 마른 뒤에 유약을 충분히 칠해줘야 한다. 그래야 기름 성분이 다 증발해도 검은색이 지저분해지지 않을 거다.

꼭 필요한 물감들이 있는데, 탕기 영감이 귀찮아할지 아니면 흔쾌히 구해줄지 모르겠다만, 아무튼 그 양반 화방에서 구하면 될 거다. 물론 다른 데보다 더 비싸면 안 되겠지.

필요한 물감 목록을 적어 보낸다.

[큰 튜브]

아연 백색 12개, 코발트 3개, 베로니즈그린 5개, 일반 래커 1개, 에메랄드그린 2개, 크롬 1번 4개, 크롬 2번 2개, 산화연 오렌지색 1개, 울트라마린 2개.

그리고 중간 크기의 제라늄 래커 두 개도 보내다오. (타소 씨의 화방에 가면 될 거다.) 주문한 물감들 가운데 절반만이라도 빨리 보내주면 고맙겠다. 그동안 시간을 너무 허비했으니 말이다.

큰 붓 여섯 개, 족제비 털 붓 여섯 개, 그리고 7미터 혹은 10미터 캔버스 천도 필요하다.

지난 두 달 동안 정말로 엉망진창이었다. 말로 표현할 수 없을 정도로 슬프고 당혹스러웠지. 도무지 내가 어떤 상태인지도 모를 정도였으니 말이다.

주문한 물감이 좀 많으니 네 사정이 허락하는 대로 나머지 반은 천천히 보내줘도 괜찮다.

(······)

오리에 씨에겐 내 그림에 대해 더 이상 기사를 쓰지 말아달라고 부탁해다오. 특히 나에 관한 내용 가운데 잘못 알고 있는 부분이 있고, 또 실제로 공개적으로 나서기에는 내가 너무 우울해서 힘들어하고 있다는 말을 꼭 전해라. 물론 그림을 그리면 기분이 나아지지만, 다른 사람들이 내 그림에 대해 말하는 걸 들으면 그가 짐작할 수 있는 것 이상으로 고통스럽다. 베르나르는 어떻게 지내는지 궁금하구나. 같은 그림이 두 점 있으니, 네가 원한다면 그 친구 그림들 가운데 괜찮은 것과 교환해서 네가 가지고 있는 것도 좋을 듯싶다.

꽃 핀 아몬드나무를 그리는 도중에 증상이 재발했었지. 너도 알겠지만, 계속 작업을 할 수만 있었다면 꽃 핀 다른 나무들도 그렸을 거다. 이제 꽃이 다 지고 말았으니, 나는 정말 운이 없구나. 그래, 여기서 나갈 방도를 찾아야만 한다. 하지만 어디로 간단 말이냐!

샤랑통이나 몽드베르그[118]처럼 자유롭게 두지 않는다는 요양원들도 이곳보다는 더 죄수처럼 갇혀 지내게 하진 않을 것 같다.

집에 편지할 때 식구들에게 내 소식을 전해주고, 내가 늘 생각하고 있다는 말도 전해주기 바란다.

너와 요에게 마음으로 악수를 보낸다.

너의 형 빈센트

118 몽드베르그는 아비뇽 근처의 언덕 이름이고, 그곳에 1839년에 세워진 정신병원이 있다.

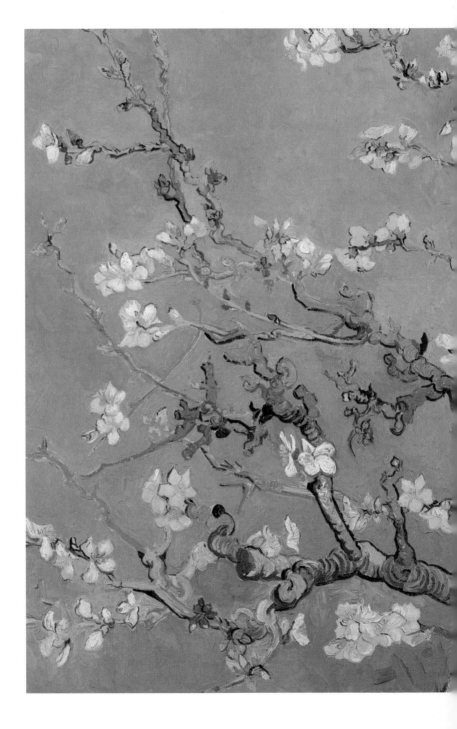

반 고흐, 「아몬드나무 꽃」(1890년, 73.3×92.4cm)

회환에 짓눌리지 않도록
(1890년 5월 4일)

사랑하는 테오에게

편지와 요의 초상화 잘 받았다. 아주 잘 그렸고, 요의 포즈도 좋더구나. 간단하게 그리고 가능한 한 실용적으로 답을 하자면 이렇다. 우선 여정 내내 누군가와 동행해야 한다는 네 말에는 전혀 동의할 수 없다. 일단 기차에 오르면 위험할 일이 없고, 그렇다고 내가 위험한 사람도 아니니 문제될 게 없는 거지. 설령 또 발작이 일어난다 해도 열차 안에 다른 승객들도 있을 테고, 또 기차역마다 그런 상황에 대처할 수 있는 방책이 마련되어 있겠지. 네가 불안해하니까 나도 마음이 무거워져서 곧바로 용기가 꺾이고 마는구나.

폐롱 원장에게도 똑같이 말했다. 그리고 그때와 같은 발작이 일어나고 나면 그 뒤 서너 달 동안은 잠잠하다고 알려주었다. 그러니까 난 잠잠한 그 시기를 이용해서 다른 곳으로 가고 싶은 거다. 모든 걸 다 바꾸고 싶구나. 지금 나에겐 이곳을 떠나고 싶다는 욕망이 절대적이다.

이곳에서 환자들을 치료하는 방식이 어떻다고 내가 판단할 능력은 안 되고, 그 부분을 시시콜콜 들출 생각도 없다. 하지만 여섯 달쯤 전인가, 비슷한 유형의 발작이 다시 일어난다면 요양원을 바꾸고 싶다고 한 내 말을 네가 기억해 주면 좋겠다. 그러고 나서도 한 번 더 발작이 있었으니 너무 늦은 셈이다. 하필 그때 내가 한창 그림을 그리고 있었고, 마무리하려다가 그렇게 된 거지. 그러지만 않았다면 난 이미 여기 있지 않았겠지. 그래, 좋아. 내가 하고 싶은 말은 아무리 늦어도 보름이면(나로선 일주일을 넘지 않으면 더 좋겠지만) 내가 옮겨 가는 데 필요한 조치를 충분히 취할 수 있다는 거다. 타라스콩까지는 누가 따라가도 좋고, 네가 굳이 고집한다면 한두 역 정도는 더 같이 가도 좋다. 그리고 (여기서 떠날 때 전보를 칠 테니) 파리에 도착할 땐 네가 리옹역에 마중 나오면 되는 거고.

지금 생각엔 내 짐가방들은 그냥 역에 맡겨 둔 채로, 가능한 한 빨리 시골에 있다는 그 의사[119]를 만나러 가는 게 나을 것 같다. 그러니까 네 집에 이삼 일 정도만 머물다가 그리로 가서 일단 여관에 숙소를 정할 생각이다.

119 폴 세잔을 비롯한 인상주의 화가들과 친하게 지냈던 의사로, 아마추어 화가이자 미술 수집가였던 폴 가셰(1828~1909년)를 말한다.

반 고흐, 「선량한 사마리아인」(1890년, 73×59.5cm)

반 고흐, 「나사로의 부활」(1890년, 50×65.5cm)

그러니 앞으로 우리의 친구가 될 그 의사에겐 네가 며칠 내로 (지체하지 않고) 이렇게 편지를 써주면 좋겠다. "제 형님이 선생님을 꼭 만나고 싶어 합니다. 그래서 파리에 정착하기 전에 선생님의 진료부터 받기를 원합니다. 몇 주간 선생님이 계신 마을에서 지내며 습작도 그리고요. 제 형님 또한 남프랑스에 더 오래 머물면 병세가 심각해질 위험이 있고 북쪽으로 돌아가면 호전될 거라고 믿고 있으니, 선생님과 의견이 잘 맞을 겁니다." 이런 식으로 그 의사에게 편지를 써 보내고, 내가 파리에 도착한 이튿날이나 그다음 날 전보를 보내면 아마도 역으로 날 마중 나와 주겠지.

이곳의 분위기가 말로 표현할 수 없을 정도로 날 짓누르기 시작한다. 정말이지 1년도 더 넘게 참았는데 이제는 바깥 공기가 너무 그립다. 지루하고 우울해서 더 이상 버티지 못할 것 같구나.

그림도 빨리 그려야 하는데, 여기선 시간만 허비하고 말거다. 그래서 말하는데, 네가 왜 그토록 사고가 일어날까 봐 두려워하는지 모르겠구나. 네가 두려워해야 할 것은 그게 아닌데 말이다. 정말이지, 내가 이곳에 온 후로 매일 사람들이 쓰러지거나 미쳐가는 모습을 보아왔다. 오히려 불행을 삶의 일부로 받아들이는 게 더 진지한 태도가 아닐까 싶기도 하다. 아무리 호의적이라 해도 감시를 받고, 자유를 희생하면서 사회와 동떨어져 오락이라곤 그림 그리는 일밖에 없이 지낸다는 건 이미 삶을 포기하는 것과 다를 바 없으니 말이다. 그러다 보니 얼굴에 주름도 생겼는데 이게 쉬 사라질 것 같진 않구나. 이곳 생활이 너무 무겁게 날 짓누르기 시작했으니 이제 끝내는 게 옳다는 게 내 생각이다.

그러니 페롱 원장에게 편지를 보내서 늦어도 15일엔 내가 떠날 수 있게 해다오. 더 지체한다면 발작이 일어나고 다음 번 발작까지 그 사이의 잠잠한 시기를 놓치게 될까 봐 걱정이 되어서 그렇다. 지금 떠나야 여유 있게 다른 의사를 알아 갈 수 있지 않겠니. 머지않아 또 발작이 일어날 텐데, 그건 뻔한 사실이지, 그때 상태가 얼마나 심각한지에 따라 내가 계속 자유롭게 지내도 좋을지, 아니면 본격적으로 요양원에 들어가 지내야 할지 판단할 수 있을 거다. 만일 요양원에 들어가야 한다면, 지난번 편지에 말한 대로 환자들이 들판이나 화실에서 마음 놓고 작업할 수 있는 곳으로 가고 싶구나. 그런 곳이면 적어도 이곳보다는 그림의 소재를 더 많이 얻을 수 있을 것 같다.

이곳까지 오가는 여비가 비싸다는 것도 생각해야 할 거다. 쓸데없이 돈을 쓰는 거지. 그리고 무엇보다 중요한 건, 나에겐 내가 원한다면 요양원을 옮길 권리가 있다는 사실이다. 그렇다고 완전한 자유를 요구하는 것도 아닌데 말이다. 여태까지 최대한 참으려고 노력해 왔고, 그 누구에게도 해를 끼친

반 고흐, 「죄수들의 운동」(1890년, 80×64cm)

반 고흐, 「영원의 문」(1890년, 80×64cm)

적이 없는데 어째서 마치 내가 위험한 짐승이라도 되는 것처럼 동행할 사람을 붙여야 하는지 도무지 이해가 가지 않는구나. 싫다. 고맙지만 사양한다. 만일 내가 여행 중에 발작을 일으킨다면, 역마다 대처할 줄 아는 사람이 있을 테니 난 그냥 그들에게 몸을 맡기도록 하마.

하지만 난 내가 차분하게 대처할 거라고 믿고 싶다. 이런 식으로 떠나게 된 게 너무 슬퍼서, 그 슬픔이 광증보다 강할 거라고, 그래서 나에게 필요한 차분함을 절대 잃지 않을 수 있다고 장담한다. 페롱 원장은 책임을 지지 않으려고 모호한 말들만 늘어놓는데, 이런 식으론 절대로, 절대로 끝날 수가 없을 거다. 오래도록 질질 끌기만 하다가 결국엔 서로 의가 상하게 되겠지.

이제 내 인내심도 바닥이 났다. 사랑하는 동생아, 이젠 더 이상 버틸 수가 없구나. 설령 내가 가는 길이 더 나쁜 길이라 해도 이젠 바꾸어야 할 것 같다. 오히려 변화가 나에겐 좋은 기회가 될 가능성도 있지 않으냐.

작업은 잘 진행되고 있다. 정원의 신선한 풀밭을 소재로 두 점 그렸는데, 한 점은 대충 그린 스케치만 봐도 알겠지만 아주 단순하게 그렸다. 보라색과 분홍색의 소나무 줄기, 하얀 꽃들과 민들레가 피어 있는 풀밭이 있고, 캔버스 위쪽은 작은 장미 나무 한 그루와 다른 나무줄기들을 배경으로 삼았다. 난 바

같으로 나갈 거다. 그러면 그림을 그리고 싶은 욕망이 솟구쳐서, 나머지 다른 모든 것들에는 무심해지고 기분도 좋아지리라 확신한다. 그렇다고 아무 생각 없이 그림을 그리겠다는 게 아니라, 갖지 못한 것에 대한 회한에 짓눌리지 않으면서 그리겠다는 말이다.

(……)

곧 만나자. 그리고, 제발, 억지로 누군가와 함께 여행을 떠나게 하지는 말아다오.

너의 형 빈센트

반 고흐, 「생레미 요양원의 나비가 있는 풀밭」(1890년, 64.5×80.7cm)

반 고흐, 「생폴 병원의 정원, 생레미」(1889년, 71.5×90.5cm)

붓은 저절로 움직인다

(1890년 5월 13일)

사랑하는 테오에게

페롱 선생과 마지막 면담을 하고 나서 떠나도 좋다는 허락을 얻었고, 짐을 꾸려 화물열차 편으로 보냈다. 내가 직접 들고 갈 수 있는 가방은 30킬로그램까지라니, 액자 몇 개와 이젤, 캔버스 틀 등을 가져갈 생각이다. 네가 페롱 선생에게 편지만 보내주면 난 곧바로 출발할 수 있다. 지금 난 아주 차분한 마음이고, 이 상태라면 별다른 문제가 생길 걱정은 안 해도 되겠다.

어쨌든 일요일 이전에는 파리에 가서, 네가 쉬는 날을 골라 너희 가족과 조용히 하루를 보냈으면 한다. 기회가 닿는 대로 안드리스 봉어르도 빨리 만나보고 싶구나.

황록색을 배경으로 초록색 꽃병에 꽂혀 있는 분홍색 장미 그림 한 점을 이제 막 끝냈다. 최근에 보낸 그림들로 여행 비용을 충당할 수 있기를 기대해 본다.

오늘 아침에 짐을 부치러 나갔다가 비 온 뒤 신선한 대기 속에 꽃이 만발한 전원 풍경을 다시 보니, 아직도 내가 그려야 할 것들이 많더구나.

아를에도 편지를 보내서 침대 두 개와 침구들을 화물열차 편으로 보내달라고 했다. 운송비는 10프랑 정도면 충분할 거다. 그래도 이득이라고 할 수 있으니 옮겨야지. 시골에 가면 모두 쓸모가 있을 거다.

아직 페롱 원장에게 답장을 안 보냈다면, 전보를 부쳐주면 좋겠다. 금요일 아니면 늦어도 토요일엔 떠나야 일요일을 너와 함께 보낼 수 있고, 이곳에서의 그림 작업은 이미 끝낸 터라 그래야 나도 낭비하는 시간을 최대한 줄이고 다시 그림을 그릴 수 있기 때문이다.

파리에 도착해서 기운이 있으면 당장 노란색의(가스등의 효과이지.) 책방을 그려보고 싶다. 두고 보면 알겠지만, 오래전부터 너무나 그리고 싶었던 그림이라 도착한 다음 날부터 바로 작업에 들어갈 생각이다. 정말이다. 그림을 그릴 땐 머리가 절대적으로 평온하다. 붓이 저절로 움직이고, 더없이 논리적으로 이어진다.

아무리 늦어도 일요일에는 만나자. 그날을 기다리며 너와 요에게 진심으로 악수를 청한다.

너의 형 빈센트

반 고흐, 「장미 꽃병」(1890년, 93×74cm)

3 오베르쉬르우아즈
(1890년 5월 ~ 1890년 7월)

슬픔으로 굳은 얼굴
(1890년 5월 20일)

테오와 요에게

요를 알게 된 뒤로는 테오 너에게만 편지를 쓰기가 어렵구나. 프랑스어로 써도 요가 이해해 주리라 믿는다. 남프랑스에서 두 해를 보내고 나니, 하고 싶은 말을 제대로 하려면 프랑스어가 더 편하게 느껴진다.

오베르는 정말 아름답다. 그리고 무엇보다 요즘은 보기 힘든 오래된 초가집들이 많단다. 그런 풍경들을 제대로 그리면 이곳에 머무는 동안 생활비 정도는 충당할 수 있을 것도 같다. 정말 아름답고 전형적인 시골의 그림 같은 풍경이다.

가셰 박사를 만났는데 상당히 괴짜 같은 느낌을 받았다. 내가 보기엔 적어도 나만큼 심각했을 신경 질환과 맞서 싸우면서도 어쨌든 균형을 유지하고 있는 것 같다. 그가 나에게 하루 6프랑짜리 여관을 소개해 주었는데, 내가 그냥 하루 3프랑

반 고흐, 「오베르의 들판」(1890년, 50×101cm)

50상팀이면 되는 다른 여관을 구했다. 일단은 그곳에 머물 생각이다. 습작을 몇 점 그리면서 옮길 만한 다른 숙소가 있는지 알아봐야지. 다른 노동자처럼 일하고 돈도 내겠다는데 단지 그림을 그린다는 이유로 거의 두 배 가까운 돈을 요구하는 건 옳지 않지. 그래서 일단 하루 3프랑 50상팀 하는 여관에서 시작하기로 했다.

너도 아마 이번 주에 가셰 박사를 만나게 될 거다. 참, 이 양반이 매우 아름다운 피사로의 그림 한 점을 가지고 있더구나. 눈 속에 빨간 집이 있는 겨울 풍경이지. 그리고 세잔의 꽃다발 그림 두 짐도 있었다.

마을 풍경을 그린 세잔 그림도 한 점 있고. 나도 정말 기꺼이, 아주 기꺼이, 이곳에서 열심히 그림을 그려볼 생각이다.

가셰 박사에게 추천해 준 여관이 4프랑이면 좋겠다고, 내가 지출할 수 있는 비용을 고려하면 2프랑이나 더 비싸다고 말했다. 그 여관이 더 조용할 거라지만 나에겐 지출이 너무 큰 거지. 가셰 박사의 집은 조금 전에 말한 인상주의 그림 몇 점 외에는 온통 새카만 골동품들로 꽉 차 있더구나. 아무튼 별난 양반이긴 하지만 내가 본 인상은 그리 나쁘지 않았다. 벨기에에 살았던 이야기와 옛날 화가들에 대한 이야기를 했더니, 슬픔으로 굳어 있던 그의 얼굴에 미소가 어리더구나. 친구로 지낼 수 있을 것 같아서 그 양반 초상화도 그려볼 생각이다. 그가 나에게, 과거에 겪은 일에 대해선 생각하지 말고 용기를 가지고 열심히 그림을 그려야 한다고도 했다.

파리에 있는 동안 그곳의 소음들은 나에게 필요한 게 아니라고 느꼈다.

요와 아기를 만나고, 지난번보다 더 좋아진 네 아파트를 볼 수 있어서 좋았다.

너와 요에게 행운과 건강을 기원한다. 다시 만나기를 기원하며 마음으로 악수를 청한다.

너희들을 사랑하는 빈센트

반 고흐, 「오베르쉬르우아즈 거리」(1890년, 73.5×92.5cm)

반 고흐, 「오베르쉬르우아즈」(1890년, 73×61cm)

반 고흐, 「오베르 풍경」(1890년, 50×52cm)

평화로운 풍경
(1890년 5월 25일)

테오와 요에게,

보내준 편지와 동봉한 50프랑 고맙다. 오늘 아침에 잘 받았다.

오늘 가셰 박사를 다시 만났는데, 화요일 아침에 그 집에 가서 그림을 그리고 저녁식사를 하기로 했다. 다음번엔 그가 내 그림을 보러 오기로 했고. 가셰 박사는 매우 합리적인 사람 같긴 하지만, 시골 의사라는 자기 직업에 대해 꼭 내가 화가라는 직업에 대해 느끼는 것과 비슷하게 좀 낙심한 듯 보이더구나. 그래서 내가 만일 바꿀 수 있다면 난 기꺼이 내 직업을 의사라는 직업과 맞바꿀 용의가 있다는 말까지 했다. 어쨌든 그와는 좋은 친구로 지낼 수 있을 것 같다.

심지어 그는 나에게 우울증이나 다른 어떤 게 견디기 힘들 정도로 심하면 그 고통을 줄일 수 있도록 처방해 줄 수 있다고,

자기한테 솔직하게 다 말해 달라더구나. 그의 도움이 필요할 때가 분명 오겠지만 지금까진 잘 지내고 있다. 앞으로 더 좋아질 거고. 난 아직도 내 병이 남프랑스 사람들이 걸리는 병이라고, 그곳을 떠나온 것만으로도 병이 물러갈 거라고 믿고 있다.

자주, 매우 자주 네 아들을 떠올리고, 그 아이가 어서 커서 이곳 시골에 올 수 있으면 좋겠다는 생각을 한다. 아이는 시골에서 키우는 게 가장 좋은 교육 방법이니까. 너와 요, 그리고 조카가 매번 가는 네덜란드 대신 여기 와서 쉬는 것도 좋을 것 같다. 어머니가 손자를 너무 보고 싶어 하시고, 그래서 간다는 것도 알지만, 아이에게 정말 좋은 일이라면 어머니도 분명 이해하실 거다.

여긴 정말 파리와 전혀 다른 시골이다. 물론 도비니[120]가 살았을 때와 비교하면 풍경도 많이 바뀌었지만, 그렇다고 마음에 거슬릴 정도로 바뀐 건 아니다. 어쨌든 화사하고 햇볕도 잘 들고 꽃들로 장식된 다양한 전원주택과 현대식 부르주아 주택들이 많이 들어섰지. 지금 바로 이 순간, 이 비옥한 전원이 오랜 과거를 벗어던지고 새로운 사회로 발전하고 있다는 사실이 전혀 불쾌하진 않구나. 공기 중에도 행복이 가득 차 있지. 퓌비 드샤반의 그림에서 볼 수 있는 평화로운 풍경이다. 있어

---

120 샤를 프랑수아 도비니(1817~1878년), 바르비종파 화가로 인상주의의 선구자로 꼽힌다. 1860년부터 오베르쉬르우아즈에 머물렀다.

반 고흐, 「오베르쉬르우아즈 근교 풍경」(1890년, 55×65cm)

반 고흐, 「코르드빌의 초가집(오베르쉬르우아즈)」(1890년, 73×92cm)

도 안 보이는 건지 모르겠다만 아무튼 공장도 없다. 그 대신 풍성하고 아름다운 숲과 풀밭이 잘 정돈된 상태로 펼쳐져 있단다.

생각난 김에 물어보자. 보흐의 누님이 샀다는 내 그림이 어떤 거지? 보흐에게 고맙다고 편지를 쓸 생각인데, 그때 내 습작 두 점과 남매의 그림 한 점씩을 교환하자고 제안하면 어떨까 싶다.

오래된 포도밭을 스케치했는데 30호 캔버스에 유화로 옮겨 그릴 생각이다. 분홍빛 밤나무 습작 하나와 흰 밤나무 습작 하나도 했고. 상황이 허락한다면 사람 얼굴도 좀 그려볼 생각이다. 아직은 막연하게 머릿속에 떠오르는데, 뚜렷한 모습을 갖추려면 시간이 필요할 테지. 차츰 그렇게 될 거다.

내가 아프지만 않았더라면 오래전에 보흐와 이삭슨에게 편지를 썼을 텐데 아쉽구나.

짐이 아직 안 와서 불편하다. 그래서 오늘 전보를 보냈다.

(……)

너의 형 빈센트

가셰 박사에 대하여

(1890년 6월 3일)

사랑하는 테오에게

며칠 전부터 머리를 좀 식히고 너에게 편지를 쓰고 싶었지만, 그림 작업에 빠져 있느라 그러지 못했다. 오늘 아침에 네 편지가 도착했다. 보내준 편지와 동봉해 준 50프랑 고맙다. 그래, 더 오래 머무는 게 불가능하다면 여드레 정도만이라도 너희 식구들이 이곳에서 휴가를 보내는 게 좋을 듯하구나. 난 너와 요, 그리고 너의 아들을 자주 생각한다.

(······)

내가 보기에 가셰 박사도 너나 나처럼 어딘가 아프고 얼이 빠진 것처럼 보인다. 우리보다 나이는 많지. 몇 년 전엔 아내를 잃었다고 하는데, 의사로서 직업에 대한 소명과 신념으로 잘 버텨내고 있는 것 같다. 우리는 벌써 친한 사이가 되었단다. 얘기하다 보니 그 사람도 몽펠리에의 브뤼아스[121]를 알고

반 고흐, 「두 사람이 있는 숲」(1890년, 50×100.5cm)

있더구나. 브뤼아스가 현대 미술사에서 중요한 인물이라는 내 의견에도 동의했지.

요즘은 가셰의 초상화를 그리고 있다. 아주 환한 금발에 흰색 캡을 쓰고 있고, 손도 환한 살색이다. 프록코트는 파란색, 바탕은 코발트블루로 했고, 붉은 탁자에 기대고 있는데 탁자 위에는 노란 책 한 권과 자주색 디기탈리스꽃이 놓여 있다. 내가 이곳에 오기 직전에 그렸던 자화상과 같은 느낌을 담았다.

가셰 박사가 이 초상화에 광적인 관심을 보이면서, 가능하다면 똑같은 초상화를 하나 더 그려서 달라고 하더구나. 그럴 생각이다. 그는 내가 마지막으로 그린 「아를 여인」의 의미도 마침내 이해했다. 너에게 분홍색으로 그려 보낸 초상화 말이다. 그는 내 습작을 보러 들를 때마다 늘 그 두 점의 초상화 얘기를 꺼내고, 그 그림들을 있는 그대로, 정말로 그 상태 그대로 받아들인단다. 그의 초상화 한 점을 곧 너에게 보내주마.

그리고 지난주에 그의 집에서 습작 두 점을 그려서 그에게 주었다. 알로에와 금잔화, 그리고 사이프러스다. 일요일에는 흰 장미들과 포도밭 한가운데 서 있는 흰옷 입은 인물을 그렸다.

---

121 알프레드 브뤼아스(1821~1877년), 프랑스의 미술품 수집가로 특히 들라크루아와 쿠르베를 후원했다. 남프랑스의 몽펠리에에서 태어나고 살아간 브뤼아스는 자신의 컬렉션을 몽펠리에의 파브르미술관에 기증했다.

아마도 가셰 박사의 딸 초상화도 그리게 될 것 같은데 열아홉살이라더구나. 분명 요와 금방 친해질 거다.

야외에서 너희 가족, 너와 요와 아기의 초상화를 그려보고 싶구나.

(……)

다시 만날 때까지 아기가 잘 자라고 너희 둘도 건강하길 바란다. 곧 만나자. 두 사람에게 마음으로 악수를 청한다.

너의 형 빈센트

반 고흐, 「밀밭」(1890년, 72.39×91.44cm)

반 고흐, 「두 번째 가셰 박사의 초상」(1890년, 67×56cm)

우리의 열정을 표현한 초상화
(1890년 6월 5일)

사랑하는 누이에게

아직 생레미에 있을 때 네가 보내준 두 통의 편지에 답장을 못한 채 시간이 많이 흘렀구나. 그사이 이곳으로 옮겨 왔고, 그림도 그려야 했고, 오늘까지도 수많은 새로운 감정들에 휘둘리느라 마음의 여유가 없다 보니 차일피일 미루고 말았다. 네가 왈롱 병원[122]에서 환자들을 돌보는 일을 한다니 정말 잘된 일이다. 그런 일을 하다 보면 많은 걸 배울 수 있고, 또 어떤 걸 배우는 게 가장 좋고 가장 필요한지 알게 될 거다. 난 그런 걸 전혀 알지 못한다는 게, 거의 모르고 살아왔다는 게 후회되는구나.

테오를 다시 만나고, 요와 조카를 처음 봐서 정말 기뻤다.

---

122 네덜란드 레이던에 있는 병원이다.

테오는 두 해 전에 마지막으로 봤을 때보다 기침을 더 많이 하긴 하는데, 이야기를 나누면서 가까이서 지켜보니 전반적으로는 분명 좋아진 것 같다. 요는 분별력 있고 선의가 가득했다. 아이는 허약하진 않지만 그렇다고 아주 튼튼하진 않아 보였다. 대도시에 살더라도 출산은 시골에서 하고 첫 몇 달 동안은 아기와 함께 시골에서 머무는 게 좋은 방법이지 싶다. 하지만 너도 알다시피 요는 첫 출산이니 두렵기도 했을 테고, 나름대로 최선이라 결정한 대로 했을 테지. 테오 가족이 며칠 만이라도 여기 오베르로 와서 지낼 수 있기를 바라고 있다.

난 이곳으로 옮겨 왔고, 나머지 일들도 순조롭게 진행되고 있단다. 북쪽으로 돌아오니 기분도 아주 좋구나. 가셰 박사와는 마치 오랜 친구처럼 지내고 있다. 육체적으로 정신적으로 서로 얼마나 닮았는지 마치 새 형제를 얻은 기분이다. 그는 성격이 아주 예민하고 괴상한 구석도 있는 사람인데, 새로운 유파의 예술가들에게 무척 호의적이고 힘이 닿는 한 도와주려고 애쓰고 있다. 얼마 전엔 그 사람의 초상화를 그렸고, 열아홉 살 난 그 딸의 초상화도 그리려 한다. 몇 년 전엔 아내를 잃었고, 아마도 그 때문에 상태가 더 이상해진 것 같다. 어쨌든 만나자마자 곧바로 친해져서, 요즘 일주일에 하루이틀은 그 사람 집 정원에서 그림을 그리곤 한다. 벌써 두 점을 그렸는데 하나는 남프랑스에서 볼 수 있는 식물들, 그러니까 알로에, 사이

반 고흐, 「마르그리트 가셰」(1890년 6월, 102.5×50cm)

반 고흐, 「오베르의 성당」(1890년, 94×74cm)

프러스, 금잔화 등이 있고, 다른 하나는 하얀 장미와 포도나무, 미나리아재비와 사람이 있는 풍경이다.

그리고 마을 성당을 그보다 좀 더 큰 캔버스에 그렸는데, 짙은 파란색과 단순한 코발트색 하늘을 배경으로 건물은 보랏빛이다. 얼룩 같은 군청색 유리창에 보라색 지붕 한쪽은 주황색이고. 전경은 꽃이 핀 풀밭 한 자락과 햇빛을 받아 분홍색으로 빛나는 모래밭이다. 뉘넌에 있을 때 그린 오래된 종탑과 묘지 습작과 거의 비슷하지만, 지금은 색채의 표현력이 그보다 더 풍부하고 화려하다.

생레미에서 마지막엔 미친 듯이 달려들어 그림을 그렸는데, 특히 장미와 보라색 붓꽃 같은 꽃다발을 많이 그렸다.

테오의 아들과 요에게 주려고 하늘색 바탕에 흰 꽃이 핀 아몬드나무 가지를 그린 제법 큰 그림을 하나 가져왔다. 지금 그 집 피아노 위에 걸려 있지. 새로 그린 「아를 여인」 초상화도 그 아파트에 있고, 나도 같은 초상화 한 점을 가지고 있다. 내 친구 가셰 박사가 「아를 여인」에 열광적인 관심을 보이더구나. 내 자화상에 대해서도 그렇고. 인물화를 많이 그려보고 싶어진 나에겐 기쁜 일이지. 그리고 싶은 모델들을 이곳에서 많이 구할 수 있을 것 같구나.

화가라는 직업을 가지고 있으면서 다른 무엇보다 내가 가장 열정을 가지고 있는 분야는 초상화, 현대의 초상화다. 내가 추구하는 건 색을 살리는 초상화인데, 물론 이 길을 추구하는 사람이 나 혼자는 아닐 테지. 내가 하고 싶은 건, 너도 알겠지만 내가 말하는 건 그걸 해낸다는 게 아니라 그저 하고 싶다는 거고, 그러니까 난 한 세기가 지난 뒤에도 사람들에게 마치 다시 나타난 듯한 느낌을 주는 초상화를 그리고 싶다. 그러니까 사진처럼 닮은 모습을 그리는 게 아니라, 색채에 대한 우리의 지식과 현대적 취향을 인물의 성격을 드러내는 수단으로 삼아서 우리의 열정을 표현한 초상화를 그리고 싶다. 가셰 박사의 초상화를 보면, 얼굴은 햇볕에 타서 달아오른 벽돌색이고, 다갈색 머리카락에 하얀 캡, 파란 언덕을 배경으로 입고 있는 옷은 군청색이다. 그래서 얼굴은 벽돌색인데도 두드러지게 더 창백하고, 산파의 손 같은, 탁자에 기대고 있는 두 손은 얼굴보다 더 창백하다. 그의 앞에는 빨간색 정원용 테이블이 있고, 그 위에 노란색 표지의 소설책들과 짙은 자주색 디기탈리스 한 송이가 놓여 있다.

   (······)

너의 오빠 빈센트

반 고흐, 「아들린 라부」(1890년, 50.2×50.5cm)

반 고흐, 「젊은 여인의 초상」

(1890년 6월, 51.9×49.5cm)

반 고흐, 「아를의 여인(마리 지누)」(1890, 65×54cm)

반 고흐, 「마리 지누」(1890년, 65×54cm)

미래의 예술가
(1890년 6월 17일)

사랑하는 테오에게

엊그제 보내준 편지와 동봉한 50프랑 잘 받았다. 타세 화방의 물감과 캔버스도 기다렸는데, 그것도 막 도착했고. 정말 고맙다. 타세 화방과 탕기 화방의 물감 상태가 다른지 궁금해한 네 질문에 답하자면, 완전히 똑같다. 타세 화방의 물감에 색이 모자랄 때가, 특히 흰색이 모자랄 때가 있는데, 탕기 화방 또한, 물론 고의는 아닐 테지만, 지금 내가 가진 것 같은 코발트색이 그럴 때가 있다. 그러니까 똑같은 사실을 근거로 두 화방이 마찬가지라고 말할 수 있다. 그런데 서로 왜 그렇게 심각하게 헐뜯는지 모르겠구나.

내가 더 관심이 있는 건, 청구서의 차이다. 물감도 포도주처럼 속여 팔 수 있을 텐데, 나처럼 화학에 대해 무지한 사람으로선 제대로 판단하기 어려울 수밖에 없지. 어쨌든 탕기 영감이 지붕 밑 방에 보관 중인 그림들을 우릴 위해서 포장하고 발송하느라 시간을 쓰고 고생하는 걸 생각하면, 다른 화방보다 물감의 질이 좀 떨어진다 해도 그 영감 화방에서 사주었으면 한다. 그게 옳은 것 같다.

하지만 자기네는 물감 자체가 다르다는 탕기 영감의 말은 순전히 자기 혼자 생각이다. 사람들이 타세 화방의 물감을 찾는 이유는 그나마 물감이 전반적으로 색이 덜 흐리기 때문이지. 네가 말한 차이는 거의 없다. 그러니 탕기 영감이 자기 화방에 보관하고 있는 그림들을 수고스럽게도 포장해서 보내주는 한, 그곳에서 주문하는 게 맞다고 본다.

(……)

고갱이 드 한과 함께 떠나기로 했다니, 반가운 소식이다. 하지만 마다가스카르로 간다는 계획이 이루어질 가능성은 거의 없어 보이는구나. 난 차라리 그가 통킹[123]으로 떠났으면 했다. 하지만 마다가스카르로 간다고 해도 따라갈 수 있을 것 같다. 어차피 그런 곳에 가려면 적어도 두세 명은 함께 가야 하니까. 하지만 아직 거기까지 얘기가 나온 건 아니다. 장담컨대 회화의 미래는 이곳이 아니라 자바나 마르티니크 같은 열대지방 또는 브라질이나 오스트레일리아 같은 곳에 있다. 단지 나와

---

123 프랑스령 인도차이나에서 베트남 북부 하노이 지역을 지칭하던 이름이다.

반 고흐, 「밀밭에서 밀짚모자 쓰고 앉아 있는 젊은 농부 여인」(1890년, 92×73cm)

반 고흐, 「두 아기」(1890년, 51.2×51cm)

반 고흐, 「흰 옷을 입은 여인」(1890년, 66.7×45.8cm)

반 고흐, 「오렌지를 갖고 노는 아이」

(1890년, 50×51cm)

마찬가지로 너도 느끼고 있겠지만, 너나 나나 고갱이 과연 그런 미래의 예술가인지는 알 수 없는 거지. 하지만 아마도 조만간, 여기가 아니라 바로 그곳에서, 인상주의 화가들이 밀레나 피사로와 어깨를 견줄 만한 작업을 하는 날이 올 거라고 장담한다.

당연히 그렇게 믿어야 하는 거고. 하지만 이곳에서 몇 년 동안 거의 무위도식하면서 녹슬어버린 상태인데, 새로운 곳에서 어떻게 생활을 영위할지 대책도 세우지 않은 채로 파리와의 인연을 끊고 떠나는 건 정신 나간 행동이 될 수 있다.

그래, 한 번 더, 너와 네 아내에게 진심으로 악수를 청하고, 아이의 건강을 빈다. 조카를 하루라도 빨리 다시 보고 싶구나.

너의 형 빈센트

다시 아프게 되더라도

(1890년 7월 2일)

테오와 요에게,

아이가 아프다는 편지를 방금 받았다. 당장 너희들을 보러 달려가고 싶지만, 그처럼 가슴 아픈 상황에서 내가 가봤자 아무 도움도 되지 못할 테니 용기가 나지 않는구나. 하지만 얼마나 힘들지 짐작이 가고도 남으니 어떻게든 힘을 보태고 싶은 마음은 간절하다. 하지만 아무 대책 없이 가면 오히려 혼란만 더할 수도 있지. 마음만은 진심으로 너희들과 고통을 같이하고 있다는 걸 알아주려무나.

가셰 박사의 집이 잡동사니들로 너무 뒤죽박죽인 게 아쉽다. 그렇지만 않다면 아이를 데리고 여기 와서 한 달 정도 (그의 집에서) 머물면 좋을 텐데 말이다. 시골의 맑은 공기가 회복에 큰 도움이 되겠지. 실제로 파리에서 태어나 몸이 아팠던 아이들도 이곳에서 건강하게 잘 지내고 있단다. 이곳 내가 머무

반 고흐, 「꽃 핀 아까시나무」(1890년, 32.5×24cm)

반 고흐, 「화병에 담긴 꽃다발」(1890년, 65.1×54cm)

반 고흐, 「장미」(1890년 6월, 32×40.5cm)

는 여관도 괜찮을 거다. 네가 적적하지 않도록 일주일이나 보름 정도 내가 너와 함께 지낼 수도 있고. 그러면 지출이 늘 일은 없겠지.

(……)

고갱이 보낸 편지가 상당히 우울하더구나. 마다가스카르로 떠나기로 결심했다고 모호하게 말하는데, 말투가 너무 모호해서 머릿속에 오로지 떠날 생각뿐이라는 게 느껴질 정도였다. 사실상 다른 건 생각할 여유도 없겠지. 하지만 내가 보기에 거의 터무니없는 계획이라 실행할 수 있을지 의심스럽구나.

(……)

나도 나름대로 할 수 있는 한 최선을 다하려고 노력하고 있지만, 솔직히 말해서 건강이 제대로 받쳐줄지는 장담할 수가 없구나. 만일 다시 아프게 되더라도 날 이해해 주렴. 난 아직도 예술과 삶을 너무 사랑하지만, 아내를 맞이하는 일에 대해선 별로 자신이 없다. 곧 마흔 살이 될 텐데, 앞으로 어떻게 될지 아무것도 모르겠으니…….

(……)

너의 형 빈센트

화가들의 사투

(1890년 7월 23일)

사랑하는 테오에게

오늘 받은 편지와 동봉한 50프랑짜리 지폐 고맙다.

너에게 해야 할 말이 무척 많은데, 이제 말할 마음도 들지 않고 말한들 무슨 소용이 있겠나 하는 생각도 든다.

(……)

요즘은 온 정신을 집중해서 그림에 몰두하고 있는데, 내가 사랑하고 존경했던 화가들처럼 잘 그리려고 노력하고 있다. 그런데 일을 마치고 돌아오면서 생각해 보니, 화가들은 점점 더 궁지에 몰려 사투를 벌이고 있다는 느낌이 든다.

그래, 이제는 협회의 유용성을 이해시킬 수 있는 시기도 지나간 게 아닌가 싶다. 하기야 어차피 협회가 생긴다고 한들 나머지가 무너지면 같이 무너지고 말겠지. 넌 미술상들이 인상주의 화가들의 편에 서서 뭉칠 수 있을 거라 말하겠지만, 그

반 고흐, 「도비니의 정원」(1890년, 51×51.2cm)

반 고흐, 「오베르우아즈 강가에서」(1890년, 73.3×93.7cm)

또한 오래가지 못할 거다. 내 생각엔, 한 개인이 나서서 노력해 봐야 별 소용이 없을 것 같다. 이미 경험했는데, 또다시 시작해야 할까?

고갱이 브르타뉴에서 그린 그림을 보았는데, 기쁘게도 무척이나 아름답더구나. 그곳에서 그린 다른 것도 분명 아름다울 거다.

아마도 도비니 정원 스케치를 같이 부칠 수 있을 텐데, 너도 보면 알겠지만 내가 가장 그리고 싶었던 그림들 가운데 하나이다.

오래된 초가집 그림과 비 온 뒤 광활한 밀밭 풍경을 30호 캔버스에 그린 스케치 두 점도 같이 보낸다.

히러스허흐[124]가 네가 보낸 물감들을 산 곳에서 자기 물감도 주문해 달라면서 목록을 줬는데, 편지에 동봉한다.

타세 씨가 대금 상환 인도 방식으로 그에게 직접 물감을 보낼 수도 있을 텐데 그 경우엔 20퍼센트 할인을 해주어야겠지. 그게 아마 가장 간단한 방법일 것 같다. 그러지 않으면 나한테 보낼 물감과 같이 보내도 되는데, 금액이 얼마인지 청구서에 적어주면 네게 직접 보낼 수 있도록 하마. 여기선 좋은 물감을 구할 수가 없구나.

---

124 안톤 히러스허흐(1867~1939년), 네덜란드 화가로 테오의 소개로 고흐를 찾아와서 오베르에 두 달 정도 머물렀다.

(……)

곧 연락하자. 건강 조심하고. 사업이 잘되길 빈다. 요에게
도 안부 전해주고, 두 사람에게 진심으로 악수를 청한다.

너희들을 사랑하는 빈센트

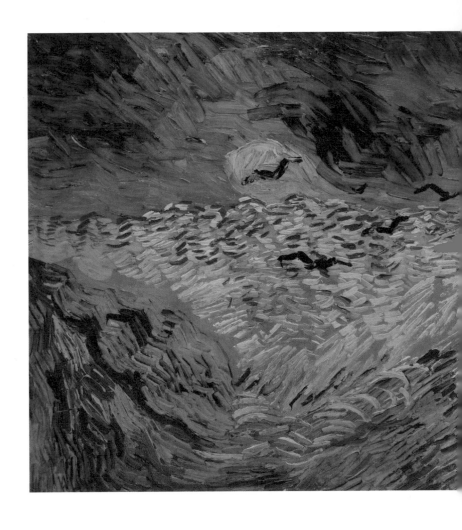

반 고흐, 「까마귀가 있는 밀밭」(1890년, 50.5×103cm)

그림을 통해서 말하는 수밖에

(1890년 7월 29일[125])

사랑하는 테오에게

편지와 동봉한 50프랑 고맙게 잘 받았다.

일이 잘되고 있다니 그게 제일 중요하다. 그렇지 않은 일에 대해선 내가 더 신경쓸 이유가 없는 것 같다.

아, 다들 좀 더 차분하게 사업 이야기를 하려면 아직도 갈길이 먼 것 같구나.

다른 화가들 생각은 어떤지 모르겠지만 아무튼 지금의 그림 거래에 관한 얘기를 꺼내면 본능적으로 거리를 두려 한다는 느낌이다.

결국 우리는 그림을 통해서 말하는 수밖에 없겠지.

사랑하는 동생아. 내가 늘 그렇게 말했고, 최선을 다하기

---

125 고흐가 사망할 때 가지고 있던 편지다. 그림 「뿌리」는 고흐가 죽기 직전인 7월 27일에 그린 마지막 그림이다.

위해 생각을 집중하려고 노력하면서 다시 한번 진지하게 말하는데, 내가 보기에 넌 단순히 코로의 그림을 사고파는 미술상이 아니다. 넌 내 그림의 중개인으로 어떤 그림을 완성하는 데에는 직접 참여하기도 했지. 이렇게 엉망진창인 상황에서도 그 그림들이 평정을 유지할 수 있었던 건 그 덕분이다.

우리 관계는 바로 그거고, 지금처럼 상대적인 위기에, 그러니까 이미 사망한 화가들의 작품을 거래하는 미술상들과 살아 있는 예술가들의 작품을 거래하는 미술상들 사이의 긴장이 극도에 달한 이런 시기에, 내가 너에게 해줄 가장 중요한 말이기도 하다.

난 그림을 그리는 일에 목숨을 걸었고, 그래서 내 정신은 반쯤 망가지고 말았다. 그런 건 좋다. 내가 아는 한 너는 보통의 미술상과는 다르다. 넌 확고한 입장을 정할 수 있고 인간적으로 행동할 수 있는 미술상이지. 그거면 됐지 뭘 더 걱정하는지 모르겠구나.

너의 형 빈센트

반 고흐, 「뿌리」(1890년, 50.3×100.1cm)

예술에 취하지 않고 이 힘든 삶을 어찌 견디랴

사랑하는 동생아, 그동안 너에게 진 빚이 너무 커서 그걸 다 갚고 나면(난 그럴 수 있으리라 생각한다.) 그림을 그려내는 고통이 내 삶을 통째로 앗아가서 마치 살아본 적도 없을 것만 같다. 그림 그리는 일이 점점 더 어려워질까 봐, 언제까지나 이렇게 많이 그릴 수는 없을까 봐 걱정된다.

지금 그림이 팔리지 않으니, 그로 인해 네가 고통받고, 나 또한 고통스럽다. 하지만 내가 수입이 없어서 네가 곤란해지는 것만 아니라면, 난 그럭저럭 버틸 수 있을 것 같다.

— 1888년 10월 25일 자 테오에게 보내는 편지에서

왜 사람들은 고흐에 열광하는가? 「카페 테라스」, 「별이 빛

나는 밤」,「해바라기」처럼 당대에는 인정받지 못했지만 이제
는 미술사에서 신화가 된 걸작들을 남긴 화가로서인가? 아니
면 자신의 귀를 자르고 정신병원에 갇히기까지 했던 고독하고
불행했던 예술가로서 그의 삶을 기억하기 위해서인가? 예술
가의 삶이 작품의 예술성을 온전히 설명할 수는 없겠지만, 삶
과 예술이 어떤 식으로든 얽혀 있다고 한다면, 고흐가 남긴 편
지들은 그의 예술과 삶에 대해 우리에게 무엇을 알려줄 수 있
는가? 아니 과연 우리가 알고 있다고 생각하는 고흐에 대해 새
로운 그 무엇을 발견할 수 있게 해줄까? 이런 물음들을 안고
그의 삶과 예술에 조금 더 깊이 들어가 보자.

　빈센트 반 고흐는 1853년 3월 30일, 네덜란드 남부 노르트
브라반주의 작은 마을 그루트준데르트에서 네덜란드 개신교
목사 테오도뤼스 반 고흐(Theodorus van Gogh)와 아나 코르넬리
아 반 고흐-카르벤튀스(Anna Cornelia van Gogh-Carbentus) 부부
의 맏아들로 태어났다. 사실 차남이지만, 형 빈센트 빌럼이 그
가 태어나기도 전에 죽었기 때문에 형과 똑같은 빈센트라는 이
름을 받았고, 그래서 항상 죽은 형을 대신해 살고 있다는 생각
을 했다고 한다. 그 아래 세 여동생과 두 남동생이 있었는데, 특
히 테오와 빌레미나가 고흐와 가까웠다.
　열한 살의 빈센트는 준데르트에서 25킬로미터 떨어진 제

벤베르헌의 개신교 교사가 운영하는 기숙학교에서 공부하며 프랑스어, 영어, 독일어를 배웠다. 열세 살에 틸뷔르흐의 빌럼 2세 국립중학교로 진학했다. 그리고 취미 생활로 그림을 그렸던 어머니의 영향으로 어릴 때부터 그림을 좋아했던 고흐는 이 학교 미술 교사였던 화가 콘스탄트 코르넬리스 하위스만스(Constant Cornelis Huijsmans) 밑에서 미술 수업을 받았다. 1868년 학교를 자퇴하고 이듬해부터 큰아버지(고흐와 이름이 똑같은 빈센트 반 고흐이고 '센트 삼촌'으로 불린다.)가 파리의 화상 아돌프 구필과 함께 헤이그에 세운 구필 화랑에서 1869년부터 수습사원으로 일했다. 이 시기에 고흐는 전도유망한 미술상으로 인정을 받았으며, 동생 테오를 도와줄 정도로 경제적으로도 여유가 있었다. 이후 1873년 6월에 구필 화랑의 지점을 내기 위해서 런던에 파견되었으나, 당시 산업화된 런던에서 가난한 노동자들의 비참한 현실을 접하고 느낀 충격, 하숙집 딸에게 실연당한 아픔, 거기에 고흐를 평생 괴롭히게 되는 정신질환 증세가 겹쳐 힘든 시기를 보낸다. 1875년에 큰아버지의 주선으로 파리 본점으로 옮기지만, 예술 작품을 상품으로 취급하고 거래하는 것에 대한 환멸과 거부감 때문에 고객과 동료 직원들과도 사이가 나빠져 결국 1876년 직장에서 해고된다.

고흐는 부모 곁으로 돌아갔지만, 종교적 열정에 사로잡혀 다시 영국으로 건너가서 감리회 소속 토머스 슬레이드 존스 목사를 만나 그의 보조 목사로 일하게 된다. 하지만 조울증이 재발하는 바람에 다시 집으로 돌아가야 했고, 그즈음 고흐는 할아버지와 아버지처럼 목사가 되겠다고 선언한다. 아들의 고집을 꺾지 못한 아버지는 친척인 암스테르담의 요하너스 스트리커르 목사에게 도움을 청해 목사가 되기 위한 공부를 시작하게 해준다. 하지만 이모부의 딸이자 사촌인 코르넬리아 보스-스트리커르에게 사랑을 고백했다가 거절당한 고흐는 다시 마음에 깊은 상처를 입게 되고, 가족과도 갈등을 겪으면서 목사의 길을 포기하고 만다. 다시 아버지와 존스 목사의 도움으로 브뤼셀의 전도사 양성학교에 입학한 고흐는 교육 과정을 마친 뒤 벨기에의 탄광 지대 보리나주에 무급 조수로 파견된다. 보리나주에서 고흐는 목회 활동을 하면서도 광부들과 함께 갱도에도 들어가서 탄광의 열악하고 비참한 생활을 함께했다. 광부들의 비참한 현실을 그림으로 그리고 싶어 하기도 했지만 미술적인 훈련이 부족한 탓에 뜻대로 되지 않았고, 극단적인 고행과 급진적 성향으로 광부들은 물론 선교단체와도 마찰을 빚고 결국 다시 해고된다.

하지만 화가가 되겠다는 고흐의 열의는 더욱 강해졌다. 1880년 보리나주를 떠난 고흐는 브뤼셀에 가서 독학으로 미술 공부를 하다가, 이듬해인 1881년에 헤이그에서 사촌형이자 화가였던 안톤 마우베에게 미술 지도를 받으면서 화가의 길에 들어선다. 1882년에는 마우베와 구필 화랑 지점장 테르스테이흐의 도움으로 헤이그에 아틀리에를 얻어 정착한 뒤 본격적으로 그림을 그리기 시작하고, 미술상을 하고 있던 테오를 통해 처음으로 주문을 받아 석판화를 제작하기도 한다. 그러나 헤이그 생활도 오래가지 못했고, 무엇보다 여자 문제로 다시 가족과 불화를 겪게 된다.

결국 고흐는 네덜란드 뉘넌의 부모에게 돌아가서 그곳의 풍경을 많이 그렸고, 「감자 먹는 사람들」도 뉘넌 시기의 작품이다. 이후 고흐는 도시 풍경화와 초상화를 그려 경제적인 궁핍에서 벗어날 수 있다는 희망을 품고 안트베르펜에 정착하고, 이 시기에 일본의 목판화(우키요에)에 매료된다. 안트베르펜 미술 아카데미에도 입학하지만, 교수들과 불화하고 신경과민 증세도 심해지면서 다시 그곳을 떠나게 된다.

고흐의 삶과 예술은 그가 1886년 테오가 살고 있던 파리로 오면서 중요한 전기를 맞는다. 파리에서 그는 탕기 영감의 미술 상점에서 로트레크, 앙크탱, 베르나르, 러셀 등 젊은 화가들을 만나 인상주의, 점묘파 등 새로운 미술 사조를 접하고, 고갱, 기요맹, 쇠라 등과도 교분을 맺게 된다. 이 시기에 고흐의 그림들은 색채가 밝아지고 붓 터치가 대담해지기 시작하고, 1887년에는 로트레크, 앙크탱, 베르나르 등과 함께 전시회를 열기도 한다. 하지만 파리에서 궁핍한 생활과 술 때문에 건강이 악화되어 빛과 따뜻한 날씨를 찾아 1888년 2월에 아를로 떠난다.

고흐는 처음에는 남프랑스의 기후에 적응하지 못하다가, 곧 프로방스의 햇빛과 풍경을 누리며 왕성한 작업을 하여「해바라기」,「카페 테라스」,「별이 빛나는 밤」,「자화상」등을 그렸다. 3월 말에는 다른 인상주의 화가들과 함께 처음으로 파리 앵데팡당전에 작품을 전시하고(「파리의 소설」,「몽마르트르의 언덕」,「갈레트 풍차 뒤에서」), 이 시기에 그는 테오를 통해 파리에 있는 다른 화가들과 편지를 주고받으면서 화가들의 공동체(협회)를 구상한다. 그 계획의 일환으로 브르타뉴 퐁타벤에 있던 고갱을 아를의 '노란 집'으로 불러 함께 살기 시작하지만, 예술에 대한 견해 차이와 서로의 성격 차이로 인해 불화가 심해진다.

그리고 그해 12월, 고흐의 전기에서 빠지지 않는 충격적인 사건이 일어난다. 고갱과 심하게 다툰 고흐는 자신의 귓불을 칼로 잘라 알고 지내던 한 여성(라셀이라는 인물이 사창가의 여인이라는 설도 있고, 그냥 그곳에서 일하던 사람이었다는 반론도 있다.)에게 보내는 기행을 저지른 것이다. 고갱은 테오에게 연락한 뒤 파리로 떠나버리고, 고흐는 아를의 시립병원에 입원해서 의사 레이의 치료를 받는다. 하지만 퇴원한 뒤에도 여전히 증상이 간헐적으로 이어졌고, 결국 고흐는 약 1년 3개월 동안의 아를 생활을 청산하고 생레미드프로방스의 요양원으로 간다.

1889년 5월에 생레미의 생폴드모졸 요양원에 입원한 고흐는 페롱 원장의 치료를 받으면서 초기에는 나을 수 있다는 희망으로 작업에 전념했다. 「사이프러스 나무」, 「요람을 밀어 주는 여자」 등이 이 시기에 태어난 걸작들이다. 그해 9월에 고흐는 파리 앵데팡당전에 「별이 빛나는 밤」과 「붓꽃」을 출품하기도 하면서 쉬지 않고 그림을 그렸지만, 12월 말에 발작으로 다시 심한 고통을 겪으면서 영원히 낫지 못하리라는 절망에 사로잡히기도 한다. 그래도 이듬해 초에 열린 브뤼셀의 '20인전'에 유화 여섯 점을 출품했는데, 벨기에의 화가 안나 보흐가 400프랑에 「붉은 포도밭」을 구매했다. (이 작품은 고흐의 생전에 팔린 유일한 그림으로 알려졌지만, 사실 이는 유화 작품에만 국한되는 말이다. 미술상이던 센트 삼촌의 주문을 받고 헤이그 풍경을 담은 스케치 열두 점을 판 적도 있다.) 이 시기에 또한 고흐에 관한 최초의 진지한 비평이라 할 수 있는, 젊은 평론가 알베르 오리에의 「고독한 이들, 빈센트 반 고흐」도 《르 메르퀴르 드 프랑스》에 실린다. 하지만 2월에 다시 발작을 일으킨 고흐는 자유롭게 그림도 그릴 수 없고 폐쇄적인 생레미 요양원을 견딜 수 없어 테오에게 다른 곳을 알아봐 달라고 부탁한다. 그는 자신이 '남프랑스의 병'에 걸린 거라고 주장하며 다시 '북쪽'으로 돌아가기를 갈망했고, 결국 1년 만에 생레미를 떠나게 된다.

1890년 5월에 파리로 간 고흐는 테오의 집에 잠시 머물다가, 파리 북서쪽 근교 지역으로 당시에 화가들이 즐겨 찾던 오베르쉬르우아즈로 떠난다. 그곳에서는 생레미의 요양원에서처럼 구속받지 않고 마음껏 그림을 그릴 수 있고, 만일 건강상의 문제가 생기면 의사이자 화가이며 피사로와 세잔의 친구로 오베르에 살고 있던 폴 페르디낭 가셰의 도움을 받을 수 있으리라 기대한 것이다. 오베르에서 고흐는 희망과 절망이 번갈아 찾아오는 고난한 삶 속에서도 불꽃 같은 열정으로 「가셰 박사의 초상화」, 「비온 뒤의 밀밭」, 「오베르의 성당」 등을 그렸다.

하지만 고흐는 오베르 생활도 석 달을 넘기지 못한다. 1890년 7월 27일에 고흐는 마지막 그림 「뿌리」를 남긴 뒤, 머물고 있던 여관 다락방의 침대 위에서 피를 흘리고 누워 있는 상태로 발견된다. 그가 오베르의 밀밭에서 자기 자신에게 권총을 쏘면서 자살을 시도했다고 보는 견해가 많지만, 그의 죽음에 관해서는 아직도 여러 의견이 있다. 실제로 그가 마지막으로 지니고 있던 테오에게 쓴 편지를 보면 자살을 암시할 만한 단서가 전혀 없다. 이튿날 가셰의 편지를 받고 테오가 파리에서 달려왔고, 고흐는 7월 29일 새벽에 동생 테오의 품에 안긴 채 "이 모든 것이 이제 끝났으면 좋겠다."는 말을 남기고 삶을 마감했다. 7월 30일, 고흐는 테오, 베르나르, 탕기 영감, 가셰 등이 지켜보는 가운데 오베르의 묘지에 묻혔다.

고흐가 죽은 뒤에 테오가 그해 8월에 베르나르의 도움으로 몽마르트르에 있는 자신의 집에서 고흐 추모전을 열었지만, 결혼 전부터 좋지 않았던 건강이 악화되면서 형이 죽고 6개월이 지난 1891년 1월에 위트레흐트의 요양원에서 33세의 나이로 세상을 떠났다. 고흐는 2000여 점에 달하는 유화와 데생을 남겼는데, 고흐 형제의 사후에 테오의 아내 요안나가 고흐의 작품 전시회를 열어 고흐를 알리려 애썼다.

요안나가 평세의 편지를 출간한 1914년에, 테오의 유해는 오베르쉬르우아즈로 옮겨져 형의 무덤 옆에 안치되었다. 이후 테오와 요안나의 아들로 큰아버지의 이름을 그대로 물려받은 빈센트 반 고흐 주니어는 상속받은 고흐의 그림들을 네덜란드 정부에 기증하였고, 1973년에 암스테르담에 반 고흐 미술관이 세워지는 데 기여했다. 그 후손들이 지금도 반 고흐 재단을 이어가고 있다.

고흐는 그림만큼이나 많은 편지를 남겼다. 그가 보내거나 받은 편지들 가운데 지금까지 전해지는 것은 928통이며, 시기는 1872년 8월에서 1890년 7월에 걸쳐 있다. 대부분 네덜란드어 혹은 프랑스어로 쓰였고, 간혹 영어로 쓰인 편지도 있다. 928통 중에, 고흐는 자기가 받은 편지를 잘 보관하지 못했기 때문에 받은 편지는 84통뿐이고 844통이 고흐가 쓴 것이다. 가장 많이 편지를 주고받은 것은 물론 테오이다. (보낸 편지 844통 중에 약 650통이 테오에게 쓴 것이고, 받은 편지 84통 중에 39통이 테오가 쓴 것이다.) 그리고 어머니와 여동생 빌, 폴 고갱, 안톤 반 라파르트, 에밀 베르나르, 존 피터 러셀 등 동료 화가들과 주고받은 편지들도 있다.

고흐의 편지들은 그의 사후에 전시회 카탈로그나 프랑스의《메르퀴르 드 프랑스》(1892~1897년)에 발췌되어 인용되는 형태로 소개되기 시작했고, 안톤 반 라파르트와 주고받은 편지들이 1905년에 따로 네덜란드에서 출간되었다. 1914년, 테오의 아내 요안나가 고흐가 남긴 편지들 중 663통을 네덜란드어와 프랑스어 그대로 부분 발췌하여 『테오에게 보낸 편지』를, 1932년에는 반 고흐 주니어가 좀 더 체계적으로 정리해서 빈센트와 테오의 편지를 출간했다. 이후 여러 나라에서 부분적으로 발췌되어 출간되어 오다가, 반 고흐 재단이 1987년부터 고흐의 모든 편지를 발신일과 사용 언어와 함께 일련번호를 매겨 정리하는 작업을 시작하게 된다. 그리고 고흐의 모든 편지가 2009년에 편지에 그려진 그림들까지 포함된 상태로 총 여섯 권 2164쪽에 달하는 책으로 출간되었고, 2014년에는 그 가운데 중요한 편지들만 따로 묶여 한 권으로 출간되었다.

프랑스어 판으로는 1937년 베르나르 그라세가 편지들을 발췌하고 네덜란드어 편지들은 프랑스어로 번역하여 『빈센트의 편지, 반 고흐가 동생에게(Lettres de Vincent. Van Gogh à son Théo)』를 출간했다. 귓불을 자른 뒤 붕대로 감고 파이프를 문 모습을 그린 유명한 자화상을 표지로 삼은 그라세 판은 개정을 거치며 여전히 출간되고 있고, 갈리마르에서도 1956년에 첫 출간한 『동생 테오에게 보내는 편지(Lettres à son frère Théo)』가 계속 나오고 있다. 그리고 최근 반 고흐 재단의 2009년 판본을 악트쉬드 출판사에서 프랑스어로 번역하여 총 여섯 권의 『빈센트 반 고흐 : 도록이 포함된 편지 전문(Vincent Van Gogh. Les Lettres édition critique complète illustrée)』(2009년)을 출간했고, 그중에 265통을 선별한 2014년 판본을 번역한 1000여 쪽 분량의 『빈센트 반 고흐의 편지들. 말의 예술(Lettres de Vincent van Gogh : L'art des mots)』(2015년)이 나와 있다.

민음사에서 새로 출간되는 이 책은 고흐가 아를(1888년 2월~1889년 5월), 생레미드프로방스(1889년 5월~1890년 5월), 오베르쉬르우아즈(1890년 5월~7월)에서 프랑스어로 쓴 편지들 중에서 그의 예술과 삶을 이해하는 데 중요한 편지 73통을 골라 발췌 번역한 것으로, 악트쉬드 출판사의 2015년 판 『빈센트 반 고흐의 편지들』을 저본으로 삼아 67통을 가져왔고, 중요한 내용을 담고 있지만 2015년 악트쉬드 판에 빠져 있는 6통은

1937년판 그라세 판에서 가져왔다. 수신자는 테오가 대부분이지만 여동생 빌, 고갱, 베르나르 등도 있다. 그동안 국내에도 고흐의 편지들을 번역해서 펴낸 책들이 있지만, 고흐가 프랑스에 정착한 이후 자기만의 스타일을 찾아 나간 과정을 잘 보여주는 이 책의 장점은, 무엇보다 그동안 편지에 약간의 그림이 더해지거나 반대로 화집에 일부 편지가 발췌되어 있는 형식이었던 것과 달리, 75통의 편지들과 그 편지들에서 고흐가 언급한 중요한 그림들을 같이 수록했다는 데 있다.

고흐는 왜 이토록 많은 편지를 썼을까? 물론 이 당시엔 편지가 공적이든 사적이든 의사소통의 주요한 수단이었던 이유가 크겠지만, 그가 편지에도 썼듯이, 고된 그림 작업에 비해 편지를 쓸 땐 쉬면서 기분 전환하는 것 같은 여유를 주었을 것이다. 다시 말해 고흐의 편지는 사회로부터 거의 격리되다시피 했던 예술가를 가족, 사회와 이어주는 유일한 끈인 동시에, 고흐가 그날그날 자신의 그림에 대해 자세히 얘기하는 글들은 그의 미술 세계의 내면과 진화 과정을 들여다볼 수 있게 하는 일종의 창작 노트 비슷한 역할을 한다.

인상주의 운동에 대한 평가와 전망이 담겨 있는 고흐의 편지는 예술사적 측면에서도 상당히 흥미롭다. 블레이크, 코로, 드가, 들라크루아, 제리코, 밀레, 모네, 렘브란트, 르누아르, 로트레크, 그리고 일본 판화에 이르기까지 당대의 화가들과 작품에 대한 단상들이나 평들은 미술에 대한 그의 관점을 드러내는 동시에 투박하지만 솔직한 비평가로서의 면모를 보여준다. 또한 플로베르, 졸라, 모파상, 도데 등 프랑스 작가는 물론 셰익스피어, 톨스토이와 도스토옙스키에 이르기까지 그가 편지에서 수시로 인용하고 있는 작가들은 독서광의 모습도 보여준다. 편지에는 종교에 대한 믿음과 영적 생활에 대한 고백 등도 담겨 있는데, 그의 종교적 신비주의는 정치적으로는 사회주의적 기독교라는 입장으로 나타나고, 예술가의 궁핍한 삶에 대한 비관적 견해는 화가 공동체에 대한 희망과 겹쳐진다.

이처럼 고흐의 편지에서 우리는 예술가의 고독한 삶과 그의 예술론을 읽을 수 있지만, 그가 숨김 없이 드러내는 사적이고 일상적인 삶의 단편들 또한 독자들의 눈길을 끈다. 실제로 고흐는 편지에서 가족이나 고갱을 비롯한 동료 화가들과의 관계에서 겪는 문제나 경제적 어려움, 자신의 '광증'에 따른 고통을 호소하기도 한다. 그리고 무엇보다 미술 재료비(캔버스, 물감, 모델료……), 집세, 밥값 등 돈 문제에 대한 잦은 언급들은 고흐가 경제적으로 얼마나 궁핍했는지를 말해 주는 생생한 증언이다.

동생의 재정적 지원에 대한 고마움과 더불어 팔리지 않는 자기 작품에 대한 답답함은 화가 공동체에 대한 구상으로 이어진다. 미술상은 작업과 관련된 화실 운영이나 재료 공급 등의 재정 지원과 판로를 확보하고 화가들은 작업에만 전념한다는 유토피아적 공동체 구상은 그의 종교적이고 정치적인 신비주의 성향과도 잘 맞아떨어지는 것처럼 보인다. 그 점에서 고흐의 편지들은 지나치게 신화화된 고흐가 아닌, 있는 그대로의 인간 고흐를 보여준다는 점에서 의미가 있을 것이다. 물론 사적인 편지이기에 이런 내용들을 체계적으로 전개하는 것이 아니라 뒤죽박죽 섞여 있고 중복된 이야기들도 많다는 점은 고려해야겠다. 게다가 고흐가 자신의 모국어가 아닌 프랑스로 쓴 편지들에는 일반적인 문법이나 용법을 벗어나 영어와 프랑스, 네덜란드어를 자기식으로 섞어서 사용하는 독특한 언어 습관으로 인해 이해하기 힘든 문장들이 많다. 또 사소한 문제지만 편지 본문에 나오는 고유명사들 가운데 고흐가 착각해서 철자를 틀린 것도 제법 눈에 띈다. 물론 그 또한 고흐의 삶의 현실을 드러내는 요소가 될 수도 있겠지만, 독자의 혼동을 줄이기 위해 올바른 명칭으로 옮겼다.

고흐의 작품이 주는 독특한 느낌, 그만의 독창적인 스타일을 어떻게 해석할 것인가? 우선 인상주의가 문을 열었다고 할 수 있는 근대 미학에서 한 작품의 아름다움의 평가 기준은 대상을 얼마나 충실하게 '재현'했는가 혹은 보편적이라고 주장하는 미학적 규칙들에 부합하는가가 아니라, 대상의 깊숙한 곳 혹은 진부한 용어로 하자면 '본질'을 어떻게 작가 나름의 방식으로 형상화하고 있는가에 달려 있다. 그렇다면 고흐의 해바라기, 사이프러스, 별이 빛나는 밤 등이 우리의 눈길을 붙잡는 이유는 그 그림들이 현실을 닮았기 때문이 아니라 작가 나름의 독특한 시선으로 대상의 본질을 감각적으로 형상화함으로써 독자 또는 관객에게도 울림을 일으키기 때문이다. 작품을 창조한 작가의 정서는 작품이라는 매개를 통해 독자 또는 관객에게도 그와 비슷한 울림을 만들어냄으로서 작품 속에 잠재적으로 들어 있던 울림의 가능성을 현실화한다.

중요한 것은 작품의 내용이라기보다는 울림을 만들어내는 그 독특한 형식이다. 작품의 그러한 독특한 울림을 맛보지 못한다면 작품은 이해되지 않는 것으로 남고 만다. 이미 사라졌으나 작품 속에 보존되어 있는 정서적 느낌, 즉 세계에 대한 예술가의 독특한 감성적 관계를 보여주는 울림, 그 어떤 의미나 외부의 지시 대상도 갖지 않고 만들어지는 이런 '영혼의 색조'야말로 예술 작품을 작품으로 정립하는 힘이라 할 것이다.

그렇다면 이처럼 예술가 개인의 독특한 경험이 만들어낸 독특한 작품이 어떻게 익명의 수용자에게 전달될 수 있는 보편적 의미를 갖게 되는가? 예술가는 자신의 독특한 경험을 전달하기 위해 독특한 물음이라는 형식에 자신의 경험을 합치시

킨다. 날것의 경험을 있는 그대로 전달할 수는 없으며, 이야기의 줄거리 구성이나 회화의 미적 기준 같은 형상화 원칙에 따라야만 의사소통이 가능한 것이다. 미적 경험이란 그처럼 감성적 경험(아이스타시스)과 형식적인 것이 합치할 때 생겨나는 경험이다. 다시 말해서 형식적 보편성을 통해 소통되는 것은 그 내용이라기보다 예술 작품 특유의 체험인 것이다. 독특한 작품은 진부함을 벗어나 넘치는 의미로 인해 눈길을 끌고, 그러한 넘치는 의미가 현실을 다른 눈으로 보게 하고 생각을 불러일으킨다.

프루스트의 마들렌이나 고흐의 「뿌리」는 그냥 단순한 마들렌 과자나 나무뿌리가 아니라 어느 순간 작가가 경험했던 독특한 현실, 말할 수 없고 보이지 않는 시간을 가로질러 간 체험을 작품으로 형상화한 것이다. 작품 자체에서 나와서, 나를 거쳐 사람들의 보편성에 다다르는 불꽃과도 같은 작품, 즉 "우리 안에 있는 얼어 버린 바다를 깨뜨려버리는 도끼"(카프카) 같은 작품을 만나는 것이 바로 우리의 미적 경험이다. 그 점에서 화가는 자신이 그리고자 하는 풍경 또는 대상에 일종의 빚을 지고 있다고 할 수 있다. 화가는 풍경을 그림으로 옮겨놓음으로써 풍경에 새로운 의미를 부여하고, 그림이 풍경이 되게 함으로써 풍경에 진 빚을 독자에게 갚고, 그 빚에서 벗어난다. "위대한 예술가는 세계의 필경사가 아니다. 그들은 세계의 라

이별이다."(앙드레 말로)

마지막으로, 고흐의 편지들과 그림들을 기억하며, 프루스트가 『잃어버린 시간을 찾아서』에서 길게 펼치고 있는 예술론에서 미적 체험과 관련하여 가장 인상적인 대목 하나를 인용해 보자.

진정한 삶, 마침내 발견되고 밝혀진 삶, 따라서 우리가 진정으로 체험하는 유일한 삶은 바로 문학이다. 이 삶은 어떤 점에서는 예술가와 마찬가지로 모든 인간의 마음속에 매 순간 살고 있다. 그러나 그들은 이 삶을 밝히려고 하지 않기 때문에 보지 못한다. (……) 왜냐하면 작가에게서 문체란 화가에게 색채와 마찬가지로 기법의 문제가 아닌 비전의 문제이기 때문이다. 문체는 의식적이고 직접적인 방법을 통해서는 불가능한, 세계가 우리에게 나타나는 방식에서의 질적 차이의 드러남이며, 예술이 없다면 우리 각자에게 영원히 비밀로 남아 있을 그런 차이이다. 우리는 오로지 예술을 통해서만 우리 자신으로부터 벗어날 수 있으며, 우리의 우주와는 다른 우주, 달에서 보는 풍경만큼이나 우리에게는 낯선 우주에 대해 타자가 보는 것을 알 수 있다. 예술 덕분에 우리는 단 하나의 세계, 우리만의 세계를 보는 대신 세계가 증식되는 걸 보며, 독창적인 예술가가 많으면 많을수록 더 많은 세계를, 각각의 세계가 무한 속에 굴러가는 것보다 더 상이한 세계를 우리 마음대로 이용할 수 있으며, 그리하여 그 세계는 몇 세기가 지난 후 렘브란트 또는 페르메이르라고 불리는 광원이 꺼진 후에도 여전히 그들의 특별한 빛을 보내온다.[1]

1 마르셀 프루스트, 김희영 옮김, 『잃어버린 시간을 찾아서 13: 되찾은 시간 2』(민음사), 74~75쪽.

위로하는 예술가

1판 1쇄 찍음 2024년 12월 25일
1판 1쇄 펴냄 2024년 12월 30일

지은이 반 고흐
옮긴이 김한식
말행이 박ᆢ섭, 박상수
펴낸곳 (주)민음사

출판등록 1966. 5. 19 (제 16-490호)
서울특별시 강남구 도산대로 1길 62(신사동)
강남출판문화센터 5층 (우편번호 06027)
대표전화 02-515-2000
팩시밀리 02-515-2007
www.minumsa.com

978-89-374-7029-5 (94800)
978-89-374-7020-2(세트)

잘못 만들어진 책은 구입처에서 교환해 드립니다.